AF398941
Lappeenranta
elsinki
Leningrad
Neukleve
Riga
Moskau
Bongard
Herrmannsburg
rschau
Stalingrad
est
Bukarest
Sofia
Istanbul
Ankara
Bagdad
Athen
Damaskus
Legende
Deutsches Reich
Nordischer Bund
Vasallen v.N. Bund
Osmanisches Reich
neutral
Sowjetunion
Großbritannien
1949 KaiserFRONT

UNITALL

UNITALL

Band 1:
Die Schwarze Macht

Heinrich von Stahl

2. Auflage
Juni 2012

Unitall Verlag GmbH
Salenstein, Schweiz
www.unitall.ch

Vertrieb:
HJB Verlag & Shop KG
Schützenstr. 24
78315 Radolfzell
Deutschland

Bestellungen und Abonnements:
Tel.: 0 77 32 – 94 55 30
Fax: 0 77 32 – 94 55 315
www.hjb-shop.de
hjb@bernt.de

Titelbild: Nick (Russia)
Printed in EU

Beim Verfassen des Manuskripts habe ich Ideen von Lanz Martell verwendet, bei dem ich mich an dieser Stelle für seine Kreativität und unsere Freundschaft bedanke.

Salenstein, im November 2009

Heinrich von Stahl

Käse machen können sie wirklich ausgezeichnet, die Holländer, dachte Rittmeister Wilhelm von Timmer, als er genüsslich in sein halbes belegtes Brötchen biss. Zusammen mit seiner Frau Karin und seinen beiden Kindern Anton und Anna saß er am Esszimmertisch. Der Rittmeister dachte über die optimale Kombination zum Frühstück nach: deutsche Brötchen und holländischer Käse. Von jedem das Beste, das verstand von Timmer unter »multikulturell«.

In Uithoorn, wo er mit seiner Familie ein kleines, schmuckes Reihenhäuschen bewohnte, lieferte früh morgens ein deutscher Bäcker die Brötchen frei Haus – ein Service, der sich nicht nur unter den deutschen Angehörigen der Nordischen Luftwaffe großer Beliebtheit erfreute. Auch die einheimischen Holländer waren mehr und mehr zu Freunden dieses deutschen Kulturgutes geworden: des Brötchens.

»Weißt du schon, wann du wieder zurückkommst?«, fragte Karin und lächelte ihren Mann an, wobei ihre blauen Augen glänzten und sich auf ihren Wangen die kleinen Grübchen bildeten, die Wilhelm so an ihr liebte.

»Ich hoffe doch heute Abend, wenn nichts Unvorhergesehenes passiert«, entgegnete der Rittmeister und gab das Lächeln seiner

Frau zurück. Er beeilte sich, in sein Brötchen zu beißen, bevor sie ihre Frage konkretisieren konnte. Er kannte seine Frau und wusste daher genau, dass sie es ganz sicher nicht bei seiner Antwort belassen würde. Und da kam es auch schon, ihr Nachhaken, das er erheblich leichter vorhersagen konnte, als die von Karin erfragten Pläne der Luftwaffenführung: »Aber meinst du nicht auch, dass nach der Fernsehansprache des Kaisers letzten Montag durchaus etwas Unvorhergesehenes passieren könnte?«

Wilhelm kaute erst einmal in Ruhe weiter bevor er Karin beruhigte: »Nichts wird so heiß gegessen, wie es gekocht wird. Der Kaiser hat ein wenig mit dem Säbel gerasselt, um die Amerikaner vom Bau ihrer Nuklearanlage abzubringen. Die werden schon klein beigeben, und schon ist wieder alles ruhig.«

»Und wenn die Amis nicht klein beigeben? Was, wenn sie darauf bestehen, ihre blöden Atomwaffen zu bauen? Wir haben doch schließlich auch welche!« Karin ließ nicht locker.

»Das wäre ja noch schöner!« Diesmal verzichtete Wilhelm vor seinen Worten auf einen weiteren Bissen. »Der Kaiser, die Regierung und die Bürger des Nordischen Bundes können es doch nicht zulassen, dass jeder dahergelaufene Staat Atomwaffen baut! Wo sollte das denn hinführen? Stell dir nur einmal vor, es würde ein Weltkrieg mit Kernwaffen geführt. Das wäre der Untergang der Menschheit.«

»Aber wir haben sie doch zuerst gebaut, diese schrecklichen Bomben ...«

»Weil wir Kultur*bringer* sind, keine Kultur*zerstörer*. Deshalb ließ die Reichswehr Kernwaffen herstellen: zur Abschreckung kulturloser Gesellen wie der Amis oder der Russen, aber nicht, um sie tatsächlich einzusetzen. So etwas wäre gottlos, zumindest der Einsatz gegen die Zivilbevölkerung.« Bei den letzten Worten war Rittmeister von Timmer entgegen seinen Gewohnheiten sogar etwas lauter geworden. Er glaubte fest an den Führungsanspruch des Nordischen Bundes und dass es dessen Aufgabe sei, den Frieden auf der Welt zu bewahren, um Kultur und Fortschritt voranzutreiben.

»Ich kann nur hoffen, dass du damit Recht hast, dass es keinen Krieg gibt. Der letzte war schrecklich genug.« Das Lächeln Karins war verschwunden und einer ernsten Miene gewichen, was ihrer Schönheit jedoch keinen Abbruch tat.

»Mein Gott, der letzte Krieg liegt dreißig Jahre zurück«, entgegnete Wilhelm mit einer Selbstsicherheit in der Stimme, als wären seine Worte Beweis genug dafür, dass ein erneuter Krieg nicht möglich sei. Er empfand das Gespräch mit seiner Frau als ziemlich fruchtlos, denn entgegen seiner Selbstsicherheit wusste er einfach nicht, was die nahe Zukunft bringen würde, ob die Amerikaner einlenkten, oder ob die Luftwaffe ansonsten ihre Nuklearanlagen bombardieren würde und ob dies dann zu einem Krieg führen würde. Deshalb holte er demonstrativ, um das Ende des Gesprächs zu signalisieren, die Tageszeitung vom freien Stuhl am Kopfende des Tisches. Die Schlagzeile des Frankfurter Beobachters, der auch in der Nähe von Amsterdam problemlos erhältlich war, bot einen willkommenen Grund, das Gesprächsthema zu wechseln.

»Deutschland auf dem Weg zum Mond«, zitierte von Timmer die Überschrift des Leitartikels der Morgenausgabe vom 19. März 1949. »Heute machen sich unsere fünf Astronauten auf den Weg, Geschichte zu schreiben«, fügte er hinzu. »Hier siehst du, mein Schatz, wozu Deutschland fähig ist. Mit uns werden sich die Amis mit Sicherheit nicht anlegen.«

Karin ging auf den Themenwechsel ein: »Wirst du den Start auf dem Stützpunkt verfolgen können?«

»Ganz sicher. Ich gehe hundertprozentig davon aus, dass General von Lichtenfeld bereits Fernseher im Casino aufstellen ließ, damit jeder den Start um 11:30 Uhr zeitecht[1] verfolgen kann. Ansonsten gäbe es mit Sicherheit eine Meuterei, die auch von der Kastrup[2] nicht niedergeschlagen werden könnte. Kaum einer von

---

[1] »live«
[2] Kaiserliche Schutztruppe

meinen Kameraden wäre heute nicht gerne an Bord der DONAR
IX.«

»Aber Rittmeister Ortjohann hat nun mal das Rennen gemacht
– und das sogar, obwohl auch du dich beworben hast.« Karins
Stimme quoll über vor gespielter Bestürzung.

»Das hast du vollkommen richtig erkannt«, schloss sich Wilhelm mit der gleichen Ironie im Ton seiner Frau an. »Es ist eigentlich eine Unverschämtheit, dass die nicht mich ausgewählt haben.«

Karin grinste breit, wusste sie doch nur zu gut, dass ihr Mann
seinem Freund Erich Ortjohann den Erfolg von Herzen gönnte.
Außerdem war sie ganz froh darüber, dass er nicht an Bord der
Mondrakete sein würde, denn dann hätte sie nun, so kurz vor dem
Start, aus Sorge um ihn keine feste Nahrung mehr zu sich nehmen
können.

»Papa, wirst du auch Astronaut?«, fragte der kleine, sechsjäh-
rige Anton. In seinen strahlend blauen Augen lag die ganze Be-
wunderung für den Vater.

»Nein. Papa muss doch mit der ERNST VON HOEPPNER dafür sorgen, dass uns die bösen Menschen nichts tun können.« ERNST VON
HOEPPNER war der Name seines Bombers vom Typ Horten B1.
Der Nurflügler war mit seinen einhundertvier Metern Spannweite
und fünfundsechzig Metern Länge schon eher ein Luftschiff.

Sofort glänzte es noch stärker in den Augen des Kleinen, und
Wilhelm kam nicht umhin, die letzten fünfzehn Minuten seines
Frühstücks alle möglichen Fragen zu seinen Einsätzen, die ein
Kinderhirn sich ausdenken konnte, beantworten zu müssen.
Karin lauschte dem Gespräch zwischen Vater und Sohn mit dem
Kinn auf eine Hand gestützt und zeigte ihr bezauberndes Lächeln.

Als Wilhelm aufstand und sich seine Lederkleidung anzog,
bekam die kleine Anna feuchte Augen. »Du kommst doch bald
wieder?«, fragte sie unsicher. »Ich hab dich lieb!«

Der Bomberpilot konnte nicht anders. Er unterbrach das An-
kleiden und nahm seine Tochter auf die Arme. Zärtlich drückte er
sie, wobei ihm ein Stich durch den Magen fuhr. Wie gerne hätte

er ihr gesagt, dass er bald wieder zurück sein würde – doch er wusste es nicht.

*

Wilhelm von Timmer hatte sein Motorrad aus der Garage geholt und den Zweizylinderboxer bereits angetreten. Während die BMW R69 warmlief, verabschiedete er sich noch einmal von seinen Kindern und küsste seine Frau. Karin sah ihn wehmütig an. Der Rittmeister spürte deutlich ihre Besorgnis. Dieser Abschied war anders, als wenn er sonst zum Fliegerhorst Schiphol fuhr. Er hoffte nur, ihre weibliche Intuition würde sie trügen.

Fette Tautropfen klebten an den Gräsern entlang der Landstraße, die aus Uithoorn hinausführte. Der Rittmeister fuhr leidenschaftlich gern Motorrad. Doch genießen konnte er diese Fahrt nicht, weil es bis zum Stützpunkt nur zehn Kilometer waren und weil er in Gedanken immer noch bei seiner Familie und der internationalen Krise, die zu eskalieren drohte, war. Er vertrieb seine düsteren Ahnungen und jagte die R69 entgegen den holländischen Verkehrsregeln bis auf Höchstgeschwindigkeit. Wenige Minuten später erreichte er den Flughafen, dessen Westteil in Friedenszeiten dem zivilen Flugverkehr vorbehalten war. Der stark gesicherte Ostteil war zu einem der größten Luftwaffenstützpunkte des nordischen Bundes ausgebaut worden. Hier standen alle modernen Flugzeugtypen bereit, die insbesondere Deutschland aufzubieten hatte – und die waren absolute Weltspitze, was sogar die Engländer zugaben. Vor der rotweiß lackierten Schranke, neben der sich zu beiden Seiten ein fünf Meter hoher, stacheldrahtbewehrter Zaun kilometerweit erstreckte, hielt der Rittmeister an und nahm seine Motorradbrille ab. Sofort kam ein Soldat in grauer Uniform mit dem typisch im Nackenbereich verbreiterten Helm aus dem Pförtnerhäuschen unmittelbar hinter der Schranke. Der Soldat hielt eine Maschinenpistole in den Händen, die er soeben entsicherte. Erst dann öffnete sich die Schranke.

»Hallo Wilhelm, wie geht es Frau und Kindern?«, rief ihm der Uniformierte entgegen.

»Ausgezeichnet, Karl. Und wie sieht's mit Jacqueline aus? Bist du mit dem Luder noch zusammen?« Wilhelm grinste ein breites Grinsen, wie es für Männer, die über »sexuell aktive« Frauen sprachen, nicht ungewöhnlich war.

»Nein. Das Miststück hat mich mit Otto betrogen. Das musst du dir mal vorstellen: ausgerechnet mit dem kleinen, pummeligen Otto.« Karl hatte seine Maschinenpistole längst gesenkt. Ein feindlicher Doppelgänger von Wilhelm von Timmer hätte sicher nicht so genau wie das Original über Karls Liebschaften Bescheid gewusst.

»Und? Hast du Otto eine verplättet und ihn aus dem Stützpunkt gerollt?«, fragte der Bomberpilot.

»Warum sollte ich? Ich kann Otto doch gut verstehen. Jacqueline ist eben ein gei…, äh gutaussehendes Weibsbild. An seiner Stelle hätte ich mir das Schneckchen auch nicht entgehen lassen.«

Die beiden Männer grinsten sich eine weitere Sekunde an, dann kam Karl zur Sache: »Ich weiß, wir kennen uns und ich bin auch hundertprozentig davon überzeugt, dass du es wirklich bist – aber Vorschrift ist Vorschrift. Also zeige mir bitte deinen Truppenausweis.«

»Nur wenn du anschließend salutierst. Ich bin schließlich Offizier und Vorschrift ist nun mal Vorschrift.« Wenn Wilhelm breiter hätte grinsen können, hätte er es ob des dummen Gesichtsausdrucks des Feldwebels getan. Dabei zückte er den Ausweis und überreichte ihn jovial an den immer noch verdutzten Karl Seidlinger. Der blätterte kurz in dem Dokument, stellte dessen Echtheit fest und salutierte dermaßen zackig, als ob der Kaiser persönlich vor ihm stünde.

Der Rittmeister steckte seinen Ausweis wieder ein, schlug seinem guten Bekannten freundschaftlich auf die Schulter und fuhr los, wobei er seine Motorradbrille am Lenkrad baumeln ließ. Nach zwei Minuten erreichte er die Offiziersunterkünfte der Bomberbesatzungen. Es handelte sich um ein rot verklinkertes, dreigeschossiges Gebäude mit Flachdach, wie sie zu Dutzenden auf dem Gelände errichtet worden waren. Der Bomberpilot suchte sofort sein Zimmer auf, nahm die dunkelblaue Fliegerkombination aus dem Schrank und tauschte sie gegen seine Motorradbekleidung. Nachdem er sich angekleidet hatte, überprüfte er noch kurz den Sitz der Kombination im großen Wandspiegel seines Zimmers. Dann klemmte er sich den Fliegerhelm mit den darin befindlichen Handschuhen unter den linken Arm und verließ das Zimmer. In zehn Minuten war Einsatzbesprechung im Casino des 5. Geschwaders. Natürlich wollte der Offizier auf keinen Fall zu spät kommen.

Auf seinem Weg bemerkte Wilhelm ungewöhnlich viele der schwarz gekleideten Elitesoldaten der Kastrup. Ein ungutes Gefühl machte sich in von Timmer breit, denn die Anwesenheit dieser Männer deutete darauf hin, dass etwas Besonderes im Busch war. Außerdem mochte er die Kastrup nicht besonders, hatten sie doch im Januar 1918 mehrere zehntausend streikende Arbeiter erschossen. Im Oktober des gleichen Jahres hatten sie mehr als tausend meuternde Matrosen regelrecht hingerichtet. Der Bomberpilot konnte sich keine Situation vorstellen, die ein derart hartes Durchgreifen gerechtfertigt hätte. Diese Einschätzung teilte er mit großen Teilen der Bevölkerung. Deshalb wurde die Kastrup mehr gefürchtet als geliebt, obwohl sie nach 1918 niemals wieder gegen die deutsche Bevölkerung zum Einsatz gekommen war.

Als der Rittmeister das Casino betrat, waren bereits drei Viertel der zweiundsiebzig Mann der 1. Bomberstaffel der 3. Gruppe des 5. Geschwaders anwesend. General von Lichtenfeld stand bereits auf dem Podium und nahm das Erscheinen des Rittmeisters mit einem freundlichen Kopfnicken zur Kenntnis. Der General, fast zwei Meter groß, fünfundfünfzig Jahre alt und mit dem obligatorischen Monokel im rechten Auge galt als Offizier der alten Schule. Verstöße gegen die Disziplin im Dienst wurden streng von ihm geahndet, doch in der Freizeit war er seinen Männern ein Kamerad, mit dem man sich schon mal leicht bis in die Morgenstunden von der Wirkung übermäßigen Alkoholgenusses auf den menschlichen Metabolismus überzeugen konnte.

Keine zwei Minuten später, noch drei Minuten vor der anberaumten Einsatzbesprechung, hatte die Mannschaft der 1. Bomberstaffel vollzählig auf den Stühlen vor dem Podium des Casinos Platz genommen.

»Soldaten!« Bereits nach dem ersten Wort machte der General eine Kunstpause. »Der Kaiser und mit ihm das Oberkommando halten die Starrköpfigkeit der amerikanischen Regierung für äußerst bedenklich. Bisher sind keine Anzeichen über irgendwelche diplomatischen Kanäle eingegangen, dass die Amis zum Einlenken bereit wären oder zumindest die Aufnahme ernsthafter Verhandlungen beabsichtigten. Aus diesem Grunde hat Reichsmarschall Brachem beschlossen, unsere 1. Bomberstaffel nach Island zu verlegen. Von dort aus sind es nur noch siebentausend Kilometer bis zu den atomaren Aufbereitungsanlagen der Yankees.« Die Worte »nur noch« wurden vom General besonders betont. Natürlich wusste jeder der anwesenden Männer, dass die Horten B1 vollgetankt eine Einsatzreichweite von zehntausend Kilometern hatte. »Falls sich die Amis also weiterhin so stur verhalten, so werden Sie es sein, meine Herren, die den Oberdemokraten und selbsternannten Freiheitsbringern ein wenig auf die Finger klopfen.«

Hinter den General wurde nun eine Luftaufnahme auf eine weiße Wand projiziert. Rechts unten war ein kleineres Städtchen zu sehen, in einigem Abstand davon links, leicht nach oben versetzt ein Gelände mit mehreren riesigen Hallen, mindestens vier Mal so groß wie das Städtchen.

»Das, meine Herren« – der General hatte einen Teleskopzeiger ausgefahren und deutete damit auf die kleine Stadt –, »ist Rosamond. Dort leben rund zehntausend Menschen ihren Traum vom Land der unbegrenzten Möglichkeiten.« Er lachte kurz und trocken, womit er zweifelsfrei ausdrückte, dass er die Möglichkeiten Amerikas für überaus begrenzt hielt. »Und das hier sind die Aufbereitungsanlagen.« Von Lichtenfeld umrahmte das riesige Gelände, auf dem die Hallen standen, mit dem Schatten seines Teleskopzeigers. »Der obere Teil ist die etwas ältere Anlage Silverlake I, unmittelbar darunter befindet sich Silverlake II. Wie Sie wissen, gab Letztere den Anlass für das Ultimatum des Kaisers, denn unsere Spezialisten haben berechnet, dass mit ihrer Hilfe innerhalb der nächsten drei Monate genug waffenfähiges Uran$_{235}$ hergestellt werden könnte, um eine Atombombe zu bauen.«

Der General ließ seine Worte kurz wirken, bevor er die Männer zu Fragen aufforderte.

»Wann soll der Angriff geflogen werden und mit welchen Waffen sollen wir zuschlagen?«, stellte von Timmer als Staffelkommandant genau die Fragen, die die Männer am meisten interessierten.

»Falls die Amis tatsächlich nicht einlenken, starten Sie übermorgen, am 21.03. um 01:45 Uhr Ortszeit vom Luftwaffenfeld ›Midgard‹ bei Reykjavik auf Island. Sie werden laut Planung nach rund siebenstündigem Flug um 02:00 Uhr Ortszeit über dem Silverlake-Gelände erscheinen. Dort werden Sie vierhundertfünfzig Tonnen Streubomben abwerfen, nachdem Sie Ihre Flughöhe auf zweitausend Meter verringert haben. Die Knallfrösche werden nicht mehr viel von den Supermachtträumen der Amis übriglassen. Anschließend steigen Sie wieder auf Reiseflughöhe und nehmen Kurs zurück nach Midgard.«

Das sind nur wenige Sätze, dachte Rittmeister von Timmer, *und es hört sich alles so einfach an. Doch wie viel kann zwischen diesen Sätzen passieren, was die folgenden obsolet macht?*

*

Um 10:00 Uhr war die Besprechung zu Ende gewesen. General von Lichtenfeld hatte den Abflug der Staffel nach Island auf 14:00 Uhr festgelegt, um jedem Luftwaffensoldaten die Gelegenheit zu geben, die Startvorbereitungen der DONAR-Mission auf den Fernsehern zu verfolgen, die in jeder Ecke des Casinos aufgestellt worden waren. Wenn die Mondmission vorsichtig ausgedrückt in der Bevölkerung populär war, so löste sie bei den Angehörigen der Luftwaffe natürlich so etwas wie fanatischen Enthusiasmus aus. Diese Begeisterung der Soldaten wurde vom Oberkommando nicht nur geduldet, sondern bewusst gefördert, indem man sogar den Wachsoldaten in ihren Pförtnerhäuschen gestattete, tragbare Fernseher aufzustellen.

Als General von Lichtenfeld die Besprechung beendet hatte, flammten auch sogleich die Übertragungsgeräte auf. Die anwesenden Männer sahen als erstes die fünf Astronauten in ihren klobigen Raumanzügen mit heruntergeklappten Helmen unter Führung von Rittmeister Erich Ortjohann in einen Aufzug steigen. Überflüssigerweise hatte die Regie »Weltraumbahnhof Bismarck, Rügen« als Bildunterschrift eingeblendet. Mehr als neunzig Prozent der Bevölkerung des nordischen Bundes hatten die bisherigen Weltraummissionen wie die erst kürzlich erfolgte Mondumkreisung am Fernsehen verfolgt und wusste, dass die Raketen von einem einhundert Quadratkilometer großen Gelände auf der Insel Rügen gestartet wurden.

Wenige Sekunden später stiegen die Astronauten in rund einhundert Metern Höhe aus, um über einen schmalen, durch ein Geländer gesicherten Steg die Spitze der MARS-VI-Rakete zu betreten, die die DONAR-Mission mit ihren drei Stufen zum Mond bringen sollte. Der Name der Rakete wies auf das eigentliche Ziel der deutschen Weltraumfahrt hin: den roten Planeten – der Mond war nur ein Zwischenziel.

Nachdem die Astronauten die Rakete betreten hatten, wechselte das Bild zum Raumkontrollzentrum Hamburg. Professor Werner von Braun trat vor die Kameras und beantwortete geduldig die Fragen eines Reporters des ersten Kaiserlichen Fernsehens.

In den nächsten eineinhalb Stunden wurden die Zuschauer über alle möglichen Details der Mission unterrichtet, ein Interview löste das andere ab, immer wieder unterbrochen durch animierte Filmchen, die den geplanten Verlauf der Mission zeigten.

Um 11:30 Uhr war es schließlich soweit. Die MARS-Rakete, die von einem einhundertfünfzig Meter hohen Gerüst gehalten wurde, erschien auf den Bildschirmen. Aufgenommen wurde die Szene von einer Kamera aus wenigen hundert Metern Entfernung.

Dem Zeitgeist entsprechend zählte die metallische Stimme eines Rechners, auf dessen Entwicklung die Wissenschaftler des Kaiser-Wilhelm-Instituts für Kybernetik besonders stolz waren, die letzten dreißig Sekunden bis zum Start herunter. Bei »Zehn« quollen Feuer und weißer Rauch aus den Triebwerken der untersten Stufe. Bei »Null« drohte die Welt unterzugehen. Eine Feuerwalze schoss auf die Kamera zu. Doch der betrachtete Ausschnitt wurde stufenlos vergrößert, so dass es so aussah, als würde die Kamera vor der Feuerwalze zurückweichen. Dann blendete das Bild um auf eine Ansicht von seitlich oben. Einige hundert Millionen Fernsehzuschauer sahen die Rakete langsam abheben, wobei das Gerüst mit seinen Halterungen zur Seite fiel. Dann, immer schneller werdend, stieg die Mondrakete dem Weltraum entgegen.

Bereits nach zweieinhalb Minuten wurde die erste Stufe abgesprengt. Nachdem die zweite Stufe erfolgreich gezündet worden war, hielt es niemanden mehr auf den Sitzen des Casinos des 5. Geschwaders. Die zweiundsiebzig Männer der 1. Staffel sprangen auf und lagen sich in den Armen. Das erste kritische Manöver nach dem Start war geglückt. Sechs Minuten später brannte die zweite Stufe aus. Die DONAR-Mission hatte eine Höhe von fast einhundertneunzig Kilometern und eine Geschwindigkeit von knapp fünfundzwanzigtausend Kilometern pro Stunde erreicht. Auch die Zündung der dritten Stufe verlief erfolgreich. Mit ihrem Schub wurde die Erdumkreisung eingeleitet, aus der heraus schließlich Kurs auf den Mond genommen werden sollte. Bis dahin würden allerdings noch ein paar Stunden vergehen.

Um 13:15 Uhr begann sich das Casino zu leeren. Eine halbe Stunde vor dem Start seiner Staffel betrat Rittmeister Wilhelm von Timmer die riesigen Hangars, die die neun Horten B1 beherbergten. Überall rannte Wartungspersonal zwischen den imposanten, riesigen Flugzeugen umher, um die Bewaffnung und Betankung dieser größten und modernsten Bomber der Welt abzuschließen. Die B1 waren schwarz, was auf ihre Kohlenstoffbeschichtung zurückzuführen war, die sie für Mikroortung[3] praktisch unsichtbar machte. An der Ober- und Unterseite der Nurflügler waren zwei schwarze Tatzenkreuze vor einem weißen Kreis als Erkennungszeichen der Luftwaffe angebracht.

Neun dieser prachtvollen Maschinen bildeten von Timmers Staffel. Der Rittmeister lief auf direktem Wege zu »seiner« ERNST VON HOEPPNER. An der Unterseite, kurz hinter dem Bugrad, reichte eine Leiter bis auf den Boden des Hangars. Um die hatten sich die anderen sieben Besatzungsmitglieder des Superbombers schon versammelt. Als sie ihren Kommandanten kommen sahen, stellten sie sich in eine Reihe und salutierten, nachdem er die Gruppe erreicht hatte.

»Rühren!«, befahl von Timmer und setzte danach sein typisches Grinsen auf. Nun begrüßte er die Kameraden persönlich per Handschlag. »Dann wollen wir mal!«, forderte er die Männer auf und bestieg als Erster die Leiter. Oben angekommen nahm er den direkten Weg zu seinem Platz in der Pilotenkanzel. Der Rittmeister wusste, dass auch die anderen sieben Männer sofort ihre Plätze aufsuchen würden.

Wilhelm setzte seinen Helm und seine Sauerstoffmaske auf. Anschließend verband er den Helm über ein Kabel mit den Armaturen. Neben ihm nahm Kopilot Leutnant Robert Meier Platz, ein etwas untersetzter, hellblonder, immer gut gelaunter Typ, was seine Lachfältchen um Mund und Augen sofort verrieten.

---

[3] Mikroortung ist die Kurzform von Mikrowellenortung, gleichbedeutend mit dem englischen Begriff »Radar«.

Eine Minute später sollten alle Besatzungsmitglieder auf ihren Plätzen sein. Der Staffelführer legte einen Schalter um, der das Mikrofon seiner Atemmaske auf Rundruf schaltete. »Bombenschütze?«, verlangte er Klarmeldung.

»Bombenschütze Feldwebel Peter Sauter einsatzbereit!«

»Raketenschütze?«

»Raketenschütze Feldwebel Philip Frohnlinde einsatzbereit!«

»Bordschützen?«

Es folgten die Klarmeldungen der vier Feldwebel Michael Herrenstett, Ralf Debuli, Jörg Sommer und Norbert Kluge, die je eine doppelläufige Zweizentimeter-Maschinenkanone bedienten, wobei zwei der Geschütztürme an der Oberseite des Nurflüglers, zwei weitere an der Unterseite angebracht waren.

»B1 A Ernst von Hoeppner einsatzbereit«, meldete der Rittmeister der Staffelkoordinationszentrale, die in einem der fünf Überwachungstürme das Flugfeld überblickte.

Ein leichter Ruck ging durch die Horten, als das Flugzeug von einem Spezialfahrzeug am Bugrad aus dem Hangar gezogen wurde. Natürlich hätte der Bomber auch aus eigener Kraft ins Freie fahren können, das Anlassen der sechs Düsentriebwerke des Typs Jumo G16 hätte den Hangar jedoch in seinen Grundfesten erschüttert.

Nachdem sich das Spezialfahrzeug wieder ausgeklinkt hatte, ließ von Timmer die Triebwerke an. Ein leichtes Zittern ging durch die Horten, das schnell zu einem feinen Vibrieren wurde. Das Pfeifen des Triebwerksgeräusches nahm die Mannschaft unter ihren Helmen kaum wahr. Nach einer fünfminütigen Warmlaufphase schob Wilhelm den Fahrthebel leicht nach vorne. Sofort schwoll das Pfeifen stark an, so dass es auch von der Besatzung deutlich wahrgenommen wurde. Langsam setzte sich der Gigant in Richtung der Startbahn, die in wenigen hundert Metern parallel zu den Hangars gebaut worden war, in Bewegung.

Im Abstand von jeweils zweihundert Metern folgten die anderen acht B1 der Staffel ihrem Anführer.

Die ERNST VON HOEPPNER erreichte die Startbahn, bog rechtwinklig ab und nahm so ihre Startposition ein. Bereits zehn Sekunden später hörten alle zweiundsiebzig Männer der 1. Bomberstaffel die Durchsage der Koordinationszentrale: »Freigabe Kettenstart.«

Beim Kettenstart schob der nachfolgende Pilot, der sich in Startposition begeben hatte, den Fahrthebel erst dann nach vorne, wenn das Fahrwerk des vor ihm startenden Bombers die Rollbahn nicht mehr berührte.

Als Wilhelm von Timmer den Fahrthebel ganz nach vorne schob, heulten die Jumo-Triebwerke infernalisch auf. Ein hinter dem Bomber stehender Jäger wäre durch den sechsfachen Abgasstrahl mehrere hundert Meter wegkatapultiert worden. Dann nahm die B1 immer stärker beschleunigend Fahrt auf. Kleine Unebenheiten in der Rollbahn bewirkten ein sanftes Wippen, bis der Nurflügler sich wenige Sekunden später in die Luft erhob. Das war der Moment, als einen Kilometer hinter der ERNST VON HOEPPNER der nächste B1-Pilot den Fahrthebel ganz nach vorne schob. Zwei Minuten später waren alle neun Horten in der Luft. Die Maschinen nahmen Keilformation mit der ERNST VON HOEPPNER an der Spitze ein und schwenkten nach Norden ab. In nur zweitausend Metern Höhe überflogen die imposanten Riesen Amsterdam – ein Schauspiel, an das sich die Menschen wohl niemals gewöhnen würden. Tausende Finger zeigten nach oben in den Himmel, wo sich die dreieckigen, schwarzen Silhouetten der Bomber deutlich gegen den blauen Himmel abhoben. Majestätisch, aber mit infernalischem Lärm, machten sie sich auf den Weg zum Stützpunkt Midgard, der nach einem Begriff aus der germanischen Mythologie benannt worden war. Und die Piloten waren bereit, ein Inferno zu entfachen, das der germanischen Götter würdig gewesen wäre.

*

Die neun B1 waren nicht auf direkten Kurs nach Island gegangen, um den britischen Luftraum nicht zu verletzen, obwohl das den Engländern wohl kaum aufgefallen wäre. Die Tarnkappenbomber hielten sich zunächst nördlich und überflogen das Meer zwischen den Britischen Inseln Orkney und Shetland. Erst über dem offenen Nordatlantik schwenkten die Maschinen nach Nordwesten ab und nahmen Kurs auf Island.

*

Von Timmer setzte seine Maschine als letzter butterweich auf die Rollbahn von Midgard. Gemächlich ließ er die B1 ausrollen und steuerte sie den acht weiteren »Adlern« seiner Staffel hinterher in Richtung der Hangars.

»Schwarmführer an Adler«, nahm er Kontakt mit den Piloten seiner Staffel auf, um sich nach möglichen Komplikationen bei der Landung zu informieren. Häufig traten dabei wegen des hohen Gewichts der Horten Schäden an den Reifen des hinteren Hauptfahrwerks auf. Der Luftdruck der Reifen wurde den Piloten von Instrumenten in der Kanzel angezeigt. »Bitte um Datenkontrolle.«

In einer fest vorgegebenen Reihenfolge berichteten die acht Piloten die Anzeige des Reifenluftdrucks, die verbrauchte Kraftstoffmenge und weitere Dinge, die Aufschluss über mögliche Fehlfunktionen gaben. Es schien jedoch keinerlei Probleme gegeben zu haben. Zufrieden lehnte sich von Timmer in seinen Pilotensitz zurück.

Als die Flugzeuggiganten in die Hangars hineinfuhren, wurde der Rittmeister auf die vielen Schwarzuniformierten aufmerksam. War ihre Zahl in Schiphol schon ungewöhnlich hoch gewesen, so konnte man hier in Midgard eher von einer Invasion der Kastrup reden.

Nachdem die Ernst von Hoeppner die Parkposition im Hangar erreicht hatte, erhob sich von Timmer zusammen mit seinem Kopiloten Meier. Der Rittmeister öffnete die Tür der Pilotenkanzel und betrat den Mittelgang der B1, der ihn direkt zur Aussstiegsluke führte. Grinsend stellte er fest, dass die anderen sechs Kameraden sich bereits um die Luke versammelt hatten, mit dem Ausstieg jedoch auf ihn warteten. Also öffnete Wilhelm die Luke und stieg als Erster die Leiter hinab, ganz so, wie es in der Luftwaffe Brauch war.

Am Boden angekommen erwartete den Staffelführer eine Überraschung. Vor ihm baute sich ein hochgewachsener, breitschultriger Schwarzuniformierter auf und grüßte lässig. Der übliche schwarze Helm fehlte.

»Leutnant Rohwedder, Kastrup Sondereinheit Personenschutz. Abkommandiert zu Ihren Diensten. Darf ich Ihnen und Ihrer Mannschaft die Unterkünfte zeigen?«

Die Schärfe in der Stimme und das akzentfreie Hochdeutsch des Leutnants beeindruckten den Rittmeister. Er hatte noch keinen näheren Kontakt zu Kastrup-Männern gehabt und hielt sie eher für brutale Schläger als für disziplinierte Soldaten. Also grüßte von Timmer ebenso lässig und entgegnete mit leicht abweisendem Unterton: »Gerne. Aber wie kommen wir zu der Ehre einer persönlichen Betreuung?«

»Ich habe meine Befehle. General Uhlendorff wird Sie sicher über die Hintergründe aufklären. Bitte folgen Sie mir, ein BW[4]-Transporter steht für uns bereit.« Rohwedder deutete auf einen Kleinlaster in Tarnfarben, dessen Pritsche von einem ebenfalls tarnfarbenen Stoff überspannt wurde. Acht weitere dieser Pritschenwagen standen in einer Reihe hinter dem des Leutnants. Offensichtlich kamen auch die anderen Bomberbesatzungen in den Genuss einer persönlichen Betreuung.

Der Leutnant nahm auf dem Fahrersitz Platz, bat den Staffelführer auf den Beifahrersitz und bedeutete der übrigen Bomberbesatzung in einer sehr freundlichen Art, auf die Pritsche zu steigen und sich auf die gepolsterten Bänke zu setzen.

---

[4] Bürger-Wagen, größter deutscher Automobilhersteller

Während der Fahrt ließ Wilhelm die Eindrücke auf sich wirken. Auf der linken Seite reihten sich die riesigen Hangars, auf der rechten die weiten Rollfelder mit der dahinter liegenden kargen, steinigen isländischen Landschaft. Als die Reihe der Hangars zu Ende war, bog der Kastrup-Soldat nach links ab. Nach dreihundert Metern wuchsen die ersten typischen Kasernenbauten aus dem Boden, ganz ähnlich den rot verklinkerten Flachbauten in Schiphol. Vor einem der unzähligen Gebäude hielt der Kleintransporter an. Der Leutnant nannte die Zimmernummern der einzelnen Männer und bat sie, in einer Stunde wieder am Eingang zu erscheinen. Dann wollte er sie zu General Uhlendorff bringen.

*

Vor dem Hauptquartier des Generals standen bereits acht Pritschenwagen. Offensichtlich waren die anderen Besatzungen der Staffel bereits eingetroffen. Leutnant Rohwedder führte die acht Männer in einen großen Konferenzraum des Midgard-Hauptquartiers, der eher der Aula einer Schule glich. Hier hätten fünfhundert Mann bequem Platz nehmen können. Entsprechend verloren kamen sich die zweiundsiebzig Flieger vor.

General Uhlendorff betrat die Bühne und wurde von einem Scheinwerfer angestrahlt, als ob es um die Aufführung eines Theaterstückes ging. Dieser Eindruck verstärkte sich nach den ersten Sätzen des Generals. Die Männer hatten nun erwartet, entweder den Einsatzbefehl zu bekommen oder zu erfahren, dass die Amerikaner eingelenkt hätten und sie somit wieder nach Hause konnten. Stattdessen erzählte der stattliche General mit dem gepflegten Vollbart in seiner dunkelblauen Uniform nur das, was die Soldaten längst wussten: Die amerikanischen Nuklearanlagen sollten bombardiert werden, wenn die Amerikaner nicht einlenkten. Letzteres sei bis jetzt noch nicht geschehen, also wartete das Oberkommando ab.

Offensichtlich las der erfahrene Uhlendorff die Enttäuschung in den Gesichtern der Bomberbesatzungen. Deshalb beendete er seinen Vortrag mit den Worten: »Natürlich ist mir bewusst, dass die Ungewissheit an Ihnen nagt. Ich kann Ihnen versichern, dass es mir ähnlich ergeht. Doch ein überstürztes Handeln wäre zum jetzigen Zeitpunkt ein schwerer Fehler. Daher handeln der Kaiser und das Oberkommando genau richtig, indem sie erst einmal bis zum Ende des Ultimatums abwarten. Wie Sie alle wissen, ist dies am morgigen Sonntag um 24:00 Uhr amerikanischer Ostküstenzeit der Fall. Das entspricht 04:00 Uhr morgens isländischer Zeit. Doch falls die Amis nicht bis um Mitternacht unserer Zeit nachgegeben haben, werden Sie zum Zeitpunkt des Ablaufs des Ultimatums bereits in der Luft sein und gegebenenfalls zurückgerufen.«

»Warum wurden uns Männer von der Kastrup für unseren Aufenthalt in Midgard zugeteilt?«, rief der Rittmeister, als sich der General schon zum Verlassen der Bühne anschickte.

»Nun – Ihre Bewegungsfreiheit wird hier auf Island in keiner Weise eingeschränkt. Auf dem Stützpunkt sollen Ihnen die Kastrup-Männer bei der Orientierung dienen und Sie, falls Sie den Stützpunkt verlassen, vor möglichen Anschlägen amerikanischer oder britischer Agenten schützen. Natürlich können sich die Amis denken, dass wir, wenn wir etwas gegen ihre Nuklearanlagen unternehmen, es von Island aus tun werden. Deshalb werden sie ein besonderes Auge auf unsere Aktivitäten hier haben. Eine Gelegenheit, Bomberbesatzungen des Nordischen Bundes in irgendetwas zu verwickeln, sobald sie sich in der Öffentlichkeit zeigen, werden die sich sicherlich nicht entgehen lassen. Sonst noch Fragen?« Als keine mehr gestellt wurden, verließ der General endgültig die Bühne.

Trotz der offenen Worte Uhlendorffs verließen die Flieger enttäuscht den Konferenzraum. Draußen warteten bereits die neun Kindermädchen, wie die Elitesoldaten der Kastrup mittlerweile von den Bomberbesatzungen genannt wurden, mit ihren Pritschenwagen.

*

Der Staffelführer hatte alle Männer aufgefordert, ihn bei einem Besuch von Reykjavik zu begleiten. Doch fast alle Flieger wollten die weitere Berichterstattung über die DONAR-Mission im Fernsehen verfolgen. Von Timmer hatte daran kein besonderes Interesse, weil sich die Mission bereits auf dem Weg zum Mond befand. Alles hatte bisher reibungslos funktioniert, also waren besondere Neuigkeiten auf dem antriebslosen Gleitflug durch das All nicht zu erwarten. Trotzdem begleiteten ihn lediglich sein Kopilot Robert Meier und Bombenschütze Peter Sauter. Leutnant Rohwedder schloss sich ihnen natürlich an und bot seine Dienste als Chauffeur.

Wilhelm war trotz der disziplinierten, höflichen Art des Elitesoldaten skeptisch. Zu tief saß in ihm die Abneigung gegen die seit dem Januar 1918 als brutal verschriene Kastrup.

Zunächst ließen sich die drei Flieger durch Reykjavik kutschieren. Bereitwillig erläuterte Rohwedder die Sehenswürdigkeiten. Er war immerhin schon seit einem halben Jahr auf Island stationiert, also kannte er sich aus.

Die Hauptstadt Islands machte auf die an Städte wie Berlin oder Amsterdam gewöhnten Männer einen provinziellen, aber sympathischen Eindruck. Die meist dreieinhalbgeschossigen Häuser des Zentrums waren hauptsächlich in Weiß-, aber auch in Rot- und Blautönen gestrichen, wodurch die Stadt farbenfroh und jung wirkte.

»Sehen Sie da vorne die Kneipe?«, machte der Rittmeister den Schwarzuniformierten auf ein älteres, weinrot gestrichenes Gebäude aufmerksam. An der Front des Gebäudes leuchtete die Reklame einer bekannten deutschen Biermarke. »Lassen Sie uns dort ein Wasser trinken. Ich würde gerne einmal ein paar waschechte Isländer kennen lernen.« Dabei dachte der Staffelführer belustigt: *deutsches Bier – ein weiteres bedeutendes deutsches Kulturgut neben dem Brötchen.*

»Sehr gerne«, entgegnete Rohwedder und parkte den Kleintransporter unmittelbar vor dem Gebäude.

»Jetzt ein schönes kühles Bier«, meinte Robert Meier fröhlich, wobei er in gespielt ernstem Tonfall hinzufügte: »Aber im Angesicht unseres bevorstehenden heldenhaften Einsatzes bestimmt keine so gut Idee.« Danach setzte er wieder sein gewohnt fröhliches Grinsen auf.

Peter Sauter, ein grobschlächtiger Hüne mit dunkelblonden Haaren und einer Größe von etwas mehr als zwei Metern konnte sich nicht verkneifen hinzuzufügen: »Ja, ja, von deinen Heldentaten wird man sich noch in Generationen erzählen.«

Rohwedder lachte schallend, was ihn in von Timmers Augen durchaus sympathisch erscheinen ließ. »Na, dann schauen wir doch mal ein paar Isländern beim Biertrinken zu.«

Als die vier Soldaten die Kneipe betraten, richteten sich rund zwanzig Augenpaare auf sie. Es handelte sich offensichtlich um ein Lokal, das nur von Einheimischen aufgesucht wurde. Die Männer trugen die landestypischen karierten Hemden und beige Hosen. Einige steckten auch in den bei Amerikanern so beliebten »Jeans«.

Wilhelm bestellte vier Glas Mineralwasser. Es dauerte nicht lange, bis sie mit den ersten Isländern ins Gespräch kamen.

»Seid ihr von der Luftwaffe?«, wollte ein älterer Mann mit grauen Schläfen und ungepflegtem Stoppelbart wissen. Seine Stimme klang freundlich und interessiert.

»Ja, wir fliegen die neuen Horten-B1-Bomber«, gab der Rittmeister bereitwillig Auskunft.

»Ist ja der Wahnsinn«, meinte ein jüngerer Isländer mit hellblonden Haaren und einem vernarbten Gesicht. »Ich habe mich schon immer gefragt, wie sich solche Riesenvögel überhaupt in der Luft halten können.«

Im Nu hatte sich eine Traube um die Soldaten gebildet. Die Flieger gaben bereitwillig Auskunft zu den vielfältigen Fragen der Einheimischen. Es war eine gelöste Atmosphäre und Wilhelm bedauerte, kein Bier mit den bodenständigen Männern trinken zu können.

»Was bist du eigentlich für ein Vogel?«, wollte ein Zweimeterhüne freundlich lächelnd von Rohwedder wissen. Er nahm offensichtlich Bezug zu der schwarzen Uniform des Leutnants und blickte direkt in die Augen des Angesprochenen. »Etwa einer von diesen unbesiegbaren Elitesoldaten?«

Der Tonfall, in dem der Mann das Wort »unbesiegbar« vorgebracht hatte, ließ keinerlei Ironie erkennen. Offensichtlich waren die Ressentiments der Isländer gegenüber der Kastrup erheblich geringer als die der deutschen Bevölkerung.

Die haben ja auch nicht das Massaker der Bande an den eigenen Bürgern miterlebt, sondern nur die irrwitzigen Kommandounternehmen dieser Männer bei der Eroberung der ehemals britischen Kolonien, dachte von Timmer mit gemischten Gefühlen. Doch er musste vor sich selbst zugeben, dass ihm Rohwedder durchaus sympathisch war.

»Na ja, ob wir unbesiegbar sind, muss sich erst noch herausstellen. Ein paar demoralisierte Engländer aus Afrika zu verjagen ist eine Sache, der Sieg gegen einen überlegenen Feind eine andere«, gab der Elitesoldat bescheiden zurück.

In diesem Moment flog die Tür auf, und zehn weitere Isländer betraten das Lokal. Offensichtlich waren sie leicht angetrunken, denn sie grölten recht laut. Seitlich der Traube um die Soldaten stellten sie sich an der Theke auf und bestellten Bier. Einer der Männer bahnte sich einen Weg durch die Ansammlung und baute sich direkt vor dem Rittmeister auf.

»He, Krautfresser! Extra den weiten Weg gemacht, um hier den dicken Wilhelm zu markieren?« Natürlich konnte der Mann nicht wissen, dass der »Wilhelm« in der Redensart identisch mit dem tatsächlichen Vornamen des Rittmeisters war.

Von Timmer beachtete den Mann überhaupt nicht und unterhielt sich seelenruhig mit einem der Isländer über die Flugeigenschaften der B1. Doch der Angetrunkene gab nicht auf. Er stieß den Staffelführer gegen die Schulter und setzte etwas lauter als zuvor nach: »Ich hab dich was gefragt! Antworte gefälligst!«

Immer noch reagierte Wilhelm nicht. Er unterhielt sich weiter mit dem Isländer, dem das Verhalten seines Landsmannes offensichtlich peinlich war, wie man an seinem betroffenen Gesichtsausdruck unschwer ablesen konnte. Der Rittmeister konzentrierte sich jedoch auf das verschwommene Bild des Rüpels, das ihm sein rechter Augenwinkel lieferte. Als von Timmer nicht auf die Provokationen reagierte, holte der Raufbold zum Schlag aus. Doch im gleichen Moment krachte ihm die Faust des Staffelführers ansatzlos geschlagen mitten ins Gesicht. Der Getroffene taumelte nach hinten, riss ein paar der Isländer zur Seite und fiel auf den Rücken. Sofort strömten seine Kameraden durch die entstandene Lücke in der Menschentraube. Messer blitzten in den Händen der vermeintlichen Trunkenbolde auf, deren verzerrte Grimassen und behände Bewegungen plötzlich sehr nüchtern wirkten. Dann ging alles sehr schnell. Der Rittmeister sah etwas Schwarzes an sich vorbeischießen und zwischen die Streitsüchtigen einschlagen. Rohwedders Arme wirbelten, und schon lagen drei der Angreifer am Boden. Wilhelm hatte überhaupt nicht richtig mitbekommen, wie der Leutnant das so schnell geschafft hatte. Ein Tritt des Elitesoldaten beförderte einen weiteren Angreifer über einen der Tische auf die dahinter stehende Bank. Dann griffen der Rittmeister, Sauter und Meier in den Kampf ein. Die Isländer, mit denen sie sich so nett unterhalten hatten, schlossen sich den Deutschen an und verprügelten ihre randalierenden Landsleute nach allen Regeln der Kunst. Wenige Sekunden später lagen die Störenfriede entweder stöhnend oder regungslos am Boden. Bis auf ein paar harmlose Schnittwunden war niemand der ursprünglichen Kneipenbesucher ernsthaft verletzt worden.

»Bitte rufen Sie die Feldjäger«, forderte der Rittmeister den Wirt auf.

»Wäre dafür nicht eher die zivile Polizei zuständig?«, fragte der Angesprochene.

»Die Männer verhielten sich auffällig aggressiv, ohne provoziert worden zu sein. Ich würde gerne untersuchen lassen, ob dahinter nicht mehr steckt als übermäßiger Alkoholgenuss.« Von Timmer musste selbst über seine betont gewählte Ausdrucksweise lächeln. »Ich verspreche Ihnen, dass die Männer sofort wieder freigelassen werden, wenn sich herausstellt, dass es sich tatsächlich um Ihre Landsleute handelt und dass sie nur ein wenig über den Durst getrunken haben. In dem Fall bin ich keineswegs nachtragend.« Nachdem der Wirt zugestimmt hatte, bestellte Wilhelm eine Runde Bier für seine isländischen Helfer, seine drei Kameraden und sich selbst. Ein einziges Bier war der Situation sicher angemessen und vertretbar.

»Reife Leistung!«, wandte er sich an Rohwedder. »Ich habe noch nie jemanden so schnell vier Gegner ins Land der Träume schicken sehen.«

»Man tut, was man kann«, entgegnete der Kastrup-Mann und grinste breit. Seine tiefblauen Augen zwinkerten vergnügt. »Ich heiße übrigens Hans.« Dabei reichte er dem Rittmeister die Hand.

»Wilhelm«, entgegnete der Staffelführer nur und ergriff die dargebotene Hand. Von Timmer war nach wie vor skeptisch. Für ihn waren die Männer der Kastrup bisher gewissenlose Schlächter gewesen, umso mehr verwirrte ihn die sympathische, kameradschaftliche Art des Leutnants. Doch eine innere Stimme warnte den B1-Piloten, dass Rohwedder jeden in diesem Raum sofort erschießen würde, wenn es im Interesse der Kastrup war.

Vielleicht trügt mich meine Intuition, dachte der Rittmeister, *also trinken wir erst einmal ein Bier mit unseren neuen isländischen Freunden.*

Die vier Deutschen erhoben ihre Biergläser. »Auf Island!«, stimmte Wilhelm an.

»Auf Island!«, wiederholten seine drei Kameraden.

»Auf Deutschland!«, stimmten die Isländer ein.

*

Die nach oben gezwirbelten Haare seines Oberlippenbartes zitterten leicht, als Kaiser Friedrich IV. die Note der amerikanischen Regierung las, die soeben von einer Ordonnanz in den Sitzungssaal des Oberkommandos gebracht worden war. Der in eine dunkelblaue Uniform mit rotem Kragen gekleidete, ebenso große wie kräftige Herrscher mit den nordisch-offenen, ebenmäßigen Gesichtszügen beugte sich ein wenig vor, als ob er dadurch der Note weitere Informationen entlocken könnte. Mit der Linken strich er über die rechte der beiden Reihen silberner Knöpfe seines Leibrocks, während er zwischen Daumen und Zeigefinger der anderen Hand das schicksalhafte Papier hielt. Die zwei anwesenden Reichsmarschälle Rudolph Brachem, verantwortlich für die Luftwaffe, Anton von Grefe, Landstreitkräfte, und Großadmiral Theodor Honnerlage versuchten aus dem Gesichtsausdruck des Kaisers etwas über den Inhalt der Note abzulesen.

Der Kaiser ließ seinen rechten Handrücken auf die Platte des Besprechungstisches fallen, wobei er das Papier immer noch festhielt und sich in seinen Stuhl zurücklehnte. Wortlos reichte er die Note an Brachem weiter. Der hochgewachsene Reichsmarschall mit dem vernarbten Gesicht und den grauen Schläfen überflog sie kurz und zitierte die wichtigsten Stellen:

»… nehmen wir uns das gleiche Recht heraus, das sich auch der Nordische Bund bei der Erforschung der Kernenergie herausgenommen hat … wobei wir keinesfalls den Bau von Kernwaffen beabsichtigen … müssen wir die Forderungen des Kaisers als gegen jegliche Rechts- und Gerechtigkeitsgrundsätze verstoßend ablehnen.« Der Oberkommandierende der Luftwaffe machte eine kurze Pause, bevor es aus ihm herausplatzte: »So ein Unsinn! Mit dem Ende des Weltkrieges in Europa haben die Amerikaner rechtswidrig Grönland besetzt, in Südamerika Militärregierungen installiert und um ein Haar Japan in einen Krieg gedrängt. Die wollen Kernwaffen bauen, damit wir ihnen bei ihren zukünftigen Versuchen, der Welt »Freiheit und Demokratie« zu bringen, nicht mehr auf die Finger hauen können.«

Zustimmendes Gemurmel der übrigen Militärs war die Reaktion auf Brachems Worte.

»Dann bleibt uns wohl nichts anderes übrig, als diesen selbsternannten Hütern der Freiheit eine Lehre zu erteilen. Brachem, geben Sie Rittmeister von Timmer den Startbefehl. Er soll seine Bomben einige Stunden nach Verstreichen unseres Ultimatums über den amerikanischen Nuklearanlagen abwerfen.« Der Kaiser war aufgestanden und blickte entschlossen in die Runde.

»Mit Verlaub, Majestät«, mischte sich von Grefe ein. Seine markanten Gesichtszüge, hervorgehoben von dem strengen Seitenscheitel und den an den Seiten und am Hinterkopf militärisch kurz rasierten Haaren, nahmen einen sehr ernsten Ausdruck an. »Diese Lehre, die wir zu erteilen gedenken, könnte der Auslöser eines Weltkriegs sein. Der Schwerpunkt der Staatsausgaben lag im vergangenen Jahrzehnt auf der Forschung und unserem Weltraumprogramm, nicht auf der Herstellung von Kriegsgerät. Sollte es zu einer gleichzeitigen Auseinandersetzung mit England, Amerika und Russland kommen, könnten wir von unseren Feinden erdrückt werden.«

Der Kaiser, Freund einer offenen Diskussionskultur im Oberkommando, hatte den Reichsmarschall mit unbewegter Miene aussprechen lassen. Dann entgegnete er mit einer Gelassenheit, als ob es um die Neugestaltung des Schlossgartens der kaiserlichen Residenz im Berliner Stadtzentrum ginge: »Wir planen nichts weiter als eine Strafaktion gegen die USA. Sobald diese abgeschlossen ist und die Amerikaner auf viele Jahre hinaus keine Nuklearwaffen herstellen können, werden wir keine weiteren Feindseligkeiten folgen lassen. Die von Ihnen genannten Mächte, mein lieber von Grefe, werden sich jedoch hüten, uns anzugreifen. Immerhin können wir uns als Einzige mit Atomwaffen verteidigen.«

»Das wäre wahrscheinlich auch unsere einzige Chance«, pflichtete Großadmiral Honnerlage den Worten von Grefes bei, »denn den Flotten der USA, Russlands und des Empires sind wir quantitativ hoffnungslos unterlegen.«

»Um auch mal etwas Optimistisches verlauten zu lassen«, stärkte Reichsmarschall Brachem die Position des Kaisers, »die qualitative Überlegenheit unserer Luftwaffe würde selbst in einem konventionell geführten Krieg schnell zur Luftüberlegenheit führen, was einen gewaltigen Vorteil für unsere Streitkräfte im Felde und auf dem Meer bedeuten würde.«

»Ich bin auf jeden Fall der Meinung, dass wir Maßnahmen vorbereiten sollten, unsere Industrieproduktion auf Rüstung umzustellen«, vertrat von Grefe seinen Standpunkt. »Der Nordische Bund kann mehr Industriekapazität aufbieten als Amerikaner, Engländer und Russen zusammen. Innerhalb von drei Monaten könnten wir im Ernstfall einen höheren Ausstoß an Waffen realisieren als all unsere potenziellen Feinde gemeinsam.«

»Sie haben Recht!« Der Kaiser war nun hinter dem Besprechungstisch hervorgetreten und stand in der Mitte des Raumes. Sein Kopf war nachdenklich vornüber gebeugt, und den linken Arm hatte er hinter dem Rücken verschränkt. Wer den Kaiser kannte, wusste, dass diese Haltung bei ihm höchste Konzentration bedeutete. Dann richtete er sich wieder ganz auf und schritt energisch zur Tür des Planungsraums. Er öffnete die Tür und rief: »Ordonnanz! Bitten Sie Rüstungsminister von Bülow zu mir!« Nachdem er die Türe wieder geschlossen hatte, wandte er sich an seine höchsten Militärs: »Seien Sie versichert, meine Herren, die Ausarbeitung der Pläne zur Umstellung der Industrie auf Rüstungsproduktion werde ich noch heute in Auftrag geben. Falls unsere Feinde auf unsere Aktion mit Mobilmachung reagieren, lasse ich die Pläne sofort in die Tat umsetzen. So – und nun, Reichsmarschall Brachem, bitte ich Sie, Rittmeister von Timmer den Startbefehl zu erteilen.«

Von Grefe nickte befriedigt, und auch in den Gesichtern der anderen zeigte sich Erleichterung. Die Marschälle hielten es für fahrlässig, sich alleine auf die nukleare Bewaffnung des Reiches zu verlassen. Sie konnten noch nicht ahnen, wie begründet ihre Sorge war …

32

*

Den Sonntag[5] verbrachten von Timmer und seine Männer auf dem Stützpunkt. Zusammen mit ihren »Kindermädchen« verfolgten sie an den Fernsehgeräten im Aufenthaltsraum des Kasernengebäudes, in dem sie untergebracht worden waren, die Berichterstattung über die DONAR-Mission. Doch es lag eine merkliche Spannung in der Luft. Die Männer rechneten sekündlich damit, dass der General in den Raum platzte, um ihnen entweder den Startbefehl zu erteilen, oder eben dass die Nachricht käme, dass die Amis eingelenkt hätten und sie wieder nach Schiphol zurückfliegen durften.

Um Punkt 20:00 Uhr war es dann auch soweit. General Uhlendorff betrat den Aufenthaltsraum, gefolgt von drei Krankenschwestern. Die Anwesenheit der zweifelsfrei gut aussehenden jungen Frauen zerstreute bei den Männern jeglichen Zweifel über den Befehl, den der General erteilen würde.

Er bestätigte die Vermutung der Bomberbesatzungen: »Einsatzbefehl! Operation ›Siegfried‹ wird morgen früh um 01:45 Uhr Ortszeit gestartet. Jeder von Ihnen erhält von einer der Damen«, der General deutete auf die hübschen Krankenschwestern, »eine Tablette, die ihm das Einschlafen erleichtert. Um 00:45 Uhr werden Sie geweckt und sich wie neu geboren fühlen.«

Die Einnahme dieses speziellen Schlafmittels war Standard bei der Luftwaffe, wenn es in langwierige Einsätze ging, vor denen die Soldaten nicht genügend Gelegenheit zu schlafen hatten.

»Ich würde mich an deiner Stelle lieber von der Blonden in den Schlaf wiegen lassen, als so eine blöde Tablette zu schlucken«, flüsterte Hans Rohwedder Wilhelm von Timmer zu.

Der musste natürlich grinsen und entgegnete: »Mein lieber Hans, ich bin glücklich verheiratet und habe zwei Kinder.«

»Ich meinte ja auch nur wegen der Gesundheit. Die direkte Be-

---

[5] 20. März 1949

treuung durch die Schwester wäre sicherlich gesünder als die Chemikalien in der Pille.«

»Da hast du natürlich Recht. In bin sicher, deine Argumentation würde bei meiner Frau auf vollstes Verständnis stoßen.«

Als die beiden Männer verhalten lachten, schaute der General gespielt irritiert in ihre Richtung: »Es belustigt Sie, mit neun der modernsten Bomber um die halbe Welt zu fliegen, um einen Präzisionsangriff durchzuführen?«

»Verzeihung!«, entgegnete der Rittmeister immer noch grinsend.

Der General murmelte kopfschüttelnd etwas wie: »Das waren noch Zeiten, als Disziplin in der Truppe herrschte.«

Nun grinsten auch die anderen anwesenden Männer, denn sie wussten genau, dass der General scherzte, um die Stimmung ein wenig aufzulockern.

Mehr gab es nicht zu sagen, also verließen die Flieger den Aufenthaltsraum und begaben sich zu Bett. Lediglich die »Kindermädchen« blieben sitzen und verfolgten weiterhin die Mond-Mission.

Beim Hinausgehen wandte sich von Timmer kurz an den General: »Hat das Verhör der Krawallmacher etwas ergeben?«

»Ihr Verdacht hat sich bestätigt. Es handelt sich offensichtlich nicht um isländische Einheimische, sondern um amerikanische Agenten, die sich nicht entgehen lassen wollten, ein paar deutsche Flieger mittels Knochenbrüchen an einem möglichen Einsatz zu hindern.«

*

Planmäßig um 01:45 Uhr erfolgte der Kettenstart der neun Horten B1 vom Luftwaffenstützpunkt »Midgard«. Dieses Mal gab es keine Zuschauer. Die schwarzen Maschinen waren unbeleuchtet und konnten mit bloßem Auge in der wolkenverhangenen isländischen Nacht kaum ausgemacht werden. Die Bomber flogen einen großen Bogen um Reykjavik, um niemanden durch den infernalischen Lärm ihrer Triebwerke aufmerksam zu machen. Im weiteren Umfeld um Midgard patrouillierten Kastrup-Soldaten, um unliebsame Zuhörer aufzuspüren.

Die Horten gingen sofort auf ihre Reiseflughöhe von zwanzigtausend Metern, auf der sie ihrem siebentausend Kilometer entfernten Ziel mit eintausendneunzig Kilometern pro Stunde entgegenstrebten.

Die Bomber überflogen die Südspitze Grönlands, das von den Amerikanern 1919, nachdem sie sich aus Frankreich hatten zurückziehen müssen, annektiert worden war. Diese Inbesitznahme war von den Ländern des Nordischen Bundes nie anerkannt worden. Über Neufundland drangen die neun Maschinen in den kanadischen Luftraum ein. Die Piloten verließen sich auf die Tarnkappeneigenschaften ihrer Maschinen und auf die Flughöhe, die von keinem alliierten Abfangjäger erreicht werden konnte.

Rittmeister von Timmer blickte gedankenverloren aus der Pilotenkanzel der ERNST VON HOEPPNER und versuchte, an dem in dieser Höhe sternenklaren Himmel Konstellationen zu erkennen. *Ob es da oben wohl intelligentes Leben gibt? Und wenn ja, wie mögen die Fremden aussehen?* Plötzlich ertönte ein helles Geräusch, das die Aufmerksamkeit des Staffelführers auf den kleinen Röhrenbildschirm lenkte, der über ihm an der Kanzeldecke angebracht war. Er stellte die Messergebnisse der Bordmikroortung graphisch dar. Drei Punkte waren dort sichtbar. An jedem dieser Punkte klebte eine fünfstellige Zahl, die die Flughöhe des georteten Flugzeugs darstellte.

»Fünfzehntausendeinhundert Meter«, las Kopilot Robert Meier vom Bildschirm ab. »Wahrscheinlich F86 auf Patrouille.« Die amerikanischen F86 waren einsitzige Jagdflugzeuge und das Modernste, was die Alliierten aufzubieten hatten. Ihre Bewaffnung bestand aus sechs Maschinengewehren vom Kaliber .50 (12,7 mm). Die Dienstgipfelhöhe der Jäger lag bei den rund fünfzehn Kilometern Höhe, in der sie zurzeit flogen. Selbst wenn sie die Bomber geortet hätten, wären sie mit ihren Waffen nicht an die fünf Kilometer über ihnen fliegenden Giganten herangekommen.

»Willst du die Anderen nicht informieren?«, fragte Robert seinen Kommandanten.

»Wozu? Die haben die Amis oder Kanadier sicher auch geortet. Und außerdem kann uns das herzlich egal sein, ob die hier herumfliegen oder zuhause im Bett liegen«, entgegnete der Staffelführer ungerührt.

Meier zuckte nur mit den Schultern. Für ihn war das Thema damit erledigt. »Glaubst du, wir lösen mit unserer Aktion einen zweiten Weltkrieg aus?«, fragte er unvermittelt.

»Nein. Die Amerikaner wissen genau, dass sie gegen unsere Atomwaffen machtlos sind. Die werden viel und lautes Gebrüll ausstoßen, aber militärisch gegen den Bund vorzugehen, das werden sie nicht wagen.« Der Rittmeister unterstrich seine Worte mit einem Kopfschütteln.

»Hältst du es denn persönlich für richtig, dass wir ihre Nuklearanlagen bombardieren?«

»Absolut! Der Kaiser darf nicht zulassen, dass andere Mächte Kernwaffen bauen. Wo sollte das auch hinführen? Irgendwann würde ein Atomkrieg ausbrechen, was wohl das Ende der Zivilisation bedeuten würde. Und besonders die Amis sind ja bekannt für ihre rüden Methoden, mit der sie die Welt zwangsdemokratisieren wollen.« Wilhelm lachte bei seinen letzten Worten trocken auf. Bevor er weiter von Robert ausgefragt werden konnte, nahm der Rittmeister seine Atemmaske ab, die ohnehin nur bei plötzlichem Druckverlust vonnöten war, und erhob sich.

»Ich schaue mal nach den Anderen«, verabschiedete er sich von seinem Kopiloten. »Bin in ein paar Minuten zurück.«

Wilhelm öffnete die Tür zum Mittelgang und ging vorbei an der Einbuchtung für die Luke zum Ausstieg. Der Gang endete nach zehn Metern vor einer großen Panzertüre, durch die der Rittmeister den Schützenraum betrat. An den beiden Seitenwänden des Raumes befanden sich die Kontrollen und Bildschirme der vier MG-Schützen, an der Stirnwand die Entsprechungen des Raketen- und des Bombenschützen.

Die Männer saßen jedoch nicht auf ihren Plätzen, sondern um einen runden Tisch in der Mitte des Raumes. Sie hatten zwei Gruppen à drei Mann gebildet und taten genau das, wofür deutsche Soldaten berühmt waren, wenn die Lage ruhig war: Sie spielten Skat.

»Und? Wer gewinnt?«, fragte der Staffelführer die Waffenspezialisten der ERNST VON HOEPPNER.

Ralf Debuli, einer der MG-Schützen, nahm die Frage seines Vorgesetzten zum Anlass, seine Karten auf den Tisch zu knallen. Voller Selbstmitleid – wobei man bei ihm nie so genau wusste, ob es gespielt oder ernst war – brachte er hervor: »Norbert natürlich. Wie immer. Ich glaube, der hat die Bauern[6] für sich gepachtet.« Dabei richteten sich seine roten Borsten vor lauter Missmut leicht auf.

Norbert Kluge hingegen grinste sein väterliches Grinsen. Mit seinen fünfundfünfzig Jahren war er bei Weitem der Älteste und Erfahrenste der achtköpfigen Besatzung.

»Bei uns gewinnt das Nesthäkchen«, berichtete der gutmütige, untersetzte Michael Herrenstett vom Spielstand der zweiten Runde. Schallendes Gelächter der Männer war die Folge. Das »Nesthäkchen« war mit dieser Bezeichnung jedoch keineswegs einverstanden. Wütend flog der Kopf Jörg Sommers zu Herrenstett herum, wobei ihm eine blonde Strähne ins Gesicht fiel und seine tiefblauen Augen noch eine Nuance dunkler erscheinen ließ. Der erst 21 Jahre alte Flieger absolvierte im Rahmen seiner Pilotenausbildung zurzeit sein Bordschützenprogramm auf der ERNST VON HOEPPNER: Jeder Pilot musste Bekanntschaft mit allen Waffensystemen gemacht haben. Sommer galt als ein Ausnahmetalent und würde wohl als einer der jüngsten Männer in der Geschichte der Luftwaffe ein Kampfflugzeug pilotieren.

»Mach dir nichts draus«, beschwichtigte von Timmer den jungen Mann, »bald wird Herrenstett vor dir salutieren müssen.«

---

[6] Höchste Karten beim Grand- und Farbenspiel

Diesmal lachten die Männer auf Kosten Herrenstetts, dem die Erheiterung seiner Kameraden lediglich ein gutmütiges Lächeln abrang.

Doch dann wurde der Rittmeister fast übergangslos ernst. »Ich sage euch Bescheid, wenn wir die Reiseflughöhe verlassen und auf Angriffskurs gehen. Männer, nehmt diesen Einsatz nicht auf die leichte Schulter. Wir fliegen wegen der großen Entfernung ohne Jägergeleit und die leichten amerikanischen F86 sind im Kampf gegen unsere schweren Maschinen nicht zu unterschätzen. Hoffen wir, dass die Überraschung gelingt, wir unsere Bomben abwerfen und wieder weg sind, bevor die Amis so richtig gemerkt haben, was los ist.«

Wilhelm wusste, dass er sich auf die Männer verlassen konnte. Auch wenn sie zusammengewürfelt wirkten, so bildeten sie doch mit den anderen Soldaten der Staffel eine verschworene Gemeinschaft. Der Ernst in den Augen seiner Männer verriet ihm, dass sie nicht mit Leichtsinn an ihre Aufgabe herangehen würden. Zufrieden wandte sich der Staffelführer ab und begab sich zurück in die Pilotenkanzel, wo er schon von Robert Meier erwartet wurde.

»In einer halben Stunde verlassen wir die Reiseflughöhe und gehen auf Angriffskurs. Hier ist alles ruhig geblieben. Bis auf ein paar Passagierflugzeuge hatte ich nichts in der Mikroortung«, meldete der Kopilot, als der Rittmeister eintrat.

In aller Ruhe schnallte sich der Staffelführer an, setzte seine Sauerstoffmaske mit dem eingebauten Mikrofon auf und drückte dann den Schalter für die Staffelkommunikation.

»Schwarmführer an Adler. In einer halben Stunde gehen wir zum Angriff über. Erbitte Meldung außergewöhnlicher Vorkommnisse und technischer Probleme.«

Nacheinander meldeten sich die acht anderen Adler. Es wurde eine sehr geringe Sendeenergie verwendet, so dass das Gespräch schon in wenigen Kilometern Entfernung nicht mehr abgehört werden konnte. Jeder der Piloten erklärte volle Kampfbereitschaft. Anschließend hielt Wilhelm eine ähnlich eindringliche Predigt an die Besatzungen der Adler, auf keinen Fall den bevorstehenden Einsatz zu unterschätzen.

Rund eine Stunde später würde dieser Appell ihres Kommandanten auf die Männer der 1. Bomberstaffel wie eine Prophezeiung wirken.

*

»Zielanflug beginnen!«, lautete der knappe Befehl des Staffelführers, vorgetragen in zwanzig Kilometern Höhe und rund fünfzig Kilometer nordwestlich von Las Vegas.

Ohne ihre Keilformation mit der ERNST VON HOEPPNER an der Spitze zu verändern, verloren die neun Bomber kontinuierlich an Höhe. Über dem Zielgebiet nordwestlich von Rosamond würden sie in nur zwei Kilometern über dem Boden ihre Streubomben abwerfen. Die geringe Höhe diente der Zielgenauigkeit. Man wollte die amerikanischen Nuklearanlagen vollständig vernichten, zivile Ziele in der Umgebung jedoch keinesfalls in Mitleidenschaft ziehen.

Das brausende Geräusch der sechs Triebwerke wurde zu einem leisen Säuseln, als Wilhelm Schub wegnahm. Auf einem Bildschirm zwischen den verschiedenen Instrumenten sah er eine Karte der amerikanischen Westküste mit darauf eingezeichneten Städten wie Las Vegas und Los Angeles. Ein kleines Dreieck kennzeichnete die Position seiner Bomberstaffel. Die auf wenige Meter genaue Positionsbestimmung erfolgte über die Signale mehrerer Satelliten, die vor vier Jahren von deutschen Trägerraketen ins All gebracht worden waren und seitdem ihre genaue Position und Uhrzeit permanent ausstrahlten. Die Daten wurden digital und verschlüsselt übertragen, so dass sie nur von den Truppen des Nordischen Bundes für die eigene Positionsbestimmung genutzt werden konnten.

Eine Viertelstunde vor dem Erreichen des Zielgebietes orteten die B1 fünfzig Fugzeuge, die sich in einer Höhe von fünftausend Metern auf Rosamond zubewegten.

Sofort schaltete der Rittmeister auf die Staffelfrequenz. »Wir sind entdeckt worden. Fragt mich nicht, Männer, wie das möglich war. Aber für fünfzig Flugzeuge mit Kurs auf unser Zielgebiet gibt es keine andere Erklärung.«

»Und? Wie gehen wir weiter vor?«, konnte der Kommandant von Adler 3 die Ausführungen des Staffelführers nicht abwarten.

»Der Geschwindigkeit nach zu urteilen – die fliegen mit gut fünfhundert Kilometern in der Stunde –, handelt es sich wohl seltsamerweise um Bomber«, entgegnete von Timmer, »und die können wir uns leicht vom Hals halten. Wir werden das Zielgebiet eher erreichen, also werfen wir unsere Knallfrösche und gehen auf Heimatkurs. Wenn uns die mysteriösen Bomber dann in die Quere kommen, setzen wir die »Fledermäuse[7]« ein.

Als die neun B1 kurz vor Rosamond die Abwurfhöhe von zweitausend Metern erreicht hatten, waren die fünfzig fremden Flugzeuge noch zwanzig Kilometer entfernt.

Die neun Horten öffneten ihre Bombenschächte. Dadurch reflektierten sie Mikrowellen und wurden so auf den Ortungsschirmen der Amerikaner sichtbar.

»Zielgebiet erreicht! Abwurf!«

Innerhalb weniger Sekunden fielen aus den immer noch in Keilformation fliegenden Maschinen je fünfzig Streubomben, jede eine Tonne schwer. Als die Waffen bis auf 200 Meter gefallen waren, wurden die Wandungen der Streubomben abgesprengt. Eintausend je ein Kilogramm schwere Sprengsätze wurden aus jeder Bombe freigesetzt. Vierhundertfünfzigtausend Explosionen ereigneten sich innerhalb weniger Sekunden auf dem sechs Quadratkilometer großen Gelände der Nuklearanlagen Silverlake I und II, während die deutschen Maschinen schon wieder an Höhe gewannen und auf Heimatkurs gingen.

---

[7] Luft-Luft-Raketen mit Mikroortungs-Suchkopf

John Harris hatte mit seiner Frau und seinen drei Kindern die Farm seines Bruders besucht, welche an der 170th Street lag. Es war ein feuchtfröhlicher Abend gewesen, der sich bis um kurz vor zwei Uhr nachts hingezogen hatte. Die Kinder schliefen im Fond seines fast nagelneuen Lincoln, während die Scheinwerfer des Wagens gespenstische Schatten durch die spärliche Vegetation am Rande des Rosamond Boulevards warfen.

»Ich glaube, dein Bruder ist Alkoholiker«, bemerkte Johns Frau Betty. Ihre modische lockige Kurzhaarfrisur glänzte im Licht der Scheinwerfer eines entgegenkommenden Fahrzeugs. »Kein normaler Mensch kann so viel trinken und dann immer noch ganze Sätze sprechen. Und übrigens: Auch du dürftest eigentlich nicht mehr fahren.«

»Was soll schon passieren? Der Rosamond Boulevard führt schnurstracks ins Zentrum, und geradeaus fahren werde ich ja wohl noch können.«

Harris hatte die Worte gesprochen, ohne seinen Blick von der Fahrbahn zu nehmen, denn er fühlte sich doch ein wenig unsicher wegen seines Alkoholkonsums.

»Aber dir ist schon klar, dass unsere Kinder im Auto sitzen. Da solltest du mehr Verantwortungsgefühl zeigen und weniger trinken.«

Die Stimme Bettys hatte diesen extrem vorwurfsvollen Ton angenommen, den er so an ihr hasste.

Mein Gott, was geht mir die ewige Nörgelei dieses Weibsbilds auf die Nerven, dachte John. Nun schaute er doch rechts hinüber zu seiner Frau. »Wenn du meinst, ich sollte nicht mehr fahren, warum fährst du dann nicht selbst? Ich hatte dich doch gefragt, ob du nicht die paar Kilometer …«

Das Donnern von Düsentriebwerken unterbrach Johns Verteidigungsrede. Es klang dumpfer und bedrohlicher als der Lärm, den die neuen Jäger veranstalteten, die auf der zwanzig Kilometer entfernten Muroc Air Force Base[8] stationiert waren und gelegentlich Rosamond überflogen. Außerdem holten die Jäger der Air Force keine Bürger mitten in der Nacht aus dem Schlaf, wenn nicht ein Ernstfall vorlag.

Die Deutschen!, schoss es John durch den Kopf. *Sollten die Drohungen des deutschen Kaisers gegen die Silverlake-Anlagen doch nicht nur Säbelrasseln gewesen sein? Griffen die Krauts tatsächlich an?*

Plötzlich war der Rosamond Boulevard in einem gleißenden Flackern taghell ausgeleuchtet. John blickte in die Richtung der unsteten Lichtquelle wenige hundert Meter links von der Straße. Es sah aus, als hätte jemand eine nicht enden wollende Kette von überdimensionalen Silvester-Krachern gezündet, die mit unwirklich erscheinender Lautlosigkeit detonierten. Die Kette der Explosionen zog sich kilometerlang an der Straße hin, die Tiefe dieses Feuermeers konnte John aus seiner Perspektive nicht abschätzen.

Sekundenbruchteile später erreichten erst der Schall und kurz darauf die Druckwelle den Lincoln. Zuerst brüllte ein ohrenbetäubendes, arhythmisches Krachen auf, dann wurde der Wagen nach rechts von der Straße gefegt. Er holperte über das unebene Gelände und kam rund zwanzig Meter vom Boulevard entfernt zu stehen. Das Krachen hatte immer noch nicht aufgehört, war jedoch leiser geworden; offensichtlich entfernten sich die Detonationen vom Standort der Familie. Langsam schälte sich das Schreien der Kinder aus dieser Geräuschkulisse heraus. John und Betty versuchten, die beiden kleinen Mädchen und den älteren Jungen zu beruhigen. Plötzlich herrschte Stille, von dem leisen Schluchzen der Kinder und dem gedämpften Geräusch der Flammen abgesehen. John blickte über die Fahrbahn hinweg und sah auf mehreren Kilometern Länge eine Feuerwand dort, wo sich das Gelände der Nuklearanlagen befand.

---

[8] bei uns bekannt als Edwards Air Force Base

»Die Deutschen haben es tatsächlich getan. Ich kann es nicht fassen«, sprudelte es aus Betty heraus.

»Nur weg von hier!« John startete den Lincoln, dessen Motor bei ihrem unfreiwilligen Ausflug ins Gelände abgestorben war. Der Wagen sprang sofort an und warf zwei Fontänen Erde nach hinten, als Harris mit durchdrehenden Reifen losfuhr.

»Gott sei Dank haben wir uns bei deinem hektischen Start nicht festgefahren«, nörgelte Betty.

Johns Nerven lagen blank. »Halt dein verdammtes Maul!«, schrie er, während er das Auto zurück auf den Rosamond Boulevard lenkte.

Als er wieder Asphalt unter den Rädern hatte, beschleunigte er voll und raste an dem parallel zur Straße lodernden Feuer entlang. Die Ereignisse hatten ihn mit einem Schlag wieder nüchtern gemacht.

Als sie noch zwei Kilometer vom Stadtzentrum entfernt waren, leckte dort plötzlich eine Feuerzunge mindestens einhundert Meter hoch in den nachtschwarzen Himmel. Sekundenbruchteile später schossen weitere Feuerzungen hinauf, bis das Zentrum von Rosamond in einen hellen, rötlichen Schein gehüllt war. Weitere Explosionen erfolgten, die den Lichtschein auf die Außenbezirke des Städtchens ausdehnten.

John reduzierte die Geschwindigkeit des Lincoln und fuhr weiter auf die lodernde Stadt zu. Nach wenigen hundert Metern sah er etwas Brennendes, das sich den Boulevard entlang in seine Richtung bewegte. Sekunden später war zu erkennen, dass es sich um einen Pickup handelte, der plötzlich rechtwinklig nach links abbog und in eines der bisher unversehrten Reihenhäuser krachte. Das hölzerne Gebäude entzündete sich sofort.

Mehrere Gestalten, deren Kleidung Feuer gefangen hatte, torkelten aus dem Inferno. John hielt direkt auf sie zu. Als er sie erreicht hatte, bremste er den Wagen abrupt und sprang hinaus. Zwei der Gestalten riss er zu Boden, zog sich seine Lederjacke aus und erstickte damit die Flammen. Es handelte sich um einen

Jungen und ein Mädchen, acht bis zehn Jahre alt, die offensichtlich schwere Verbrennungen davongetragen hatten.

Weitere Menschen stürzten aus den Häusern entlang der Straße, von denen immer mehr von dem Feuer erreicht wurden. Einige rannten weg, andere halfen den Menschen, die aus dem Stadtzentrum kamen.

Sirenen ertönten – viel zu spät, um noch jemanden zu warnen. John vermutete, dass Tausende im brennenden Rosamond umgekommen waren. Das auf- und abschwellende Heulen der Luftschutzsirenen mischte sich mit dem tiefen Brummen von Feuerwehrwagen, die sich über den Boulevard aus der gleichen Richtung, aus der John gekommen war, mit hoher Geschwindigkeit näherten. Sie fuhren an Harris vorbei und bremsten in Höhe der ersten brennenden Gebäude. Sofort sprangen die Feuerwehrmänner ab, suchten sich den nächsten Hydranten und schlossen ihre Schläuche an.

Als die Männer mit den Löscharbeiten beginnen wollten, schoss brennbare Flüssigkeit aus dem Schläuchen und erzeugte einen Feuerball an der Häuserreihe. Offenbar war der Inhalt der Brandbomben oder was immer sonst die Deutschen abgeworfen hatten in die Kanalisation und auch in die Wasserversorgung geraten. Gullideckel flogen hoch, und Feuersäulen schossen aus den Öffnungen in der Straße.

»Diese verdammten Drecksdeutschen!«, schrie John in seiner Verzweiflung heraus, als er seinen Lincoln brennend auf der Seite liegen sah. Der Wagen hatte auf einem Gullideckel gestanden. Die immer noch lodernde Feuersäule hatte seinen Wagen umgeworfen. Wahnsinnig vor Angst um seine Familie rannte John Harris zu seinem Auto. Sein Hass auf die Deutschen würde von diesem Moment an auf ewig unversöhnlich sein.

*

Die Heckkameras der ERNST VON HOEPPNER übertrugen die Explosionen unserer Streubomben auf den Hauptbildschirm der Pilotenkanzel. Es sah aus, als ob jemand einen funkensprühenden Teppich über das Land ausrollte. Die Seiten des Teppichs verliefen in gerader Linie, so dass ich mir sicher war, dass unsere Bomben das Zielgebiet präzise und ohne große Abweichungen eingedeckt hatten.

»Kurs Midgard!«, befahl ich knapp, als die letzten Bomben die Schächte unserer Maschinen verlassen hatten. Als meine Staffel nach Norden schwenkte, wandte ich mich sofort dem Bildschirm der Mikroortung zu, um den Kurs der mysteriösen fünfzig Bomber zu verfolgen. Die Unbekannten hatten ihre Flugrichtung geändert. Sie kamen jetzt nicht mehr direkt auf Rosamond zu, sondern befanden sich auf Abfangkurs! Noch mehr beunruhigte mich die Zahl, die die Geschwindigkeitsmessung der fremden Flugzeuge auf dem Bildschirm darstellte: neunhundertsechzig Kilometer pro Stunde. Es handelte sich keinesfalls um Bomber, sondern um Jagdflugzeuge, die nun stark beschleunigten, nachdem wir durch das Öffnen unserer Bombenschächte für ihre Mikroortung sichtbar geworden waren.

»Wir werden angegriffen! Jäger aus zwei Uhr!«, machte ich auch diejenigen auf die nette Überraschung aufmerksam, die möglicherweise noch nicht auf ihre Schirme geblickt hatten.

»Voller Schub, maximale Steigung! Kurs auf den Feind. Raketenschützen bereithalten!«, fügte ich hinzu. Es konnte sich bei den Jagdflugzeugen nur um amerikanische F86 handeln, vor denen wir erst oberhalb von fünfzehntausend Metern sicher waren. Doch bevor wir diese Höhe erreicht haben würden, wären die Jäger in Schlagdistanz – also ließ ich direkten Kurs auf sie nehmen, damit wir in optimale Schussposition für unsere Fledermäuse kamen.

Die Raketenschützen markierten jetzt je ein Ziel mit der Gefechtsortung[9]. Diese Jäger erstrahlten nun wie helle Sterne für die Suchköpfe der Fledermäuse. Auf den Bildschirmen der Männer in den Gefechtsräumen der Horten würden die markierten Ziele nun ebenfalls heller aufleuchten, so dass keine zwei Raketen auf den gleichen Feind gelenkt werden würden.

Als die F86 noch sechs Kilometer von uns entfernt waren, gab ich den Feuerbefehl. Neun Raketen verließen ihre Abschussschächte und rasten den Jägern auf flammenden Abgasschweifen entgegen. Zwei Sekunden später standen neun Glutbälle vier Kilometer vor uns im Raum. Die nächsten Ziele wurden markiert, und schon schoss die zweite Salve Fledermäuse aus den Bäuchen unserer Bomber. Neun weitere Explosionen, in denen je ein Feuerschweif endete, konnte ich in der Dunkelheit mit bloßem Auge vor uns ausmachen. Die Glutbahnen der dritten Welle Fledermäuse schossen auf den Gegner zu.

Dann war der Raum um uns herum von den Glutbahnen der amerikanischen Leuchtspurmunition durchzogen.

Robert und ich hörten das Klackern einer feindlichen Garbe, die die Hülle der ERNST VON HOEPPNER getroffen hatte. Offensichtlich waren die Geschosse in flachem Winkel aufgeschlagen, denn unsere B1 schien unbeschädigt zu sein. Wenige hundert Meter vor uns entstanden zwölf weitere Glutbälle. Unsere Fledermäuse waren eingeschlagen, und offensichtlich hatten die Bordschützen mit ihren Zweizentimeterkanonen ebenfalls erste Erfolge erzielt.

Der Kommandant der feindlichen Jäger schien erkannt zu haben, dass der Frontalangriff auf uns keine besonders gute Idee gewesen war, denn im Licht der Sterne sah ich, wie die Gegner auseinanderstoben, um in weiten Kurven zu wenden.

Meine Staffel durchflog die Stelle, wo noch eine Sekunde

---

[9] Die Ziele werden über Mikroortung (Radar) markiert. Jeder Raketenschütze verwendet eine etwas andere Frequenz, so dass die Raketen unterschiedlicher Schützen nicht das gleiche Ziel anfliegen.

zuvor die feindlichen Jäger gewesen waren. Durch die Seitenscheibe der Kanzel beobachtete ich die blau glühenden Abgasstrahlen der davoneilenden Gegner, die sich nun hinter uns zu setzen versuchten.

»Schwarmflügel links und rechts maximal wegbrechen!«, schrie ich in das Mikrofon meiner Sauerstoffmaske. Das Manöver ließ die vier links von mir fliegenden Maschinen in eine Linkskurve und die vier anderen in eine Rechtskurve mit kleinstmöglichem Radius gehen. Trotz der hohen Andruckkräfte hörte ich aus den Lautsprechern meines Helmes: »He Chef! Hier Adler drei. Dir ist schon klar, dass unsere Bomber keine Jäger sind?«

Innerlich musste ich über die Bemerkung des Piloten lächeln. Das »Wegbrechen« war in der Tat ein Manöver, mit dem eine Jägerstaffel auf das Abdrehen des Feindes reagiert hätte. Doch was blieb mir anderes übrig? Ich durfte auf keinen Fall zulassen, dass sich die Amis hinter uns setzten.

Doch die Kurvenradien, die wir fliegen konnten, waren natürlich erheblich größer als die der wendigen Jäger. Unsere Bomber lagen fast senkrecht zum Boden in der Luft, als sich die F86 aus meiner Sicht »von oben« auf uns herabstürzten. Als deren Mündungsfeuer aufblitzte, ließ ich die ERNST VON HOEPPNER zusätzlich nach unten wegsacken. Die oberen Geschütztürme schickten den Gegnern wütendes Abwehrfeuer entgegen. Vier weitere Glutbälle entstanden. Durch das Prasseln der feindlichen Geschosse auf die Außenhaut unserer Horten, die keinen Schaden nahm, wusste ich, dass die Angaben des Herstellers unserer B1 stimmten: Die Panzerung war zu stark für die Maschinengewehrmunition der Amerikaner.

Da ich der rechten Flanke beim Ausbrechen gefolgt war, sah ich die vier Bomber in absoluter Schräglage vor mir, wie an der Perlenschnur aufgereiht. Plötzlich setzte sich ein feindlicher Jäger genau zwischen die ERNST VON HOEPPNER und den direkt vor mir fliegenden Adler zwei. Durch den Einsatz der Fledermäuse hätten wir die Kameraden stark gefährdet, also vergrößerte ich den

Kurvenradius leicht, den unsere Horten flog, so dass Adler zwei und sein kleiner Verfolger langsam »über uns« wegkippten. So gut unsere Panzerung auch war, sobald es dem Jäger gelang, direkt in die Triebwerke seiner Beute zu schießen, war letztere verloren. Doch durch mein Manöver hatten die beiden oberen Bordschützen der ERNST VON HOEPPNER freies Schussfeld auf den Angreifer. Schon sah ich die Leuchtspurgeschosse dem Jäger entgegeneilen. Der Amerikaner versuchte seine Maschine noch hochzuziehen, doch mehrere unserer Zweizentimetergranaten trafen sein Heck. Das dort montierte einstrahlige Triebwerk reagierte mit einer heftigen Explosion, die die F86 vollkommen zerriss, noch bevor der Pilot die Gelegenheit zum Aussteigen hatte.

Fast gleichzeitig ging ein mörderischer Ruck durch die ERNST VON HOEPPNER: Auf dem Bildschirm der Heckkamera sah ich einen weiteren Jäger hinter uns hängen, der unablässig auf uns feuerte. Durch meine Rettungsaktion für Adler zwei hatte ich es dem Feind leicht gemacht, sich unmittelbar hinter uns zu setzen.

Eine weitere, noch heftigere Schockwelle ging durch meine B1. An den Kontrollleuchten der Triebwerke erkannte ich, dass zwei von sechs ausgefallen waren. Dann gellte der Feueralarm durch den Bomber. Erneut bäumte sich die ERNST VON HOEPPNER auf. Die Lämpchen für die restlichen vier Triebwerke wurden rot. Ich konnte meine B1 in dieser schrägen Fluglage nicht mehr halten – sie drohte durchzusacken und dem Boden entgegenzustürzen. Also ließ ich sie wieder in die Waagerechte kippen und damit in einen kontrollierten Gleitflug übergehen.

»Alle Mann raus!«, befahl ich meiner Besatzung über die Bordkommunikation.

Erst als ich mich selbst abschnallte und Robert schon an mir vorbei auf den Gang getreten war, sah ich rechts vor uns ein helles, rotes Flammenmeer. Wiederum rechts davon erstreckte sich ein rot glühendes Rechteck. Ich überprüfte kurz die immer noch funktionierende Anzeige der Satellitennavigation und kam zu dem eindeutigen Schluss, dass es sich bei dem Rechteck um die von uns bombardierten Nuklearanlagen handeln musste – und dass das Flammenmeer mit dem Stadtzentrum von Rosamond identisch sein musste.

Rosamond brennt!, schoss es mir durch den Kopf. Meine Verwirrung war so stark, dass ich immer noch auf die Flammen starrte, als ich einen Ruck an der linken Schulter spürte.

»Was ist los? Wir müssen raus!«, hörte ich die in eindringlichem Tonfall vorgetragenen Worte von Robert.

Ich aktivierte noch schnell den Selbstzerstörungsmechanismus und folgte dann meinem Kopiloten. Auf dem Gang trafen wir die Männer aus dem Waffenraum. Ruß klebte in ihren Gesichtern, und ihre Fliegerkombis machten einen desolaten Eindruck. Doch einer der Bordschützen fehlte.

»Wo ist Herrenstett?«, wollte ich wissen.

»Der hintere Teil der ERNST VON HOEPPNER steht in Flammen. Irgendetwas ist explodiert und hat Herrenstett ein Stück der Bildschirmeinfassung und ein paar Glassplitter in die Brust getrieben. Er war auf der Stelle tot«, erklärte Raketenschütze Frohnlinde, während die Männer die Fallschirme aus einem Fach in der Gangwand nahmen.

Die Luke wurde geöffnet, und sieben Männer sprangen in die Dunkelheit der Nacht. Ich verließ die brennende Horten als letzter. Während ich fiel, sah ich über mir die langen Flammenzungen aus dem Heck der Maschine schießen. Hinter mir loderte das Flammenmeer von Rosamond, auf dessen Ursache ich mir keinen Reim machen konnte. Mehrere Explosionen ereigneten sich noch am Himmel, während ich langsam zu Boden schwebte. Doch keiner der entstandenen Feuerbälle machte auf mich den Eindruck, es könne sich um eine unserer gigantischen Maschinen gehandelt haben. Als der Lärm der Triebwerke immer leiser wurde, war ich mir ziemlich sicher, dass meine Kameraden, von uns einmal abgesehen, auf dem Weg zurück nach Midgard waren.

*

Wir landeten auf felsigem Untergrund. Keiner der Männer hatte sich dabei ernsthaft verletzt. Nachdem wir uns von unseren Fallschirmen befreit hatten, bildeten die verbliebenen sechs einen Halbkreis um mich.

»Kameraden! Wir befinden uns mitten auf feindlichem Hoheitsgebiet. Unsere nächsten Truppen sind rund siebentausend Kilometer entfernt. Es ist illusorisch zu glauben, dass wir uns in unseren Fliegerkombis bis nach Island durchschlagen können. Unsere einzige Chance ist es, unterzutauchen. Hinter mir«, ich deutete mit dem Daumen über meine Schulter, »scheint sich eine Farm zu befinden«. Ich hatte das Anwesen, wie wahrscheinlich auch meine Männer, während des Fallschirmsprungs gesehen. »Dort werden wir uns zivile Kleidung, ein Fahrzeug und, wenn möglich, Bargeld besorgen. Hat jemand eine bessere Idee?«

»Nein. Aber wir sind Soldaten, keine Räuber«, entgegnete der junge Feldwebel Jörg Sommer, der bei jeder Gelegenheit seine soldatische Ehre herausstellte.

Ich lachte trocken auf, bevor ich entgegnete: »Sie sollten vielleicht einmal überdenken, ob eine moralische Belehrung Ihres Vorgesetzten notwendig ist. Selbstverständlich werden wir die Besitzer der Farm dort drüben«, erneut deutete ich mit dem Daumen über die Schulter, »für die entstandenen Schäden und Unannehmlichkeiten entschädigen, wenn wir erst wieder auf dem Hoheitsgebiet des Bundes sind.«

Mein Blick folgte noch einmal der ERNST VON HOEPPNER, die in meinen Augenwinkeln zunächst zu einem kleinen, hellen Pünktchen geworden war und nun in einer auch auf die große Entfernung hin beeindruckenden Explosion verging.

»Machen wir uns auf den Weg, Männer!«, forderte ich die Soldaten, für die ich verantwortlich war, auf und wandte mich in die Richtung, aus der der schwache Lichtschein der Farm zu sehen war.

Wir durchquerten das steinige Gelände, ständig darauf bedacht, Hindernisse im fahlen Mondlicht rechtzeitig zu erkennen. Trotzdem kam mehrmals einer der Männer ins Stolpern. Nach zwanzig Minuten hatten wir den kleinen Bauernhof erreicht. Zwei große Scheunen, ein hölzernes Windrad und schließlich das Wohnhaus der Familie lagen inmitten umzäunter Koppeln, sofern ich das bei der dürftigen Beleuchtung, die lediglich von zwei schwachen Laternen ausging, erkennen konnte.

Im Wohnhaus war alles dunkel. Vorsichtig schlichen wir darauf zu, wobei jeder von uns seine Neunmillimeter Luger Halbautomatik gezogen hatte. Wir hatten uns gegen den Wind genähert, weshalb der Hofhund wohl erst anschlug, als wir nur noch zwanzig Meter vom Haus entfernt waren.

Ich rannte los und erreichte die Haustür als Erster. Durch einen Lichtschein, der auf den Hof fiel, bemerkte ich, dass im ersten Stockwerk die Beleuchtung eingeschaltet worden war. Mittels Handzeichen bedeutete ich meinen Männern, von beiden Seiten der Türe an der Hauswand Aufstellung zu nehmen. Eine halbe Minute später öffnete sich die Haustür, und der Doppellauf einer Schrottflinte schob sich aus dem entstandenen Spalt. Ich griff mit der freien Hand danach und zog kräftig. Nun kam die gesamte Flinte zum Vorschein mitsamt des Bauern, der sich daran festhaltend hinterher stolperte.

Mit seinen etwas mehr als zwei Metern Größe und einhundertzehn Kilo Kampfgewicht griff Peter Sauter in das Gezerre um die Flinte ein, indem er einfach die beiden Handgelenke des Bauern umklammerte und von der Waffe wegriss.

Mit vor Angst geweiteten Augen sah uns der Landwirt an. Er war einen halben Kopf kleiner als ich und damit einen ganzen Kopf kleiner als Peter. »Who are you? What do you want[10]?« stammelte der Mann.

»Wir sind deutsche Soldaten«, antwortete ich wahrheitsgemäß.

---

[10] Wer sind Sie? Was wollen Sie?

Möglicherweise hatte der Bauer Deutsch in der Schule gelernt. Rund neunzig Prozent aller wissenschaftlichen Veröffentlichungen kamen aus den Ländern des Nordischen Bundes, weshalb sich Deutsch als Wissenschaftssprache weltweit durchgesetzt hatte. Deshalb blieb auch britischen und amerikanischen Wissenschaftlern nichts anderes übrig, als in Deutsch zu veröffentlichen, wenn sie ihre Ergebnisse in einem renommierten Blatt gedruckt sehen wollten. Aus diesem Grunde war Deutsch erste Fremdsprache an britischen und amerikanischen Schulen, so dass eine Wahrscheinlichkeit für entsprechende Sprachkenntnisse des Bauern bestand.

»German soldiers? How did you get here? I saw some explosions in the sky[11].«

Das Deutsch des Bauern schien immerhin gut genug zu sein, um mich verstehen zu können, für eine Antwort reichten seine Sprachkenntnisse hingegen wohl nicht. Anstatt seine Fragen zu beantworten, deutete ich auf das Innere des Hauses. Der Mann verstand und ging voran, während ich ihn auf Englisch nach seinem Namen fragte.

»William Smith«, antwortete er mit zitternder Stimme.

Drinnen schaltete er das Licht ein. Wir befanden uns in einem kleinen Flur mit einer Treppe, die nach oben führte. Am oberen Ende der Treppe stand eine Frau im Morgenmantel, links von ihr ein Junge, rechts ein Mädchen. Beide Kinder drückten sich an die Mutter und betrachteten uns mit misstrauischen Blicken.

»Wir brauchen Geld, Kleidung und ein Auto«, erklärte ich William in seiner Sprache. »Wir sind keine Diebe und werden eine angemessene Summe schicken, wenn wir wieder in der Heimat sind. Ihnen und Ihrer Familie wird nichts geschehen.«

»Steckt die Waffen weg!«, befahl ich meinen Männern.

William führte uns nach oben ins Schlafzimmer. Seine Frau

---

[11] Deutsche Soldaten? Wie sind Sie hier hergekommen? Ich habe ein paar Explosionen am Himmel gesehen.

und die Kinder wichen zurück, als wir die Treppe hinaufkamen, und verschwanden in einem der Zimmer. Ich bedeutete Jörg Sommer, ihnen zu folgen. Ich wollte natürlich vermeiden, dass die Frau telefonierte oder in einer Kurzschlusshandlung mit einer Waffe auf uns losging.

Im Schlafzimmer öffnete der Landwirt einen Schrank mit seinen Kleidungsstücken. Mit der Linken machte er eine ausladende Bewegung und deutete auf die Hosen, Anzüge und Hemden. Dabei blickte er mich an. In seinen Augen las ich die ängstliche Bitte: *Tut meiner Familie bitte nichts.*

Ich klopfte dem Bauern beruhigend auf die Schulter und lächelte ihn freundlich an. Der Mann war mir sympathisch, und ich bedauerte die Ängste, die er, seine Frau und seine Kinder nun ausstehen mussten.

Meine Männer und ich entledigten uns der Fliegerkombis und kleideten uns mit den Sachen Williams ein – zumindest versuchten wir das. Die Einzigen, die einigermaßen in die Hosen und Hemden passten, waren mein Kopilot Robert und einer der Bordschützen, Ralf Debuli. Letzterer hatte in den Hosen aber immerhin mächtig »Hochwasser«.

Bei den anderen, inklusive mir, spannten die Hemden und Hosen. Wir sahen aus wie Presswürste. Für Peter war das Umkleiden jedoch ein hoffnungsloses Unterfangen. Mit seinen mehr als zwei Metern Größe und seiner kräftigen Statur konnte er die Hose, die er gerade ausprobierte, nicht einmal über seine Oberschenkel ziehen. Er zog resigniert seine Fliegerkombi wieder an und suchte nach einem möglichst weiten, langen Mantel, wurde aber nicht fündig.

William betrachtete uns nachdenklich. Dann zog er an meinem viel zu engen Hemd, womit er signalisierte, dass wir ihm folgen sollten. Er führte uns in den Keller des Hauses und erklärte, dass der Vater seiner Frau kürzlich verstorben sei, dass er hier bis zu seinem Lebensende gewohnt habe und dass seine Kleidung noch vorhanden wäre.

In einem Kellerraum, der nur von einer nackten Glühbirne beleuchtet wurde, öffnete William eine Kiste und hob einen Packen Kleidungsstücke heraus, die er auf einen Tisch legte. Wir entledigten uns der engen Sachen und probierten die seines Schwiegervaters an. Damit waren wir einen großen Schritt weiter, denn die Sachen passten allen einigermaßen – außer Peter, der sich zwar hineinzwängen konnte, dem die Hemden und Hosen aber zu kurz waren.

»I've been too nervous to get you here at once[12]«, meinte William entschuldigend.

Ich klopfte ihm wieder beruhigend auf die Schulter und erklärte ihm, dass wir Bargeld, eine Karte der Umgebung und ein Auto brauchten. Bedauernd fügte ich hinzu, dass wir sein Telefon leider zerstören mussten.

Der Landwirt führte uns wieder ins Erdgeschoss, und Peter riss den Telefonanschluss aus der Wand. William holte eine kleine Metallschachtel aus dem Küchenschrank und zog einen Schlüsselbund aus einem Blumentopf, der auf einer Fensterbank stand. Mit einem Seufzer öffnete er die Schachtel und überreichte mir zweihundertundfünfzehn Dollar. Dann ging er zu einer Kommode im Flur und kramte eine Faltkarte hervor, die er mir ebenfalls überreichte. Anschließend lief er nach draußen, öffnete eine der beiden Scheunen und präsentierte uns einen Dodge Pickup. Im Licht der Scheunenbeleuchtung studierte ich die Karte und ließ mir von William darauf seine Farm zeigen. Das nächste Anwesen war vier Meilen entfernt. Es würde also mindestens eine halbe Stunde dauern, bis der Mann die Behörden auf uns aufmerksam machen konnte.

Ich drückte ihm zum Abschied die Hand und versicherte nochmals, dass er entschädigt werden würde.

Mein Kopilot Robert Meier und der Älteste von uns, Bordschütze Norbert Kluge, nahmen neben mir Platz, während sich die anderen vier Kameraden mit der Ladefläche des Pickups be-

---

[12] Ich war zu nervös, um Sie sofort hierher zu bringen.

gnügen mussten. Nachdem ich den Motor gestartet hatte und den Dodge langsam losrollen ließ, winkte uns William sogar zum Abschied zu. Natürlich war er erleichtert, dass ihm, seiner Frau und seinen Kindern nichts passiert war.

Der Wagen schaukelte mit ausgeschalteten Scheinwerfern über die mit Schlaglöchern übersäte Zufahrt der Farm. Ich bedauerte die Kameraden auf der Ladefläche, für die die Tour alles andere als angenehm werden würde. Nach wenigen hundert Metern sollten wir jedoch laut Karte eine Landstraße erreichen, die sicherlich asphaltiert sein würde.

Am Ende der Zufahrt, kurz vor der kreuzenden Landstraße, flammten Scheinwerfer vor uns auf. Hinter uns lösten sich Männer aus der Dunkelheit, indem sie sich aus den seitlich gelegenen Pferdekoppeln erhoben und Warnschüsse aus Maschinenpistolen abgaben. Im Licht der Scheinwerfer sahen wir rund dreißig Soldaten mit angelegten Gewehren auf uns zukommen.

»Geben Sie auf! Sie sind umzingelt!«, hörte ich eine Stimme mit starkem amerikanischem Akzent, die von einem krächzenden Megafon verstärkt wurde. »Werfen Sie Ihre Waffen weg, und steigen Sie mit erhobenen Händen aus!«

Ich sah keine Möglichkeit, in dieser Situation zu entkommen oder einen Kampf siegreich zu überstehen. Deshalb gab ich meinen Männern den Befehl zur Aufgabe.

Wir warfen unsere Luger an den Rand der Zufahrt und stellten uns mit erhobenen Händen mit dem Rücken zum Weg entlang des Zauns einer Koppel auf. Mehrere Soldaten traten hinter uns und durchsuchten uns nach weiteren Waffen. Die Männer trugen in Grün- und Ockertönen gemusterte Helme und Kampfanzüge mit schwarzen Stiefeln.

Aus den Augenwinkeln sah ich einen Offizier auf uns zukommen, der ebenfalls Tarnkleidung, aber anstatt des Helms das bei den Amerikanern übliche Schiffchen als Kopfbedeckung trug. In seiner linken Hand hielt er immer noch das Megafon, mit dem er uns zur Aufgabe aufgefordert hatte.

»Hände auf den Rücken!«, befahl der Offizier. Sofort ließen die hinter uns stehenden Männer Handschellen um unsere Handgelenke schnappen.

Der Kommandant ließ das Megafon achtlos hinabgleiten, fasste mich mit beiden Händen an den Schultern und drehte mich zu sich um. Ich blickte in seine blauen Augen, die er plötzlich zu schmalen Schlitzen zusammenkniff. Völlig überraschend schlug er mir die Faust mitten ins Gesicht. Der Schlag holte mich von den Füßen. Ich spürte, wie mir Blut aus dem Mundwinkel rann. Dann krachten mehrere Tritte in meine Seite. Ich sah gerade noch, dass es meinen Kameraden ähnlich erging, als mich eine erlösende Dunkelheit umfing.

*

Meine erste Wahrnehmung, als ich erwachte, war das monotone Dröhnen eines Motors. Langsam versuchte ich, die Augen zu öffnen. Doch mein rechtes Auge blieb verschlossen. Ich lag mit der linken Gesichtshälfte auf Holzplanken, auf denen ich eine Reihe von Stiefeln erkennen konnte. Alleine der Anblick der Stiefel verstärkte den Schmerz in meinem Brustkorb. Meine Hände waren immer noch auf dem Rücken gefesselt.

Offensichtlich lag ich auf der Pritsche eines Lastwagens. Als die nächste größere Unebenheit überfahren wurde, drehte ich meinen Kopf ein wenig nach rechts, um mit dem linken Auge einen etwas größeren Bildausschnitt wahrnehmen zu können. Ich sah sechs Soldaten in Tarnanzügen, die auf einer Bank saßen. Hinter mir sah es wahrscheinlich genauso aus. Wie durch dämpfende Watte nahm ich einige Wortfetzen auf:

»… mindestens fünftausend Tote!«

»… Deutschen … dabei belassen … Nuklearanlagen zu bombardieren … Brandbomben auf Rosamond …«

»… freie Welt muss zusammenstehen … Tyrannei beenden …«

Dann erhob ein Soldat seine Stimme, so dass ich seinen Satz vollständig verstehen konnte: »Wenn der Präsident sich zum Krieg gegen die verdammten Deutschen entscheidet – auf mich kann er zählen!«

Zustimmende Rufe wurden laut.

Was ist hier los?, versuchte ich meine Gedanken zu ordnen. *Brandbomben auf Rosamond? Fünftausend Tote? Ja, ich habe Rosamond aus der Luft brennen gesehen. Die glauben doch nicht etwa, wir hätten Brandbomben auf Zivilisten geworfen? Wir hatten doch überhaupt keine Brandbomben an Bord – nur Streubomben, um die Nuklearanlagen flächendeckend zu vernichten. Wer ist für das Massaker an den Einwohnern von Rosamond verantwortlich?*

Ich stellte mich weiterhin bewusstlos und grübelte darüber nach, wer für die Katastrophe verantwortlich sein konnte. *Die amerikanische Regierung? Nein, keine Regierung ist so verschlagen und hinterhältig. Die Engländer oder die Russen, um Amerika in einen Krieg gegen den Nordischen Bund zu treiben? Nein, eine solche Aktion wäre nicht durchführbar ohne die Mitarbeit höchster amerikanischer Stellen.* Das passte einfach alles nicht zusammen, ergab keinen rechten Sinn.

Schließlich kam der Lastwagen zum Halten. Wenige Sekunden später fuhr er wieder an, jedoch mit deutlich geringerer Geschwindigkeit als zuvor. Rund zwei Minuten später kam der Truppentransporter erneut zum Stehen. Offenbar endgültig, denn die Soldaten sprangen auf und stiegen von der Ladefläche. Glücklicherweise packte ein zweiter Mann meinen Oberkörper, so dass ich nicht zu Boden fiel, als ich über die Pritschenkante hinaus gezogen wurde. Man legte mich auf den Boden. Einer schlug mir mit der flachen Hand ins Gesicht.

»Aufwachen, Kraut! Ich habe keine Lust, dich Scheißhaufen zu tragen!«

Als ich mein linkes Auge öffnete, sah ich in das hämisch grinsende Gesicht eines Soldaten, der sich über mich beugte. Ich wurde an den Schultern hochgezogen, wobei mir ein grauenhafter Schmerz durch die Seite raste. Wahrscheinlich waren ein paar Rippen gebrochen.

Auf meinen Füßen stehend drehte ich den Kopf in beide Richtungen. Ich sah meine Kameraden, die ebenfalls von Lastwagen gezerrt wurden und eine Startbahn zur Linken, an der in Hangars mehrere Bomber und Jagdflugzeuge standen.

Die beiden Soldaten hakten sich unter meine gefesselten Arme und führten mich in einen grau verputzten zweistöckigen Bau. Vorbei an einem Pult mit einem dahinterstehenden, finster dreinblickenden Soldaten, dessen Vorfahren aus Afrika stammten, brachte man mich direkt in einen Zellentrakt. Weitere Soldaten führten meine Kameraden herein. An der Wand gegenüber den Zellen standen Soldaten mit Maschinenpistolen im Anschlag. Unsere Handschellen wurden entfernt, dann erhielt ich einen Tritt, der mich in eine der Zellen beförderte. Sofort schloss sich die Tür hinter mir.

Der nur vier Quadratmeter große Raum enthielt ein Bett, ein WC und einen kleinen Holztisch mit einem Stuhl. Auf dem Tisch lag ein maschinenbeschriebenes Papier mit einem Kugelschreiber. Trotz meiner Erschöpfung setzte ich mich auf den Stuhl und nahm das Papier vom Tisch. Es handelte sich um ein Geständnis, Brandbomben auf Rosamond abgeworfen zu haben. Ich brauchte nur zu unterschreiben. Dafür wurde mir zugesagt, beim bevorstehenden Kriegsverbrecher-Prozess Milde walten zu lassen und auf die Todesstrafe zu verzichten.

Dieses Angebot zauberte tatsächlich ein Lächeln auf meine Lippen. Das Bild meiner schönen Frau und meiner beiden Kinder entstand vor meinem geistigen Auge. Sie würden sicherlich niemals einen geständigen Mörder zum Ehemann und Vater haben. Und noch sicherer würde ich die Ehre Deutschlands nicht beschmutzen, um mein Leben zu retten, das dann das Leben eines Feiglings und Verräters wäre. Ich zerriss das Papier und warf die Fetzen in die Toilette, wo sie hingehörten.

Ende Bericht Rittmeister von Timmer

KAPITEL 2:
OPERATION MUSKETIER

Bericht Kaiser Friedrich IV.

Vor meiner ersten Verabredung mit meiner späteren Frau Charlotte war ich nervös gewesen. Später noch einmal bei meiner Krönung zum Kaiser, weil ich die steifen Förmlichkeiten am Hofe nicht sonderlich mochte und mich dementsprechend wenig mit dem Zeremoniell beschäftigt hatte. Also sorgte ich mich, etwas falsch zu machen. Ansonsten konnte ich mich spontan nicht an einen weiteren Zustand erinnern, den man als Nervosität bezeichnen könnte.

Doch nun saß ich hier im Arbeitszimmer des kaiserlichen Palastes, auch Schloss Hohenzollern genannt, vor meinem Schreibtisch und hatte feuchte Hände. Vor zwei Stunden hatte eine Ordonnanz gemeldet, dass in der Morgenausgabe des »Washington Herald« ein Artikel über unsere Bombardierung der amerikanischen Nuklearanlagen erschienen war. Dort war die Rede von tausenden toten Zivilisten und schweren deutschen Verlusten. Es gingen jedoch keine Einzelheiten aus dem Zeitungsbericht hervor. *Waren die Nuklearanlagen zerstört worden? Wie hoch waren unsere Verluste? Was sollte dieser Bericht über tausende Tote?*

Ich wartete auf den persönlichen Bericht von Reichsmarschall

Brachem. Natürlich hielten unsere Horten B1 Funkstille. Aber sobald die Bomber in Midgard auf Island gelandet waren, würde er von General Uhlendorff und Rittmeister von Timmer telefonisch über den Ausgang unserer Aktion informiert werden.

Nach nervenaufreibenden weiteren Minuten war es endlich soweit. Es klopfte an meiner Arbeitszimmertür.

»Herein!«, rief ich hektisch.

Es war tatsächlich der erhoffte Reichsmarschall, der eintrat. Mit steifen Schritten baute er sich vor meinem Schreibtisch auf, nahm seine hellblaue Schirmmütze mit dem schwarzen Tatzenkreuz auf dem Stirnteil ab und grüßte mich.

»Bitte, nehmen Sie Platz.« Ich deutete auf einen der beiden freien Sessel vor meinem Schreibtisch.

Brachem musste die Anspannung in meinem Gesicht erkannt haben, denn er begann ohne weitere Aufforderung und ohne Umwege zu berichten:

»Von unseren neun Bombern sind acht zurückgekehrt. Den von Rittmeister von Timmer hat es erwischt, als er sich selbst in eine ungünstige Position brachte, um Adler zwei vor einem feindlichen Jäger zu retten.

Doch der Reihe nach. Die Bombardierung der Nuklearanlagen war ein Erfolg. Unsere Streubomben haben mit großer Präzision das gesamte Areal vernichtet. Beim anschließenden Steigflug auf Heimatkurs wurden die Horten von fünfzig amerikanischen F86 angegriffen. Bei den Luftkämpfen verloren wir von Timmers Maschine und der Gegner zweiundvierzig der Jagdflugzeuge. Ein Erfolg unserer Luft-Luft-Raketen, wenn ich mir die Bemerkung erlauben darf.

Unsere Piloten berichteten weiterhin, dass das Stadtzentrum von Rosamond lichterloh in Flammen stand. Flugzeuge einer dritten Partei, die Brandbomben abgeworfen haben könnten, wurden von unseren Fliegern nicht geortet. Das Ganze ist uns ein Rätsel.«

»Was ist mit von Timmer und seinen Männern?« Die Frage brannte mir auf der Seele.

»Offensichtlich konnten alle bis auf Feldwebel Herrenstett aussteigen. Wir haben einen Informanten auf der Muroc Air Force Base, die nur zwanzig Kilometer entfernt von Rosamond liegt. Er berichtete, dass man von Timmer mit sechs weiteren Männern in der Nacht dorthin gebracht und ins Gefängnis des Stützpunktes gesperrt hat. Außerdem berichtete er, dass unsere Männer einen misshandelten Eindruck gemacht haben. Vermutlich sind sie verprügelt und möglicherweise gefoltert worden.«

»Sicherlich will man uns die Zerstörung von Rosamond anhängen und von den Männern ein Geständnis erpressen«, kombinierte ich.

»Das mag sein«, entgegnete der Reichsmarschall, »doch wer ist für die Brände tatsächlich verantwortlich? Ich kann mir nicht vorstellen, dass die Amerikaner ein solches Verbrechen am eigenen Volk begehen, nur um uns vor der Weltöffentlichkeit den Schwarzen Peter zuzuschieben.«

»Ich habe da einen Verdacht, über den ich noch nicht sprechen möchte«, eröffnete ich dem Reichsmarschall. Dann griff ich zum Telefon und drückte auf den Knopf für die Ordonnanz. »Bitten Sie Großadmiral Honnerlage, Reichsmarschall von Grefe und Generalfeldmarschall von Dankenfels in mein Arbeitszimmer.«

Die Männer des Oberkommandos hatte ich angewiesen, am heutigen Tag vom Kaiserpalast aus ihre Befehle zu geben, damit wir uns je nach Verlauf unserer Aktion gegen die Nuklearanlagen kurzfristig zusammensetzen konnten.

Der Palast war das Regierungsgebäude des Nordischen Bundes. Der neubarocke Bau von vierhundertundfünfzehn Meter Höhe enthielt militärische Sektionen der vier Waffengattungen Heer, Luftwaffe, Marine und Kastrup, sowie die Vertretungen der zum Nordischen Bund gehörenden Könige. Aufgrund der Größe des Gebäudes dauerte es immerhin fünf Minuten, bis die drei Soldaten eintrafen.

Es klopfte an meiner Tür, nach meinem »Herein!« steckte eine Ordonnanz ihren Kopf durch den geöffneten Spalt und meldete:

»Die drei Herren sind eingetroffen!«

»Sollen eintreten!«

Von Grefe betrat mein Arbeitszimmer als Erster. Seine markanten Gesichtszüge wirkten angespannt. Es folgte Honnerlage, der es immer wieder schaffte, Besorgnis und ungebrochene Tatkraft in seiner Ausstrahlung zu vereinen. Heute überwog eindeutig seine Besorgnis. Von Dankenfels schließlich war der Jüngste von uns allen. Mit vierundvierzig hatte er es vor fünf Jahren zum Oberbefehlshaber der Kastrup gebracht. Als einziger Generalfeldmarschall weigerte er sich, seinen schwarzen Stahlhelm durch eine Schirmmütze zu ersetzen. Er betrat den Raum mit geschmeidigen Bewegungen, die er hervorragend mit einer militärisch aufrechten Körperhaltung kombinieren konnte. Seine aristokratischen Gesichtszüge und seine durchdringenden blauen Augen machten ihn zu einem Vorzeigesoldaten, der in seiner schwarzen Uniform besonders beeindruckend wirkte, wenn er seinen Helm abnahm und seine schneeweißen Haare zum Vorschein kamen.

Doch wer glaubte, der Schein würde bei von Dankenfels trügen, irrte sich gewaltig. Bereits als Fünfundzwanzigjähriger hatte er eine Panzergruppe der Kastrup befehligt und mit ihr in Afrika weit überlegene britische Verbände einfach überrollt, bevor die so richtig gewusst hatten, wie ihnen geschah. Es gab allerdings Gerüchte, dass die Kastrup bei ihren Aktionen keine Gefangenen gemacht hatte. Sie hätten gegnerische Soldaten, auch wenn sie die Waffen weggeworfen hatten, einfach erschossen. Ich wusste bis heute nicht, ob es sich dabei um Tatsachen gehandelt hatte oder ob es lediglich böswillige Unterstellungen der englischen Propaganda gewesen waren.

Mein Vater, Kaiser Wilhelm III., hatte den erfolgreichen, außergewöhnlich jungen Panzerkommandanten damals nach den Gräueltaten befragt. Jahre später erzählte er mir von dieser Befragung. Er habe nur ein kaltes Lächeln von Dankenfels' geerntet. Seine Antwort lautete lediglich: »Wir kämpfen mit Mut und unauslöschbarem Siegeswillen. Was bleibt unseren Feinden anderes übrig, als sich mit Propaganda und heuchlerischem Humanismus zu verteidigen?«

Ebenso wenig wie mein Vater wurde ich aus dem Generalfeldmarschall schlau. Nach meinem Amtsantritt hatte ich ihn in mein Arbeitszimmer gebeten und ihm eindringlich erklärt, dass ich Massaker an feindlichen Soldaten für unvereinbar mit der soldatischen Ehre hielt. Auch ich erntete ein kaltes Lächeln mit der Entgegnung: »Selbstverständlich, mein Kaiser.«

Von Dankenfels war ein hervorragender Taktiker. Seine Männer waren auf ihn eingeschworen und folgten ihm bedingungslos. Nicht wenige meiner Berater hatten bereits die Befürchtung geäußert, dass der Generalfeldmarschall zu mächtig werden könnte, so dass er auch meine eigene Position gefährden würde. Ich würde auf jeden Fall immer ein Auge auf ihn haben, denn der Mann war ein Buch mit sieben Siegeln für mich. Er war mit dem, was er tat, höchst erfolgreich, aber stand er auch loyal zu mir?

»Bitte nehmen Sie Platz, meine Herren!« Ich war hinter meinem Schreibtisch aufgestanden und deutete auf den runden Besprechungstisch aus Mahagoniholz mit den zwölf bequemen Sesseln davor, die mit rotem Samt bezogen waren.

»Marschall Brachem, bitte setzen Sie Ihre Kameraden über den Verlauf der Operation ›Siegfried‹ in Kenntnis«, forderte ich den Luftwaffenchef auf.

Der kam gleich zur Sache. Er berichtete kurz und präzise über den erfolgreichen Bombenangriff auf die Nuklearanlagen, den anschließenden Luftkampf, die Gefangennahme der Besatzung von Timmers und der mysteriösen Zerstörung Rosamonds.

Als der Reichsmarschall geendet hatte, ergriff ich erneut das Wort: »Ich bitte um Vorschläge, meine Herren.« Natürlich hatte ich bereits eigene Ideen entwickelt, wollte jedoch zunächst hören, was meine höchsten Militärs beizutragen hatten.

Von Grefe unterbreitete uns als Erster seinen Standpunkt, der jedoch eher eine Warnung als ein konkreter Vorschlag war: »Majestät, verehrte Kameraden«, – von Grefe war schon immer ein wenig förmlich gewesen –, »die Dinge eskalieren. Unser Angriff auf die Nuklearanlagen mag gerechtfertigt gewesen sein, nun stehen wir jedoch durch die Katastrophe von Rosamond vor der Weltöffentlichkeit als die Bösewichte da. Es dürfte dem amerikanischen Präsidenten vor diesem Hintergrund leichtfallen, eine schlagkräftige Allianz gegen uns zu schmieden. Die bolschewistischen Russen warten nur auf eine Gelegenheit, bei uns einzufallen, und der Revisionismus feiert bei den Briten fröhliche Urstände.«

»Es ereignen sich immer wieder Vorfälle, in denen amerikanische Kriegsschiffe unsere Hoheitsgewässer verletzen«, mischte sich Großadmiral Honnerlage ein. »Deshalb schlage ich vor, dass wir eines dieser Schiffe angreifen und die Besatzung gefangen nehmen. Dann bieten wir den Yankees an, die Männer im Austausch gegen von Timmers Besatzung freizulassen.«

»Hm, das würde eine weitere Eskalation bedeuten im Sinne eines weiteren Ortes mit Kampfhandlungen und im Sinne der Einbeziehung amerikanischer Truppen, die nichts mit Silverlake zu tun haben«, entgegnete Brachem, »wir sollten den Konflikt weiterhin begrenzt auf die direkten Ereignisse rund um die Nuklearanlagen halten. Deshalb sollten wir eine Operation zur Befreiung unserer Männer durchführen.«

»Und wie sollte die aussehen?«, hakte ich sofort nach.

»Ich habe erst vor wenigen Minuten von der Gefangennahme unserer Männer erfahren«, antwortete Brachem, wobei sein vernarbtes Gesicht einen nachdenklichen Ausdruck annahm. »So etwas muss in Ruhe geplant werden.«

Als keine weiteren Vorschläge folgten, blickte ich von Dankenfels auffordernd in die Augen. Er kam meiner unausgesprochenen Bitte nach und erläuterte uns seine Sichtweise der Dinge: »Ich halte es nicht für sinnvoll, irgendwelche amerikanischen Soldaten gefangen zu nehmen, um sie gegen unsere Männer auszutauschen. Wir haben es nicht geduldet, dass die Yankees Atombomben bauen, also sind wir direkt gegen die Nuklearanlagen vorgegangen. Wir sollten auch nicht dulden, dass die Amerikaner unsere Männer misshandeln und ungeheuerlicher Verbrechen beschuldigen. Konsequenterweise sollten wir also gegen diejenigen vorgehen, die unsere Kameraden gefangen halten.

Schon vor der Durchführung der Operation ›Siegfried‹ habe ich mit meinem Stab einige Szenarien durchgespielt, die unsere Reaktion nach der Bombardierung notwendig machen könnten. Eines dieser Szenarien war die Festsetzung einiger unserer Soldaten auf einem feindlichen Militärstützpunkt. Meine Männer und ich kamen zu dem Ergebnis, dass die Eroberung des Stützpunktes im Handstreich, die Befreiung unserer Männer und die anschließende sofortige Evakuierung unserer Truppen genau die angemessene Antwort wäre.«

Hans von Dankenfels machte eine kurze Pause, die Reichsmarschall von Grefe sofort nutzte, um einzuwerfen: »Und wie, bitteschön, sollen wir die Muroc Air Force Base siebentausend Kilometer von unserem nächsten Stützpunkt entfernt erobern und anschließend fröhlich die Heimreise antreten?«

Es war kein Geheimnis, dass der Generalstab des Heeres die Erfolge der Elitesoldaten der Kastrup argwöhnisch beobachtete. Diese Rivalität war wohl der Grund der scharfen Entgegnung von Grefes voller beißender Ironie. Ich mischte mich nicht ein, sondern wartete auf die weiteren Ausführungen des Kastrup-Generalfeldmarschalls. Der fuhr völlig ungerührt in ruhigem Tonfall fort: »Die Kastrup hat vor zwei Jahren bei der Firma Horten zwanzig Truppentransporter bestellt, die auf der B1 basieren. Diese Flugzeuge versetzen uns in die Lage, innerhalb von wenigen Stunden praktisch überall auf der Welt eingreifen zu können. Die Tarnkappeneigenschaften der T1 genannten Transportvariante der B1 ermöglichen uns, unbemerkt über dem Zielgebiet aufzutauchen und zuzuschlagen, bevor der Feind überhaupt merkt, was gespielt wird. Vor diesem Hintergrund schlage ich eine kombinierte Aktion der Kastrup und der Luftwaffe vor. Jede der T1 fasst zweihundert Mann. Wir können somit viertausend Mann über die Muroc Base bringen, wo sie in drei Kilometern Höhe abspringen. Als Begleitschutz soll die Luftwaffe eine Anzahl B1 bereitstellen, die sie für angemessen hält. Die Effektivität der B1 sogar im Luftkampf gegen feindliche Jäger haben die Kameraden bei der Operation ›Siegfried‹ schließlich eindrucksvoll unter Beweis gestellt.

Wir fliegen das Ziel nicht direkt an, sondern passieren in zwanzig Kilometern Höhe bei San Francisco die pazifische Küste. Dann wenden wir uns über dem Ozean nach Süden und greifen die Muroc Base von Westen her an – eine Richtung, aus der niemand mit uns rechnet. Die B1 bombardieren als erstes die feindlichen Flugzeughangars und Kasernen. Die Startbahnen müssen unversehrt bleiben. Dann springen meine Männer aus den T1 ab und kämpfen den verbliebenen Widerstand nieder. Sobald dies geschehen ist, landen die T1 und nehmen meine Truppen und die befreiten Gefangenen an Bord. Die B1 kreisen über dem Stützpunkt, um uns Rückendeckung zu geben. Sobald alle Männer an Bord sind, geht's ab Richtung Heimat.« Bei seinen letzten Worten setzte von Dankenfels sein undurchschaubares Lächeln auf.

Ich musste meine Begeisterung für den Plan unterdrücken, um die anderen drei Militärs nicht zu beeinflussen. Mein eigener Vorschlag wäre nichts weiter als eine unausgegorene Variante der Erläuterungen von Dankenfels' gewesen, also konnte ich mir meine Ausführungen ersparen.

Die Reaktion meiner Marschälle war unterschiedlich. Von Grefe blickte abweisend, Honnerlage nachdenklich und Brachem hatte Feuer gefangen – das sah ich an dem Funkeln in seinen Augen.

»Also, Ihr Plan gefällt mir besser als mein eigener«, kommentierte Honnerlage. »Schade nur, dass die Marine nichts zum Gelingen beitragen kann.«

»Doch, das kann sie«, meinte von Dankenfels und grinste fast gelangweilt. »Sie könnten sich mit einer Flotte durch den Panama-Kanal kämpfen, sich anschließend nach Norden wenden und Los Angeles unter Beschuss nehmen. Das würde die Yankees bestimmt ablenken.«

»Aber mein lieber Freund«, gab Honnerlage empört zurück, »durch die Luftüberlegenheit des Feindes in der Nähe des amerikanischen Festlandes würde ich meine gesamte Flotte verlieren.«

»Das ist wahr«, konstatierte der Generalfeldmarschall, »aber es würde zum Gelingen des Unternehmens beitragen.« Dabei blickte er den Großadmiral todernst an. Stille im Raum, vor Verblüffung offenstehender Mund Honnerlages – bis es um die Augen und Mundwinkel des Kastrup-Kommandanten zu zucken begann. Dann brachen wir alle in schallendes Gelächter aus. Das war tiefschwarzer Humor, auf den sogar die Engländer neidisch gewesen wären.

»Wann könnte die Operation starten?«, wollte von Grefe wissen, als das Gelächter einigermaßen abgeebbt war.

»Im Hinblick auf ›Siegfried‹ habe ich die zwanzig T1 und fünftausend meiner Männer bereits in der vergangenen Woche nach Midgard verlegen lassen. Wenn Reichsmarschall Brachem so freundlich wäre, ein paar zusätzliche B1 dorthin zu verlegen, könnte es von mir aus schon morgen in aller Frühe losgehen.«

»Ich habe noch zwanzig einsatzbereite B1 in Schiphol und weitere fünfzehn im Luftwaffenstützpunkt Hanstholm im Norden von Dänemark. Die Maschinen könnten in zwei Stunden auf dem Weg nach Island sein«, erklärte Brachem, »und wie ich meine Männer kenne, möchten die acht Heimkehrer von Silverlake sicher auch dabei sein. Kurzfristig wäre also ein Geleitschutz von dreiundvierzig B1 möglich.«

»Das ist mehr, als ich zu hoffen gewagt habe«, kommentierte von Dankenfels.

»Haben Sie sich schon einen Namen für die Operation ausgedacht?«, fragte ich meinen Vorredner.

»Operation ›Musketier‹ – einer für alle, alle für einen!«

»Gibt es noch Einwände?« Mein Blick suchte den Augenkontakt mit jedem Einzelnen des Oberkommandos. Nachdem niemand sich angesprochen fühlte, befahl ich: »Operation ›Musketier‹ startet morgen früh. Bitte sprechen Sie die Details untereinander nach eigenem Ermessen ab, meine Herren.«

Von Dankenfels lächelte kalt, während Brachem vor Tatkraft zu platzen drohte.

*

Gespannt lauschte Leutnant Hans Rohwedder der Berichterstattung des Ersten Kaiserlichen Fernsehens. Die DONAR, bestehend aus der dritten Stufe, dem Mutterschiff und der Landefähre, war in eine Mondumlaufbahn eingeschwenkt und lieferte phantastische Bilder der Mondoberfläche, wie sie noch niemals zuvor ein Mensch gesehen hatte. In seiner Vorstellung malte sich der Leutnant aus, wie die Menschheit immer weiter ins All vordrang und schließlich den Abgrund zum nächsten Stern überwinden würde. Mitten in seine romantischen Gedanken plärrte der Lautsprecher des Aufenthaltsraumes: »Alle Offiziere der Kastrup werden in die große Aula gebeten. Höchste Dringlichkeit! Beginn der Lagebesprechung in fünfzehn Minuten.«

Ist der zweite Weltkrieg ausgebrochen?, überlegte Rohwedder und schaute auf seine Armbanduhr. *Warum sonst sollte um neun Uhr abends eine ungeplante Lagebesprechung stattfinden?*

Nachdenklich erhob sich der Elitesoldat, nahm seinen schwarzen Stahlhelm vom Tisch und setzte ihn auf. Weitere dreißig Kameraden in dieser Offiziersmesse taten es ihm gleich. Wortlos machten sie sich auf den Weg zum Ausgang.

Draußen strömten aus den verschiedenen Kasernenbauten hunderte der Schwarzuniformierten und steuerten auf das Gebäude des Luftwaffenkommandos mit der Aula zu.

Erwartungsvoll hatten dreihundertundsechzig Kastrup-Offiziere in den Sitzreihen des Saales Platz genommen. Die Bühne war noch nicht beleuchtet. Rohwedder fragte sich, wer nun wohl bald auf ihr stehen würde, um den Ausbruch des Weltkrieges zu verkünden. *Doch warum sind nur wir Kastrup-Offiziere eingeladen? Der Kriegsausbruch sollte doch auch die Luftwaffe interessieren!* Der Leutnant zwang sich, keine weiteren fruchtlosen Gedankengänge anzustellen. In wenigen Minuten würde er wissen, was vorging.

Es waren jedoch keine Minuten, die Hans warten musste. Bereits Sekunden später flammte die Beleuchtung der Bühne auf. Sofort erstarb das Gemurmel der Offiziere. Dann betrat Generalfeldmarschall von Dankenfels die Bühne. Ein Raunen ging durch die Reihen. Ihren höchsten Vorgesetzten, wenn man vom Kaiser selbst absah, hatten sie nicht erwartet.

»Kameraden!« Der Generalfeldmarschall war bekannt dafür, sich selbst als einer der ihren zu sehen, »unsere Operation ›Siegfried‹ war ein voller Erfolg.«

Der Soldat auf der Bühne erklärte den gespannt lauschenden Zuhörern den Verlauf der Aktion, das Mysterium der brennenden Stadt Rosamond und die Gefangennahme der Besatzung der ERNST VON HOEPPNER. Das meiste wussten die Männer schon von den Fliegern der heimgekehrten B1, einige Details, wie die Gefangennahme von Timmers und seiner Männer waren ihnen jedoch neu.

»Wir werden es niemals dulden, dass unsere Männer ungerechtfertigt beschuldigt, misshandelt und gefoltert werden. Im Hinblick auf die Möglichkeit einer Gefangennahme deutscher Soldaten während der Operation ›Siegfried‹ haben meine Stabsoffiziere und ich in der vergangenen Woche einen Plan erstellt, den wir Operation ›Musketier‹ nannten. Um es kurz zu machen, Männer, diesen Plan habe ich heute dem Oberkommando der Streitkräfte des Nordischen Bundes und dem Oberbefehlshaber, unserem Kaiser, vorgestellt. Der Plan ist genehmigt worden, seine Durchführung befohlen. Die Luftwaffe wird uns mit dreiundvierzig B1 unterstützen.«

Die Stabsoffiziere kannten Operation »Musketier« schon, doch für die niedrigeren Ränge erläuterte der Generalfeldmarschall den Plan erneut.

»Um fünf Uhr morgen früh geht's los, meine Herren«, schloss von Dankenfels seine Erläuterungen ab. »Ich werde persönlich mit Ihnen über der Muroc Air Force Base abspringen und die Aktionen vor Ort koordinieren.«

Das ist wieder einmal typisch, dachte Rohwedder, *wie immer ist der Generalfeldmarschall in vorderster Front dabei. Ich verwette meinen Jahressold, dass er beim Oberkommando kein Sterbenswörtchen darüber verloren hat.*

»Um vier Uhr werden Sie und Ihre Männer geweckt. Unsere Krankenschwestern werden Ihnen Tabletten überreichen, die einen erholsamen Schlaf gewährleisten. Um mich klar ausgedrückt zu haben, meine Herren: Sie sollen die Tablette zu sich nehmen, wenn Sie zu Bett gehen, nicht die Krankenschwester.«

Während des Lachens der Männer musste Hans daran denken, wie er sich mit Wilhelm von Timmer kurz vor dessen Abflug über einen ähnlichen Scherz amüsiert hatte. Er hielt den Bomberpiloten zwar für einen realitätsfernen Idealisten, wie er an dessen Ressentiments gegenüber der Kastrup bemerkt hatte, doch der Rittmeister war ihm nicht unsympathisch. Beim Gedanken an das Schicksal des Kameraden war dem Leutnant überhaupt nicht nach Lachen zumute.

*

Das Innere der nicht enden wollenden Reihe der Hangars auf dem Midgard-Stützpunkt war hell erleuchtet.
Viertausend Schwarzuniformierte teilten sich auf die zwanzig T1 auf. In Achterreihen begaben sie sich im Laufschritt über die unter dem jeweiligen Heck aufgeklappte Rampe ins Innere der Flugzeuggiganten.

Äußerlich waren die Horten T1 nicht von den B1-Bombern zu unterscheiden. Sie hatten eine schwarze Hülle, an der Ober- und

Unterseite befanden sich je zwei weiße Kreise, die von schwarzen Tatzenkreuzen ausgefüllt wurden.

Die ersten B1 wurden bereits von Spezialfahrzeugen an den Bugrädern aus den Hangars gezogen. Sie würden als erste aufsteigen, um den Luftraum auf der siebentausend Kilometer langen Strecke zu sichern.

Leutnant Rohwedder sah den Strom seiner Kameraden vor sich die Rampe »seiner« T1 hinauflaufen. Er befand sich in der zweiten Reihe von links, aus Laufrichtung betrachtet. Am Ende der Rampe sah der Leutnant die Männer in vier rechteckigen Öffnungen verschwinden, die den Querschnitt der dahinter liegenden Räume bildeten. Der ganz linke und rechte waren für zwei Zwanzigerreihen Soldaten vorgesehen, die beiden mittleren für je zwei Dreißigerreihen. Die ungleiche Größe dieser Kabinen war eine Folge der dreieckigen Grundform der Horten.

Rohwedder hatte seinen Rucksack vor sich auf den Boden gelegt. Er nahm seinen Platz ein, der sich wie bei allen Luftlandesoldaten senkrecht zur Flugrichtung befand. Die Heckklappe der T1 schloss sich mit einem tiefen Summen.

Keine fünf Sekunden später ging ein leichter Ruck durch den Truppentransporter. Es waren insgesamt dreiundsechzig Maschinen in die Luft zu bringen, also vergeudete man keine Zeit. Bildröhren klappten von der Decke herunter und zeigten den Soldaten die Aufnahmen der jeweiligen Kamera, die der Pilot oder Kopilot einblendete.

Die Bildschirme hatten mehrere Funktionen. Erstens sollten sie den Truppen einen Eindruck von der Außenwelt verschaffen, denn Fenster gab es keine. Zweitens zeigten sie während längerer Flüge Spielfilme, um die Soldaten ein wenig vom bevorstehenden Einsatz abzulenken. Drittens erhielten die Kastrup-Männer kurz vor dem Einsatz noch einmal wertvolle Informationen über die Situation im Zielgebiet.

So zeigten die Monitore auf Rohwedders Seite, wie die T1, gezogen von einem Spezialfahrzeug, langsam aus dem Hangar glitt.

Dann vollführte der Gigant einen Schwenk nach rechts, sodass der Leutnant nun die Startbahn im Blick hatte. Soeben startete eine B1. Blaue, meterlange Stichflammen schossen aus dem Heck, als der Pilot zum Start die Nachbrenner zündete. Die Druckwelle des mit donnerndem Grollen startenden Bombers ließ den Truppentransporter leicht erzittern.

Rund fünf Minuten später stand die T1 nach zwei Linksschwenks selbst auf der Startbahn. Das verhaltene Pfeifen der sechs Düsentriebwerke steigerte sich zu einem lauten Brausen. Rohwedder wurde in die gepolsterte Lehne seines Sitzes gepresst, als der vom Bomber zum Truppentransporter umgebaute Gigant mit brachialer Gewalt Fahrt aufnahm. Der Bildschirm im Gesichtsfeld des Leutnants zeigte die Rollbahn, die mit stetig steigender Geschwindigkeit unter ihnen hinwegschoss. Dann spürte der Elitesoldat einen leichten Andruck, als der Riese abhob und schnell an Höhe gewann.

Der Bildschirm zeigte nun eine Formation von Dreiecken, die bereits in der Luft befindliche Horten darstellte. Die für Mikrowellenortung nahezu unsichtbaren Maschinen sandten ein Funkfeuer kurzer Reichweite aus, das vom Bordrechner der T1 ausgewertet wurde. Er stellte die eigenen Koordinaten, die jede Maschine mithilfe des Satellitensystems ermittelt hatte und mit dem Funkfeuer übertrug, grafisch dar. Diese Technologie, entwickelt von Professor Zuse am Kaiser-Wilhelm-Institut für Kybernetik, war erst seit drei Monaten bei der Luftwaffe in Gebrauch. Langsam kam die mit geringer Geschwindigkeit fliegende Formation näher, bis die T1 aufgeschlossen hatte. Die dreiundvierzig B1 hatten eine Kugel gebildet, in deren geschütztes Inneres die zwanzig T1 nun hineinflogen. Als der letzte Transporter die Formation erreicht hatte, nahmen die Giganten Fahrt auf und stiegen in eine Höhe von zwanzig Kilometern.

*

Rohwedder schaute in die entspannten Gesichter seiner ihm gegenübersitzenden Männer. Es lief bereits der dritte Spielfilm auf ihrer siebenstündigen Reise zum Zielgebiet. Es waren zwei Kriminalfilme gezeigt worden und zum Abschluss des Unterhaltungsprogramms kurz vor dem Einsatz wurde nun ein Film über den Weltkrieg geboten, der die Heldengeschichte einer K-Wagen-Besatzung schilderte, die im Frühjahr 1919 am Sturm auf Paris teilgenommen hatte. Die Monitore zeigten gerade eine Gruppe der Stahlkolosse, wie sie zwischen explodierenden Geschossen der feindlichen Artillerie hindurch unaufhaltsam auf eine Verteidigungslinie zufuhren; im Hintergrund war bereits der Eifelturm zu sehen. Während die Ketten der Ungetüme tiefe Furchen durch den schlammigen Boden zogen, feuerten die Geschütze der K-Wagen unaufhörlich auf die immer näher kommende Verteidigungslinie der Alliierten. Schließlich sprangen die ersten Soldaten – Rohwedder erkannte an den Uniformen, dass es sich um Franzosen handelte – aus ihren Schützengräben und flohen in Richtung der nicht mehr fernen Großstadt. In der Verteidigungslinie explodierte ein Munitionsdepot. Immer mehr Soldaten verließen ihre Geschütze oder sprangen aus dem Graben, um sich vor den gewaltigen Kettenfahrzeugen in Sicherheit zu bringen. Gerade als die K-Wagen die feindlichen Linien durchbrachen – wurden die Monitore dunkel. Unwilliges Gemurmel der Männer war die Folge. Doch schon wenige Sekunden später erschien das bekannte, von einem schwarzen Stahlhelm eingerahmte Gesicht des Generalfeldmarschalls auf den Bildschirmen.

»Männer!«, begann von Dankenfels seine Ansprache, die in alle Mannschaftsräume der zwanzig T1 und an die Besatzungen aller dreiundsechzig Gigantflugzeuge übertragen wurde. »In dreißig Minuten werden wir das Zielgebiet erreicht haben. Unsere Kameraden von der Luftwaffe werden einige Minuten zuvor mit der Bombardierung der feindlichen Flugzeughangars und der Abwehrstellungen beginnen. Machen Sie sich trotzdem auf einen harten Kampf am Boden gefasst. Unser oberstes Ziel ist die Befreiung unserer sieben Kameraden. Ich gebe hiermit den ausdrücklichen Befehl, dass dieses Ziel auf keinen Fall gefährdet werden darf, speziell nicht, indem einer von Ihnen den Feind aufgrund eines unangebrachten soldatischen Ehrenkodexes schont. Denken Sie daran: Sollte unsere Mission scheitern, so haben Sie vom Feind keinerlei Rücksichtnahme zu erwarten, denn Sie kämpfen gegen Verteidiger eines Schurkenstaates. Es wird nun noch einmal für jede Einsatzgruppe eine Karte des gegnerischen Stützpunktes eingeblendet. An alle Offiziere: Der Ort, an dem Ihre jeweilige Einheit landen soll, ist rot eingezeichnet. Ich wünsche Ihnen allen Glück, auf dass wir uns zusammen mit unseren befreiten Kameraden auf dem Rückflug wiedersehen.«

Das Gesicht des Generalfeldmarschalls verschwand und wurde durch die angekündigte Karte ersetzt. Rohwedder erkannte den roten Punkt, der seinen Landeplatz markierte, in unmittelbarer Nähe zu dem Gebäude, in dem laut Aussage ihres Informanten die Gefangenen untergebracht waren.

Es war die Aufgabe des Leutnants, mit seinen neunzehn Männern in das Gebäude einzudringen und die eigentliche Befreiungsaktion durchzuführen.

*

Colonel James P. Sheppard war Frühaufsteher. Bereits um 04:30 Uhr hatte er sein Quartier auf dem Gelände der Muroc Air Force Base in Sportbekleidung verlassen und joggte entlang der nicht enden wollenden Kette von Flugzeughangars an der den Startbahnen abgelegenen Seite entlang.

Während des Laufens dachte Sheppard über die angespannte politische Lage nach, die die Deutschen durch ihren Angriff auf die Nuklearanlagen und ihr unmenschliches Bombardement von Rosamond heraufbeschworen hatten. Einerseits wünschte sich der Colonel, dass Amerika die hochmütigen Deutschen für ihre Taten zur Rechenschaft ziehen würde, doch ihm fiel keine Möglichkeit ein, wie dies zu bewerkstelligen sei. Selbst wenn der Präsident England und Russland zu einem gemeinsamen Angriff auf den Nordischen Bund bewegen könnte, so würden die deutschen Atomwaffen den Krieg ziemlich schnell entscheiden. Bei diesem Gedanken kam dem Colonel fast die Galle hoch, denn wie konnte ein Land einem anderen die Waffen verbieten, die es sich selbst gestattete? War es nicht eine unglaubliche Arroganz der Deutschen, sich selbst moralisch befähigt für den Besitz von Massenvernichtungswaffen zu halten, das freiheitlich verfasste Amerika jedoch nicht? Sheppard hoffte inständig, dass man einen Weg finden würde, diesen deutschen Hochmut gründlich zu brechen.

Das rhythmische Knirschen des Sandes unter seinen Sohlen wurde von einem leisen Grollen ergänzt, das dem in Gedanken versunkenen Soldaten erst auffiel, als es langsam aber stetig lauter wurde. *Werden F86 nach Muroc verlegt?*, überlegte der erfahrene Offizier. *Um diese Zeit? Warum weiß ich nichts davon?*

Doch das Grollen, in das sich ein helles Pfeifen zu mischen begann, nahm ein Ausmaß an, das den Gedanken an den Anflug der neumodischen Jäger mit Düsentriebwerken absurd erscheinen ließ. Etwas Derartiges hatte der mittlerweile stehengebliebene Colonel noch nie zuvor vernommen. Er legte den Kopf in den Nacken, um im sternenklaren Nachthimmel etwas zu erkennen. Und dann sah er sie. Eine große Zahl dreieckiger Schatten hob sich schwach vom Sternenhimmel ab. *Das sind die Geisterbomber der Deutschen!*, schoss es dem Offizier durch den Kopf.

»Alarm!«, brüllte er aus Leibeskräften in die Dunkelheit. »Die Deutschen greif …« Der Rest ging in einem ohrenbetäubenden Knall unter. Ein Hangar, rund fünfhundert Meter von Sheppard entfernt, hatte sich in einen Feuerball verwandelt. Den Bruchteil einer Sekunde später flog der Hangar daneben in die Luft. Dann der nächste. Eine Kette von Explosionen raste auf den Colonel zu. Er sprang hinter einen der Felsen, die zwischen den Hangars und der Umzäunung des Geländes lagen. Dann waren die Bomben auch schon heran und zerfetzten die Halle, die dem Offizier am nächsten war. Brennende Trümmerstücke regneten auf die Landschaft nieder. Ein Stück Holz traf den Rücken des Frühaufstehers, der auf dem Bauch liegend seinen Kopf mit den Armen schützte.

Schnell entfernten sich die ungeheuren Detonationen vom Standort des Soldaten, der sich nun trotz des stechenden Schmerzes im Rücken langsam aufrichtete. Zwischen ihm und dem Flugfeld loderte eine Flammenwand dort, wo sich einst die Hangars des Stützpunktes erhoben hatten. Immer wieder stiegen Feuersäulen daraus hervor, die von explodierendem Treibstoff verursacht wurden.

Ich muss zu den Unterkünften, dachte Sheppard, während er auf die Feuerwand starrte. *Keine Chance, hier durchzukommen.*

Der Offizier rannte die fünfhundert Meter bis zum Ende der Hangarkette zurück. Immerhin war er erleichtert darüber, dass seine Rückenverletzung offensichtlich nicht schwerwiegend war, denn der Schmerz ließ während des Laufens nach. Am Ende der Feuerwand bog der Colonel nach rechts ab. Was er sah, ließ Verzweiflung in ihm aufsteigen. Die Mannschaftsunterkünfte waren nur noch brennende Ruinen. Soldaten torkelten über das Flugfeld. Einige löschten mit ihren Jacken brennende Kameraden. Als ob dies nicht schon schlimm genug wäre, erkannte Sheppard im Lichtschein der brennenden Gebäude mehrere Fallschirme, die auf das Flugfeld herabschwebten.

Nicht wir erteilen den Deutschen eine Lehre für ihren Hochmut, sondern sie uns für unsere Nachlässigkeit, uns in vielen tausend Kilometern Entfernung zu sicher gefühlt zu haben. Mit diesen Gedanken analysierte der Colonel die militärische Katastrophe, die einen der größten Luftwaffenstützpunkte der USA heimzusuchen drohte.

*

Der Monitor zeigte mehrere Feuerlinien, die die unter ihnen liegende Landschaft durchzogen. Die Linien hatten genau die Form der Hangarketten, Mannschaftsunterkünfte und Munitionsdepots, die Rohwedder von den Satellitenaufnahmen der Muroc Air Force Base kannte.

Unsere B1 haben den Yankees ganz schön eingeheizt, dachte der Leutnant, als ein kräftiges Rotlicht im Mannschaftsraum der T1 zu blinken begann. Untermalt wurde es von einem Signalton, der im Stakkatotakt verkündete, dass die Heckklappe des Tarnkappen-Transporters in wenigen Sekunden geöffnet werden würde.

Längst hatten die Männer Aufstellung genommen und die Rucksäcke mit ihren Fallschirmen umgeschnallt. Sie sicherten ihren Stand an Schlaufen, die anstelle der längst wieder eingefahrenen Monitore von der Decke herabhingen. Rohwedder stand in der ersten Reihe neben Feldwebel Zinkenstein, der das Kommando über die Männer übernehmen würde, falls dem Leutnant etwas zustieß.

Dann öffnete sich die Heckklappe. Zuerst einen Spalt, so dass sich die Luft zischend an der entstandenen Kante verwirbelte. Das hohe Zischen wurde zu einem tiefen Rauschen, je weiter sich die Klappe öffnete. Das rote Blinklicht wechselte die Farbe auf Grün. Die Elitesoldaten sprangen ins Freie. Drei Kilometer trennten sie vom Boden der Muroc Air Force Base.

Nachdem Rohwedder über die offene Klappe in den Abgrund gesprungen war, sah er im Licht der Sterne und des Mondes die in Formation fliegenden T1 als schwarze Schatten, aus deren geöffneten Heckklappen sich Hunderte und schließlich Tausende kleinerer Schatten lösten. Die erfahrenen Kastrup-Soldaten stoben auseinander und bildeten schon während des freien Falls die Einsatzgruppen, die aus zwanzig bis dreißig Mann bestanden.

Nach wenigen Sekunden waren nur noch die Soldaten Rohwedders in seiner Nähe. Sie fielen bäuchlings, um der Luft einen möglichst hohen Widerstand zu bieten, in einem Abstand von mindestens zwanzig Metern auf gleicher Höhe, wobei sie einen Kreis bildeten.

Auf dem Boden leuchteten Suchscheinwerfer auf. Weiter oben explodierten ein paar Flakgranaten – die B1 hatten wohl nicht jede der teilweise gut getarnten Stellungen des Gegners getroffen. Nun schienen sich die Amerikaner von ihrem Schreck erholt zu haben und schossen den in nur drei Kilometer Höhe fliegenden T1 ein paar freundliche Grüße entgegen. Doch keiner der Giganten wurde ernstlich getroffen. Hätte einer der Riesen Feuer gefangen, so wäre dies in der dunklen Nacht nicht zu übersehen gewesen. Als die Amerikaner die Sinnlosigkeit ihres Tuns erkannten, konzentrierten sich die Suchscheinwerfer auf die Gruppen der immer noch frei fallenden Elitesoldaten. Rohwedder sah eine Dreißigergruppe, die von einem Lichtstrahl erfasst wurde. Wenige Sekunden später explodierten Granaten mitten in der Gruppe. Der Leutnant konnte nicht erkennen, wie viele seiner Kameraden es erwischt hatte. Er neigte sich vor und legte die Arme an, um den Luftwiderstand zu verringern. Kopfüber raste er dem Boden entgegen, wohl wissend, dass seine Männer es ihm gleichtun würden. Durch die Verkürzung der Fallzeit verringerte sich das Risiko, ebenfalls von den Flakgeschützen beschossen zu werden. Erst in dreihundert Metern Höhe brachte sich der Leutnant wieder in die Horizontale und zog wenig später die Reißleine seines steuerbaren Gleitschirms.

Heulend jagten mehrere Raketen durch die Luft. Sie kamen aus der Schwärze der Nacht und schlugen mit vernichtender Wucht in die wenigen intakten Flakstellungen des Feindes. Rohwedder wusste, dass es sich um Luft-Boden-Raketen des Typs »Maiglöckchen« handelte, die eigentlich zur Bekämpfung von Panzern entwickelt worden waren und zum Arsenal der B1 gehörten.

Der Leutnant und seine neunzehn Männer schwebten auf eines der wenigen unversehrt gebliebenen Gebäude des amerikanischen Stützpunktes zu. Das Chaos am Boden wurde durch die brennenden Hangars und weitere lichterloh in Flammen stehende Einrichtungen des Flughafens in ein schauriges Licht gehüllt. Männer liefen durcheinander, einige wälzten sich brennend am

Boden, nur wenige schienen unverletzt zu sein. Doch eine bewaffnete Gruppe am Boden hatte Rohwedders Gruppe bemerkt und eröffnete aus Karabinern das Feuer auf die an ihren Schirmen hängenden Männer. Doch so ungeschützt die Elitesoldaten in der Luft auch waren, so wenig Deckung hatten die Gegner am Boden. Die Kastrup-Männer erwiderten das Feuer mit ihren Maschinenpistolen, die mit ihren Geschossen vom Kaliber neun Millimeter eine ungleich höhere Wirkung als die amerikanischen Gewehre erzielten. Wenige Sekunden später erstarb der feindliche Beschuss – keine Sekunde zu spät, denn die Landung stand an, zu deren kontrollierter Durchführung die Fallschirmjäger beide Hände brauchten.

Im gleichen Moment, als Rohwedder den Schnellverschluss seines Gleitschirms öffnete, blitzte aus einem Fenster des ersten Stockwerks des grau verputzten Gebäudes das Mündungsfeuer einer automatischen Waffe. Drei Männer des Leutnants wurden getroffen, ehe sich die anderen an die Wand des Gebäudes drängten und so dem Beschuss entgingen. Rohwedder hakte eine Eierhandgranate aus seinem Waffengürtel, zog den Sicherungsstift, stieß sich von der Wand ab und warf den Sprengkörper durch das Fenster. Unmittelbar danach fetzte die Explosion nach draußen.

Einer der Schwarzgekleideten schoss auf das Schloss der Eingangstür und versetzte ihr einen Tritt, wonach er sich sofort wieder in die Deckung der Hauswand begab.

»Ich ergebe, ich ergebe!«, rief ein Mann mit einem fürchterlichen amerikanischen Akzent. Rohwedder schaute kurz durch die aufgestoßene Tür und sah einen dunkelhäutigen Soldaten mit erhobenen Händen hinter einem Pult im Eingangsbereich stehen. Doch hatte die Handgranate des Leutnants den oder die Schützen im ersten Stockwerk erwischt? Der Leutnant stürmte ins Innere des Gefängnisses, dreizehn seiner Männer folgten ihm, während drei der Soldaten bei ihren angeschossenen Kameraden blieben und deren Wunden versorgten.

*

Donnernde Explosionen rissen mich aus meinem unruhigen Schlaf. Ich richtete mich von meiner kleinen Pritsche auf und brauchte ein paar Sekunden, um mich zurechtzufinden. *Operation ›Siegfried‹ – wir sind abgeschossen worden und zu einem Stützpunkt der Air Force gebracht worden*, beeilte sich mein Verstand Ordnung in das Durcheinander meiner Gedanken zu bringen. *Doch was ist hier los?*

Ich stellte mich auf die Pritsche, um aus dem kleinen, vergitterten Fenster meiner Zelle blicken zu können, während die Explosionen an Heftigkeit zunahmen. Dann sah ich die Hangars in dreihundert Meter Entfernung brennen. Deutlich erkannte ich die Umrisse von Flugzeugen in den lodernden Trümmern. Zu meiner Linken war die Sicht durch die Mannschaftsquartiere verdeckt, von denen einige nur fünfzig Meter entfernt waren.

Ist das eine Strafaktion der Luftwaffe wegen unserer Gefangennahme? Will man so die Yankees zu unserer Freilassung zwingen? Meine Gedankengänge wurden von einer furchtbaren Explosion unterbrochen, die das Gestein und die Balken eines der Gebäude für die Mannschaften in den Himmel schleuderte. Die Druckwelle pfiff durch das kleine Fenster und warf mich von der Pritsche gegen die Zellentür. Staub rieselte von der Decke.

Wenn unsere Jungs so weitermachen, gibt es hier bald nicht mehr viel zum Freilassen, dachte ich voller Sarkasmus. Weitere Detonationen ließen meine Zelle schwanken wie bei einem schweren Erdbeben. Wenige Sekunden später kehrte gespenstische Ruhe ein. Hin und wieder war der Ruf oder Schrei eines Mannes zu hören, was im Vergleich zu dem ohrenbetäubenden Lärm zuvor wie ein zaghaftes Wispern klang. Dann hörte ich das trockene Krachen großkalibriger Geschütze. *Flakfeuer!* Nicht einmal eine Minute später ereigneten sich drei weitere Explosionen, die das Geschützfeuer verstummen ließen.

Ich saß auf dem Boden mit dem Rücken gegen die Zellentür

gelehnt. Mir blieb nichts anderes übrig als abzuwarten, wie sich die Dinge weiter entwickelten. Gewehrschüsse peitschten plötzlich durch die Nacht. Dann erkannte ich das vertraute Rattern deutscher Luger-Maschinenpistolen. *Das gibt es doch nicht! Unsere Jungs wollen uns nicht freipressen – sie kommen, um uns zu befreien!*

Dann fielen Schüsse, die der Lautstärke nach zu urteilen aus dem Gebäude abgegeben wurden. Anschließend ging alles ganz schnell. Jemand polterte eine Treppe herab, und eine heftige Explosion ließ erneut Staub von der Decke rieseln. Eine benachbarte Zellentür wurde aufgerissen. Schüsse fielen. Dann hörte ich eine bekannte Stimme rufen: »Hands up!«

Rohwedder, erkannte ich den Rufenden, obwohl er Englisch gesprochen hatte.

»Weg von der Zellentür«, erschallte seine Stimme erneut.

Mit einem lauten Knall flog das Schloss heraus. Die Tür wurde aufgestoßen. Ich erkannte den Leutnant und einige weitere schwarz uniformierte Männer, die hinter ihm an der Wand des Ganges vorbeieilten. Ich begrüßte meinen Befreier herzlich und klopfte ihm anerkennend auf die Schulter. Doch am ernsten Gesicht des Kastrup-Soldaten merkte ich, dass etwas nicht stimmte. Ich blickte den Gang hinunter und sah einen amerikanischen Soldaten mit erhobenen Händen in Höhe der letzten Zellentür stehen. In ihm erkannte ich meinen Peiniger, der mir durch seine Tritte einige Rippen gebrochen und das zugeschwollene Auge verpasst hatte. Dann trugen zwei der Männer Rohwedders einen meiner Bordschützen aus der Zelle. Es war Norbert Kluge, der durch sein Alter und seine damit verbundene Erfahrung immer so etwas wie der ruhende Pol der Besatzung der Ernst von Hoeppner gewesen war. Einer der Männer hielt ihn unter den Achselhöhlen, ein anderer seine Beine. Kluge stöhnte leise und hielt beide Hände auf seinem Bauch. Dunkles Blut quoll zwischen seinen Fingern hervor.

»Das war der Yankee!«, meinte der Leutnant und deutete auf

den Soldaten mit den erhobenen Händen. »Der wollte euch alle erschießen, als er merkte, dass er uns durch seine Schüsse aus dem ersten Stock nicht aufhalten konnte.«

Die restlichen fünf Besatzungsmitglieder traten ebenfalls aus ihren gewaltsam geöffneten Zellen. Ich beugte mich zu Norbert hinunter. Er brachte ein sehr verkniffenes Lächeln zustande, als er mich erblickte.

»Das wird schon wieder!«, versuchte ich ihm Mut zu machen.

Kluge nickte tapfer. Die Männer trugen ihn in den Vorraum, wo der Neger[13], bewacht von einem Schwarzuniformierten, immer noch mit erhobenen Händen hinter dem Pult stand.

Rohwedder führte den rothaarigen Amerikaner, der versucht hatte, Kluge zu ermorden, an uns vorbei nach draußen. Dort zog er seine Pistole und schoss dem Mann in den Hinterkopf. Mit einer Gleichgültigkeit, als habe er sich soeben eine Zigarette angezündet, drehte sich der Leutnant um und betrat wieder den Empfangsraum.

Ich konnte nicht fassen, was ich soeben gesehen hatte. Während ich das gleiche Entsetzen in den Gesichtern meiner Besatzung sehen konnte, gingen die Kastrup-Männer ihren Tätigkeiten nach, als ob nichts passiert sei.

»Rohwedder! Was haben Sie gemacht?«, schrie ich den Elitesoldaten an, der von diesem Zeitpunkt an in meinen Augen keiner mehr war.

Der Angesprochene zog lediglich die Augenbrauen hoch und lächelte mich mitleidig an.

»Wir waren doch beim Du!«, entgegnete er völlig ungerührt. »Wir können das Schwein«, der Offizier deutete hinter sich auf den erschossenen Amerikaner, » nicht mit nach Deutschland nehmen, um es vor Gericht zu stellen. Viel zu viel Aufwand. Also habe ich den Kerl gleich hier abgeurteilt.«

---

[13] Eine andere Bezeichnung von Menschen dunkler Hautfarbe wäre in einem 1949 verfassten Bericht unrealistisch, auch wenn der Begriff heute als politisch nicht korrekt gilt.

82

»Einen Wehrlosen zu erschießen lässt sich unter keinen Umständen rechtfertigen«, presste ich zwischen den Zähnen hervor, »eine solche Tat ist eines deutschen Soldaten nicht würdig.«

»Wenn du meinst«, Rohwedder winkte mit der Rechten ab, »ich halte es jedenfalls für falsch, einen Verbrecher unbehelligt zurückzulassen, so dass er bei nächster Gelegenheit wieder auf meine Kameraden schießen kann.«

Ich schüttelte angewidert den Kopf. Die beiden Helfer Kluges hoben meinen Bordschützen gerade wieder an, nachdem sie ihm eine zweite Morphium-Spritze verabreicht hatten, und trugen ihn nach draußen. Ein weiterer von Rohwedders Männern war hinter das Pult getreten und hatte dem Neger die Hände mit einem der neuartigen Kabelbinder aus Kunststoff auf den Rücken gefesselt.

Als wir ins Freie traten, sah ich hunderte Kastrup-Soldaten, die Gruppen von Amerikanern mit erhobenen Händen durch die brennenden Trümmer des Stützpunktes vor sich herführten. Andere fesselten die Yankees, die ihren Widerstand längst aufgegeben hatten, mit den neuen Plastikteilen.

Acht Sanitäter legten die drei angeschossenen Männer Rohwedders sowie Norbert auf je eine Trage und folgten dann dem Leutnant, der unsere Gruppe zum Flugfeld führte. Hier trafen wir auf Generalfeldmarschall von Dankenfels mit seinem Stab von Offizieren.

Mein Gott, ein Mitglied des Oberkommandos begibt sich mit einer kleinen Armee siebentausend Kilometer tief in potenzielles Feindesland, um eine Bomberbesatzung zu retten, schoss es mir durch den Kopf.

Der Oberbefehlshaber der Kastrup kam lächelnd auf mich zu und drückte meine Hand.

»Rittmeister von Timmer, nehme ich an«, hörte ich seine hart klingende Stimme. Als ob er meine Gedanken erraten hätte, fuhr er fort: »Wir dürfen den Yankees ihre Unverschämtheiten nicht durchgehen lassen. Unsere Gegner müssen wissen, dass es keine gute Idee ist, sich mit uns anzulegen.«

Mein Blick wanderte über den brennenden Stützpunkt. Die Amerikaner hatten hier sicherlich ein paar hundert Flugzeuge und eine wahrscheinlich noch größere Anzahl Soldaten verloren. Langsam nickte ich, als ich entgegnete: »Nein, darüber dürften sich bei denen wohl auch die letzten Zweifel zerstreut haben.«

Von Dankenfels entgegnete noch etwas, das ich jedoch nicht mehr verstehen konnte, denn die erste T1 senkte sich mit donnernden Triebwerken auf die Landebahn der Muroc Air Force Base hinab.

*

Norbert war noch während des Rückfluges operiert worden. Trotz der beengten Umstände im Mannschaftsraum der T1 und der dreißig unfreiwilligen Zuschauer war der Eingriff notwendig gewesen, um die Kugel aus dem Bauchraum zu entfernen und die inneren Blutungen meines Kameraden zu stoppen. Nachdem er sein Werk vollendet hatte, versicherte mir der Kastrup-Arzt, dass mein Bordschütze mit ziemlicher Sicherheit durchkommen würde.

Wir waren dem neuen Tag entgegengeflogen, der wegen unserer hohen Geschwindigkeit nur wenige Stunden gedauert hatte. Als wir in Midgard landeten, wurde es schon wieder dunkel.

Nachdem die Maschine ausgerollt war, öffnete sich die Luke des Transporters und gab den Blick frei auf General Uhlendorff und Reichsmarschall Brachem, die sich mit einigen weiteren hohen Offizieren eingefunden hatten, um Details der Operation »Musketier« zu erfahren. Von Dankenfels, der den Flug im gleichen Mannschaftsraum wie wir mitgemacht hatte, schritt die Heckklappe hinab, noch bevor sie den Boden berührte und zur Ruhe kam. Ich folgte mit meinen Männern und den Schwarzuniformierten.

»Verluste?«, hörte ich die knappe Frage Brachems, dem der Generalfeldmarschall bereits gegenüberstand.

»Vierzehn Mann durch Flakfeuer beim Absprung. Elf weitere bei den Kämpfen am Boden. Sechzehn Verletzte, die aber wohl alle durchkommen«, entgegnete von Dankenfels mit kalter, scharfer Stimme.

Brachem nickte kurz und kam dann auf mich zu. »Ihre von der Operation ›Siegfried‹ zurückgekehrten Kameraden haben ausgesagt, dass Sie durch ein waghalsiges Manöver die Maschine von Leutnant Dewenter vor dem Abschuss bewahrt haben. Dummerweise kostete das Ihre eigene Maschine. Wir brauchen Soldaten, die sich bedingungslos für ihre Kameraden einsetzen. Deshalb werden Sie mit dem Eisernen Kreuz zweiter Klasse ausgezeichnet.«

Natürlich freute ich mich über diese Auszeichnung. Ich brachte aber nur ein verkniffenes Lächeln zustande, denn die Nerven meines geschwollenen Gesichts beantworteten jede Bewegung meiner Wangen mit einem stechenden Schmerz.

Brachem nickte verständnisvoll. »Begeben Sie sich erst einmal ins Lazarett und kurieren Sie Ihre Verletzungen aus.«

Dieser Aufforderung kam ich nur allzu gerne nach. Doch im Krankenhaus des Stützpunktes angekommen, begab ich mich erst einmal in die Telefonzelle und rief Karin an, um ihr zu sagen, dass es mir soweit gut ging und sie sich keine Sorgen zu machen brauchte.

Als ich endlich im Bett lag und die Augen schloss, kreisten meine Gedanken um die mysteriöse Bombardierung Rosamonds und um das unverantwortliche Verhalten Rohwedders. Ich würde ihn zwar nicht melden, schließlich war er einer meiner Retter, doch seine Tat bestätigte mich erneut in meiner ablehnenden Haltung gegenüber der Kastrup.

Ich lenkte mich ein wenig von meinen fruchtlosen Gedanken ab, indem ich den Fernseher einschaltete, um weitere Details über die bevorstehende Mondlandung zu erfahren.

Ende Bericht Rittmeister von Timmer

KAPITEL 3:
OPERATION WIKING

Strahlend blauer Himmel spannte sich über dem Atlantik zweihundert Kilometer südlich von Island. Das Meer war ungewöhnlich ruhig, was für die bevorstehende Operation nur hilfreich sein konnte.

Die NORDSTERN war das Flaggschiff der gewaltigen Flotte des Nordischen Bundes, die angetreten war, das aufwendigste Unternehmen in der Geschichte der Menschheit abzuschließen: die Reise zum Mond. In drei Stunden wurde die Raumkapsel erwartet, die an drei Fallschirmen hängend in diesem Teil des Atlantiks niedergehen sollte. Mithilfe eines speziell dafür hergestellten Krans auf dem Deck der NORDSTERN würde die Kapsel geborgen werden, so dass die fünf Astronauten unter der Führung von Rittmeister Erich Ortjohann aus ihrer engen Kabine befreit werden konnten.

Großadmiral Theodor Honnerlage stand auf der Brücke des Stolzes der Kaiserlichen Marine. Seine Arme hatte er auf dem Rücken verschränkt. Ein Teil des dreihundertsiebenundachtzig Meter langen Flugdecks erstreckte sich unter dem großen Panoramafenster. Gedankenverloren betrachtete der Oberkommandierende der Marine das ruhige Meer, wenn man von den Kielwellen absah, die die seitlich versetzt vor der NORDSTERN fahrenden Schlachtschiffe BISMARCK und OSLO verursachten.

Das Wetter war optimal für die Bergung der Raumkapsel. Es

gab jedoch zwei Dinge, die dem Großadmiral Kopfzerbrechen bereiteten. Seit etwas mehr als einem Tag, also kurz nach dem Start der DONAR-Mission vom Mond, war die Funkverbindung abgerissen. Dieser Sachverhalt wurde vor der Öffentlichkeit geheim gehalten. Die Missionsleitung unter Wernher von Braun hoffte inständig, dass es sich lediglich um den Ausfall des Funkgerätes der DONAR-Kapsel handelte. Der zweite Grund zur Beunruhigung war eine große russische Flotte, die sich von Nordosten näherte.

Was wollen die verdammten Russen hier?, dachte Honnerlage verärgert. *Die scheinen ihre gesamte Nordmeerflotte von Murmansk losgeschickt zu haben, um uns zu ärgern.*

»Hat die DONAR nun endlich das Bremsmanöver eingeleitet?«, wollte der militärische Leiter der Bergungsaktion vom an seinem Kontrollpult sitzenden von Braun wissen. Letzterer war in ständigem Funkkontakt mit dem Raumfahrtzentrum in Hamburg, wo der Flug der DONAR von satellitengestützter Mikrowellenortung verfolgt wurde.

»Nichts!«, entgegnete der braungebrannte Raketenexperte und wissenschaftliche Leiter der DONAR-Mission. »Die rasen unverändert mit vierundzwanzigtausend Kilometern in der Stunde auf die Erde zu.« Der Ausnahmewissenschaftler warf dem Großadmiral einen Hilflosigkeit ausdrückenden Blick zu.

»Und wir können nichts machen?«, hakte Honnerlage nach.

»Ab – so – lut nichts«, lautete die niederschmetternde Antwort. »Das Bremsmanöver kann nur durch die Besatzung der Kapsel ausgelöst werden.«

»Ich sage es nur höchst ungern – aber ich muss Sie bitten, die Aufnahmen von unseren Wasserungstests bereitzuhalten. Falls es zur Katastrophe kommt und die Kapsel verglüht, darf die Öffentlichkeit zunächst einmal nichts davon erfahren. Wir müssen Zeit gewinnen, um herauszufinden, was schiefgegangen ist.«

Von Braun hatte sein Gesicht dem Großadmiral zugewandt und nickte kaum merklich mit verkniffenen Lippen. Man sah ihm an, dass er die Schuld für das Problem bei sich selbst suchte. Er hatte die wesentlichen Teile der MARS-Rakete konstruiert und fühlte sich daher für das Leben der fünf Astronauten persönlich verantwortlich.

Der höchste Soldat der Marine wandte sich von dem Wissenschaftler ab. Von Braun wusste, was im Falle eines Fehlschlages zu tun war. Ein entsprechender Plan war längst ausgearbeitet worden. Das Bild der Außenkameras auf den Schiffen des Verbandes würde durch eingespielte Bilder der erfolgreichen Wasserung einer DONAR-Kapsel ersetzt werden.

»Wie weit sind die Russen noch weg?«

»Sechzig Kilometer[14], in einer halben Stunde sind wir in der Reichweite ihrer Schlachtschiffe«, antwortete Admiral von Brauchitsch, ein schneidiger Offizier mit einem künstlichen Unterarm, den er seit der Seeschlacht vor England im November 1918 trug.

»Funker! Ein letzter Versuch. Da die Russen nicht auf unsere Funksprüche mit der Aufforderung zum Abdrehen geantwortet haben, kommen wir ihnen ein wenig entgegen und versuchen es dieses letzte Mal auf Russisch.« Admiral von Brauchitsch, der fließend die Sprache des Sowjetreiches beherrschte, begab sich zum Funker, der bereits die Einstellungen vornahm. Mit ruhiger Stimme sprach er die Worte in der für alle anderen auf der Brücke unverständlichen Sprache: »Dies ist unsere letzte Warnung an den Kommandierenden der sowjetischen Flotte. Drehen Sie ab, andernfalls müssen wir Ihr Verhalten als kriegerischen Akt ansehen und werden entsprechend reagieren.«

Einige Sekunden blieb es still. Dann war die raue Stimme eines Russen zu hören, die das Vorurteil bei den Deutschen bestärkte, dass übermäßiger Alkoholkonsum bei den Sowjets eher die Regel als die Ausnahme war.

»Wir befinden uns in internationalen Gewässern«, übersetzte

---

[14] Die kaiserlichen Streitkräfte verwenden durchweg zur besseren Koordination das metrische System.

von Brauchitsch, »wir kommen nicht in kriegerischer Absicht. Wir machen lediglich von unserem Recht Gebrauch, diese Gewässer zu befahren; das gleiche Recht, von dem Sie selbst Gebrauch machen.«

Dann kehrte wieder Ruhe ein. Mehr schien der Russe nicht zu sagen zu haben zu dieser Situation, die schnell zu einem Krieg eskalieren konnte.

Der Großadmiral ergriff das Wort. Sofort verstummten alle Gespräche auf der Brücke des nukleargetriebenen Flugzeugträgers. »Wenn wir die Russen herankommen lassen, können sie das Feuer auf unsere Träger eröffnen und uns somit einen gewaltigen Schaden zufügen. Abdrehen können wir nicht, weil wir schließlich zu einer Bergungsmission hier sind. Also bleibt uns nur eine einzige Möglichkeit: der Erstschlag.« Der Oberkommandierende der kaiserlichen Marine ließ seine Worte kurz wirken.

»Die sechs Schlachtschiffe sollen Kurs auf den Feind nehmen und ohne weitere Vorwarnung das Feuer eröffnen, sobald sie in Reichweite sind.«

»Warnschüsse?«, hakte von Brauchitsch nach.

»Nur, wenn es sich um Volltreffer handelt. Das warnt die Russen bestimmt nachhaltig«, stellte Honnerlage klar. Verhaltenes Gelächter der Männer war die Folge seiner Worte. Dann fuhr der Großadmiral mit seinen Befehlen fort: »Alle drei Träger sollen zunächst ihre Jäger starten. Sie sollen, um den Feind nicht zu warnen, im Tiefflug in der Nähe bleiben. Dann alle Torpedobomber an Deck und starten. Sie sollen sich in der Luft mit den Jägern als Begleitschutz sammeln und sofort mit einem konzentrierten Angriff auf die vier feindlichen Träger und die acht Schlachtschiffe der Sowjets beginnen.

General Uhlendorff in Midgard benachrichtigen. Seine HS 132 sollen starten und mit dem Angriff beginnen. Ausführung der Operation ›Wiking‹!«

Für zwei Sekunden hätte man auf der Brücke der NORDSTERN

eine Stecknadel fallen hören können. Die Befehle waren nicht etwa ein begrenzter Angriff auf die sowjetische Flotte, um sie zum Abdrehen zu zwingen. Es handelte sich stattdessen um die unter dem Namen »Operation Wiking« ausgearbeitete Planung, die einen mit allen Mitteln – von Nuklearwaffen einmal abgesehen – durchgeführten Angriff auf einen Feind vorsah, zu dem Zwecke, diesem größtmöglichen Schaden zuzufügen. Offensichtlich sah der Großadmiral keine andere Möglichkeit, umfassende Kampfhandlungen zu vermeiden. Unter diesen Umständen war ein massiver Erstschlag natürlich die strategisch günstigste aller denkbaren Alternativen.

Sofort machten sich die Funker an ihre Aufgaben. Eine Sirene heulte mit einer auf- und abschwellenden Tonfolge auf. Jeder an Bord kannte dieses Signal: Es bedeutete Start der Kampfflugzeuge.

Überall auf den drei Trägern des Nordischen Bundes rannten die Männer durcheinander. Auf einen Außenstehenden musste dies wie das blanke Chaos wirken. Tatsächlich wusste jeder der Soldaten genau, was er tat. Ein Zahnrad griff ins andere. Die Nordische Militärmaschinerie lief an mit der Präzision eines Uhrwerkes.

*

Das Achtel Pizza fiel Rittmeister David von Blankenau aus der Hand, als die Sirenen aufheulten. Er schaute seinen guten Freund Oberleutnant Walter Drechsler an, der mit ihm zusammen in einer der Offiziersmessen des Midgard-Stützpunktes saß. Der Heulton besagte eindeutig: Angriffsbefehl für die Sturzkampfbomber mit Jägerbegleitung.

»Das sind dann ja wohl wir«, kommentierte der dunkelblonde Rittmeister mit dem leicht vorstehenden Kinn.

Drechsler, ein hagerer, blasser Soldat, immer leicht phlegmatisch wirkend, strich sich mit der Hand über seine hellblonden, glatten, nach rechts gekämmten Haare. »Von mir aus«, entgegnete er mit einem Schulterzucken, als ob ihn der Alarm nichts anginge.

Wie mehrere andere Jagd- und Stuka[15]-Piloten auch, liefen die beiden Flieger im Laufschritt aus der Messe, um über den angrenzenden Gang des Mannschaftsgebäudes ins Freie zu gelangen. Dort nahmen sie Kurs auf den nur achtzig Meter entfernten Hangar IX, in dem ihre Maschinen parkten. Während des Laufens brachte Drechsler es noch fertig anzumerken: »Ein ungewöhnlich schöner, blauer Himmel für einen der letzten Märztage. Ein paar Wolken, aus denen wir herabstürzen könnten, wären mir allerdings lieber.«

»Schreib 'ne Beschwerde«, riet ihm sein Freund.

Im Hangar waren die Wartungstruppen bereits dabei, die Henschel HS 132 aufzumunitionieren. Die Maschinen bestanden im Wesentlichen aus einem überdimensioniert wirkenden Düsentriebwerk, einem BMW 005-A Turbostrahltriebwerk, das gut zweitausend PS leistete, auf dem darunter wie angeklebt wirkenden Flugzeugrumpf mit der ungepfeilten, trapezförmigen Tragfläche. Die doppelten Seitenruder saßen an den Enden des V-förmigen Höhenruders, so dass dem Abgasstrahl der Turbine keine Angriffsfläche geboten wurde. Vorne zierte die Henschel eine kleine Glaskanzel, voll integriert in die torpedoförmige Linienführung des Rumpfes. Der Pilot lag auf dem Bauch, so dass er einen hervorragenden Überblick hatte. Die liegende Position war bei den brutalen Andruckkräften, die nach dem Sturzflug beim Abfangen der Maschine auftraten, von beträchtlichem Vorteil, weil das Blut nicht aus dem Kopf des Piloten gedrückt werden konnte.

Das Wartungspersonal hatte jeder Henschel eine der üblichen Eintausendachthundert-Kilogramm-Bomben unter den Rumpf gehängt. Ansonsten waren die Stukas mit zwei Rotationskano-

---

[15] Sturzkampfbomber

nen des Kalibers zwei Zentimeter, die unter den Tragflächen angebracht waren, bewaffnet.

Fünfzig dieser Maschinen waren in Hangar XI untergebracht. Fünfzig Piloten kletterten durch eine Luke im Rumpfboden in die Stukas, was gar nicht so einfach war, denn man musste zuerst den Oberkörper mitsamt dem sperrigen Rucksack für den Fallschirm hineinschieben, bis Brust und Bauch auf den dafür vorgesehenen Polstern ruhten, dann die Beine angewinkelt hochziehen, um sie anschließend nach hinten in den Rumpf zu strecken. Nach dieser Prozedur konnte die Luke, die sich nun unter dem Unterleib befand, geschlossen werden.

Rittmeister von Blankenau setzte seinen im Innenraum bereitliegenden Pilotenhelm auf und spannte die Gurte über seinem Rücken mit dem Rucksack, die ihn während des Fluges in der liegenden Position halten würden. Dann startete er das Triebwerk. Pfeifend lief es an. Der Rittmeister hielt die Drehzahl innerhalb des Hangars natürlich niedrig, um mit dem Abgasstrahl keine Schäden zu verursachen. Eine Maschine nach der anderen rollte auf das Vorfeld. Parallel zur Startbahn A bewegten sich jeweils fünf Stukas nebeneinander bis zu deren Ende. Dann wurde zweimal links abgebogen, und es erfolgte der Start in kurz aufeinander folgenden Wellen zu je fünf Flugzeugen.

Als von Blankenau an der Reihe war und den Fahrthebel nach vorne schob, spürte er die enorme Beschleunigung. Sein zur Bewegungsrichtung in einem Winkel von zwanzig Grad schräggestellter Rücken wurde gegen die Gurte gepresst, während seine Füße gegen die dafür vorgesehene Stützplatte gedrückt wurden. Das Triebwerk heulte infernalisch, als es nach nur fünfhundert Metern Anlauf den kleinen Bomber in die Luft katapultierte.

Zwei Minuten später, als alle Maschinen in der Luft waren, hörte von Blankenau die vertraute Stimme General Uhlendorffs aus seinen Helmlautsprechern. »Ihr Angriffsziel befindet sich einhundertsiebzig Kilometer südöstlich. Großadmiral Honnerlage hat die Operation ›Wiking‹ befohlen. Die genauen Koordinaten des Feindes sind bereits an ihre Navigationsgeräte übertragen worden. Vor Ort Aufteilung der Angriffsziele – vier Träger und sechs Schlachtschiffe – unter den zehn Staffeln. Anflug so tief wie möglich. Erst bei Sichtkontakt auf Angriffshöhe gehen. Viel Glück, Männer.«

Das ist der Ernstfall! Ein Angriff auf die russische Nordmeerflotte bedeutet Krieg, war sich der Rittmeister bewusst.

Von beiden Seiten näherten sich den in Fünfer-Formationen fliegenden Stukas mehrere Staffeln Horten Ho 229, die als Geleitschutz dienen sollten. Diese zweistrahligen Nurflügler verfügten wie ihre großen Brüder vom Typ B1 über eine Kohlenstoffbeschichtung der Außenhaut, die ihnen Tarnkappeneigenschaften verlieh.

»Auf Angriffskurs schwenken«, kam der Befehl von Oberst Ludwigsheim, der den Einsatz der Staffeln von seiner Horten Ü1 aus koordinieren würde. Bei diesem Muster handelte es sich um eine umgebaute B1, die vollgestopft mit Elektronik war und vor allem der Luftraumüberwachung diente. Sie würde in einer Höhe von zwanzig Kilometern, unerreichbar für die Russen, den tieffliegenden Stukas und Jägern voraneilen, um für jede Staffel das endgültige Angriffsziel festzulegen.

Schnell blieb die karge, nur einhundert Meter unter ihnen vorbeiziehende isländische Landschaft zurück und machte dem offenen Meer Platz. Jetzt konnten die Maschinen gefahrlos auf eine Höhe von dreißig Metern heruntergehen, so dass sie möglichst lange der feindlichen Mikrowellenortung verborgen bleiben würden.

Der erst dreiundzwanzigjährige von Blankenau hatte es schon zum Rittmeister gebracht, weil er erstens durch seine tollkühnen Manöver bei den zahlreichen Übungsflügen und zweitens durch seine Führungsqualitäten aufgefallen war. General Uhlendorff war auf den jungen Mann aufmerksam geworden und beobachtete dessen Entwicklung mit großem Interesse. Doch wie würde sich der vielversprechende Kampfpilot im Ernstfall verhalten?

Würde er die unter Übungsbedingungen geradezu spielerisch vorgeführten Fähigkeiten im Kampf auf Leben und Tod verlieren oder sogar zu noch größerer Perfektion entwickeln? Genau um diesen Punkt drehten sich die Gedanken des jungen Offiziers.

Das ist er also, mein erster Feindflug. Eigentlich ist es genau so, wie ich es mir vorgestellt habe: Irgendwann verkünden die Sirenen den Ernstfall, ich steige in meine Henschel und fliege los – das war's. Ich habe oft mit Walter darüber spekuliert, ob wir auf unserem ersten Feindflug nervös sein würden. Ja gut, ich verspüre ein gewisses Kribbeln, das ich von den Übungsflügen her nicht kenne. Aber das ist wohl eher meine Begeisterung, Teil dieser hervorragenden Luftwaffe zu sein.

Der Hoffnungsträger des Generals schaltete sein Funkgerät auf Staffelfrequenz und fragte: »He, Jungs, ist eigentlich einer von euch nervös?«

»Ner*was?*« Deutlich war die gelangweilt klingende Stimme Walter Drechslers zu vernehmen. Das unbekümmerte Lachen der anderen drei Männer deutete tatsächlich darauf hin, dass keiner Probleme mit seinen Nerven hatte.

Nach elfminütigem Tiefflug erkannte der Rittmeister die ersten Schiffsaufbauten am Horizont. Schon schnarrte der Befehl Ludwigheims aus den Helmlautsprechern: »Hochziehen!«

Der Stuka-Pilot zog den Steuerknüppel heran und schob den Fahrthebel ganz hinein. Die HS 132 schoss fast senkrecht in den strahlend blauen Himmel. Erst in drei Kilometern Höhe ließ der Rittmeister seine Stuka vornüberkippen und in den Geradeausflug parallel zur Meeresoberfläche übergehen. Die Angriffshöhe war erreicht.

Nun hatten die Piloten einen guten Überblick über die schnell näher kommende Flotte. Wenige Sekunden später war zu erkennen, dass die Flugdecks der Träger voller Bomber und Jäger standen. Mehrere feindliche Maschinen waren bereits in der Luft, und im Abstand weniger Sekunden verließen immer neue die Katapulte.

Schon kamen die Daten für die satellitengestützte Navigation, die die Angriffskoordinaten der zehn Staffeln enthielten. Die für den Rittmeister bestimmten führten ihn und seine vier Männer direkt auf einen der vier Träger zu.

»Sechs MiG-15 aus zwei Uhr!«, plärrte die Stimme seines Freundes Drechsler aus den Helmlautsprechern.

Schon waren die wendigen Russen heran und die ersten Garben Leuchtspurgeschosse flogen durch die Luft. Ein Geschoss schlug durch das Glas der Kanzel und blieb in der hinteren Wandverkleidung stecken. *Das fängt ja gut an*, stellte der Rittmeister fest.

Er flog akrobatische Ausweichmanöver, um den MiG zu entkommen, doch einer der wendigen Jäger hatte sich hinter ihn gesetzt. Immer wieder zogen Leuchtspurgeschosse an ihm vorüber, bis schließlich eine Garbe mehrere Löcher in seine rechte Tragfläche stanzte. Der Steuerknüppel fing wegen der Turbulenzen, die durch die ausgefransten Löcher entstanden und an den Querrudern des Flügels zerrten, leicht an zu zittern.

Dann war von Blankenau endlich über dem riesigen Schiff, das ihm als Ziel zugedacht war. Er ließ seinen Stuka über die linke Tragfläche abkippen und ging in den Sturzflug über. Doch die MiG hinter ihm folgte unbeirrt. Der Russe schien sich eingeschossen zu haben, denn zunächst traf er die linke Tragfläche, dann verspürte der Rittmeister einen Schlag in der rechten Schulter. Während der Flugzeugträger unter ihm rasend schnell größer wurde, färbte sich seine Fliegerkombi über dem rechten Arm rot.

Von Blankenau flog in mehrere der hässlichen schwarzen Wolken hinein, die der Träger ihm in Form von explodierenden Flakgranaten entgegengeschickt hatte. Mehrere Splitter durchschlugen die Kanzelscheibe, und wie durch ein Wunder bohrte sich lediglich einer davon relativ ungefährlich in das Schlüsselbein des Fliegers.

Unbeirrt hielt von Blankenau das Fadenkreuz, das den Einschlagpunkt der Bombe anzeigte, auf eine Stelle kurz hinter den Aufbauten der Brücke, von der er wusste, dass Träger diesen Typs unterhalb dieser Stelle die Bomben für ihre Flugzeuge beherbergten. Auf dem Flugdeck standen eine große Zahl Torpedobomber. *Offensichtlich ist Operation »Wiking« gerade noch rechtzeitig angelaufen, um den Russen zuvorzukommen,* dachte der Sturzkampfpilot grimmig.

Die Abwurfhöhe war erreicht. Trotz stechendem Schmerz in der rechten Schulter zog der Rittmeister den Hebel für die Bombe. Nachdem sie ausgeklinkt war, fuhr die Sturzflugautomatik ohne Zutun des Piloten die Bremsklappen wieder ein, wodurch der Stuka schwanzlastig wurde. Die Folge war ein brutaler Übergang vom Vertikal- in den Horizontalflug. Für einige Sekunden musste David das Zwölffache seines Körpergewichtes ertragen.

Dieses Manöver ließ die Salve der verfolgenden MiG, die ansonsten mitten in das Triebwerk der Henschel eingeschlagen wäre, ins Leere gehen. Der Pilot des russischen Jägers versuchte an seinem Opfer dranzubleiben und fuhr ebenfalls die Bremsklappen wieder ein, um eine ähnliche Bahnkurve zu fliegen. Doch erstens befand er sich in einer sitzenden Position, weshalb er das Bewusstsein verlor, und zweitens musste er das Manöver per Hand durchführen, weil sein Jäger naturgemäß nicht über eine Sturzflugautomatik verfügte. Als der Pilot handlungsunfähig wurde, bevor der Horizontalflug erreicht war, raste die Maschine in einem immerhin schon flach gewordenen Winkel in den Atlantik.

Doch Sekundenbruchteile vor dem Aufprall des Jägers ging hinter von Blankenau die Welt unter. Die 1,8 Tonnen schwere Bombe des Rittmeisters durchschlug das Flugdeck des sowjetischen Trägers und detonierte mitten im Waffenbunker. Eine ungeheure Explosion riss Teile des Flugdecks empor und schleuderte etliche Torpedobomber wie welke Blätter davon. Weitere Explosionen zerrissen die Schiffswandung. Er wirkte, als würde der gesamte Träger in der Mitte leicht angehoben, wobei sich die Risse vergrößerten und unaufhörlich Detonationen daraus hervordonnerten. Als sich die Mitte des Schiffs wieder absenkte, brach es auseinander, wobei Feuerzungen zwischen den Bruchstücken nach allen Seiten schossen. Der vordere Teil kippte langsam nach Backbord, während der hintere mit der Bruchstelle voran zu sinken begann.

Von Blankenau zog seine Maschine in eine enge Kurve. Sein Herz übersprang ein paar Schläge als er sah, wie sich der von ihm genau an seiner schwächsten Stelle getroffene Träger in zwei Teile getrennt hatte. Deutlich sah der Rittmeister mit an, wie Flugzeuge und Männer von dem immer weiter kippenden Flugdeck in den Atlantik rutschten.

»Blattschuss!«, hörte er die Stimme seines Freundes Walter.

»Wo bist Du?«

»Ich musste abdrehen. Hatte zwei MiGs am Heck. Doch eine Horten hat die beiden Russkies mit ihren Luft-Luft-Raketen überredet, meine Verfolgung aufzugeben. Nachdem du den Pott erledigt hast, macht es keinen Sinn, eine weitere Bombe auf die Trümmer zu schmeißen. Wenn's recht ist, suche ich mir einen Kreuzer oder einen Zerstörer, um den anderen Staffeln nicht in die Quere zu kommen.«

»An alle!« Die auf der Staffelfrequenz gesprochenen Worte des Rittmeisters wurden nur von seinen vier Männern beachtet. »Ziele unter den russischen Begleitschiffen nach eigenem Ermessen aussuchen.«

Außer von Walter bekam er nur von Oberleutnant Peter van den Boom eine Bestätigung seines Befehls. Die Meldungen der anderen Männer blieben aus.

»Ich habe gesehen, wie Ralf und Markus von MiGs erwischt wurden«, erklärte Walter. »Beide konnten aussteigen.«

David hatte seinen Blick wieder auf den Träger gerichtet, den er bombardiert hatte. Das Vorderteil lag mittlerweile komplett auf der Seite, während sich das Heck steil aufgerichtet hatte.

Um ihn herum tobte das Chaos. Der Himmel war voll von MiGs und Horten, die sich erbitterte Luftkämpfe lieferten. Überall standen die schwarzen Wolken detonierender Flakgranaten in der Luft. Doch eine der russischen Maschinen nach der anderen explodierte fast im Sekundentakt. Den Raketen der Horten und der überlegenen Triebwerksleistung der Nurflügler hatten die MiGs nichts Gleichwertiges entgegenzusetzen.

Dunkle Qualmwolken stiegen von den anderen drei Trägern und einigen Schlachtschiffen auf. Der Rittmeister sah mehrere Horten im Tiefflug heranrasen.

Torpedobomber von unseren eigenen Trägern, schoss es ihm durch den Kopf. Die Ho 229 waren vielseitige Flugzeuge, die als Jäger, als leichter Bomber und als Torpedobomber eingesetzt wurden.

Die Ankunft der Maschinen der Nordischen Bergungsflotte besiegelte das Schicksal der Russen. In wenigen Minuten war der Luftraum freigekämpft, und ein Torpedo nach dem anderen schlug in die gegnerischen Schiffe. Offensichtlich war die BISMARCK mit ihren fünf Schwesterschiffen ebenfalls auf Schussdistanz heran, denn zwischen den sowjetischen Schiffen schossen Wasserfontänen in die Höhe. Die Zahl der Granaten, die in die Aufbauten einschlugen, vergrößerte sich von Salve zu Salve.

»Alle Jäger zurück zu ihren Basen. Gleiches gilt für alle anderen, die ihre Bomben oder Torpedos abgeworfen haben«, befahl Oberst Ludwigsheim.

Von Blankenau steuerte seine Henschel auf Heimatkurs. Zwar lag die Maschine durch die zahlreichen Treffer unruhig in der Luft, doch der Rittmeister hatte wenig Zweifel, dass er es bis Midgard schaffen würde. Sein Weg führte ihn über die Reste der russischen Flotte. Erst jetzt wurde ihm das volle Ausmaß der Niederlage des Gegners bewusst. Alle sowjetischen Schiffe brannten oder sanken. Nach diesem Schlag würden die Russen in den nächsten Jahren keine wesentliche Rolle auf den Meeren mehr spielen können.

*

»Der Sieg ist überwältigend!«, rief der sonst so bedächtige Großadmiral, als die letzte Gegenwehr der Sowjets erstorben war. »Schicken wir die Schlachtschiffe ins Kampfgebiet zur Bergung der
überlebenden Russen und vor allem natürlich unserer eigenen
Männer, die aus ihren Fliegern aussteigen mussten.«

Die nächsten zwei Stunden wurden durch die Bergungsarbeiten
und banges Warten auf die DONAR-Mission geprägt. Die Hoff-
nungen schwanden jedoch immer mehr, je näher das Raumschiff
seinem Heimatplaneten kam. Unverändert raste es ihm mit vierundzwanzigtausend Stundenkilometern entgegen. Beim Eintritt
in die Erdatmosphäre glühte die Kapsel mit ihrer nicht abgetrennten Raketenstufe hell auf und hüpfte dann wie ein flach geworfe-
ner Stein auf einer Wasseroberfläche zurück in den Weltraum, fiel
zurück in die Atmosphäre und wurde erneut hochgeschleudert.
Dieser Vorgang wiederholte sich dreimal, bis der mittlerweile
weißglühende Metallklumpen in einer Explosion zerbarst und die
Bruchstücke wie ein Meteoritenregen Tausende leuchtende Bahnen hinter sich herziehend vergingen.

Der Weltöffentlichkeit wurde jedoch eine an drei Fallschirmen
hängende Raumkapsel gezeigt, die relativ sanft im Meer wasserte
und vom Spezialkran der NORDSTERN an Bord genommen wurde.

*

Der britische Premierminister war außer sich.

»So viel Blödheit auf einem Haufen habe ich noch nie gesehen.
Wie kommt der Oberprolet dazu, den Deutschen ins offene Messer zu laufen? Wozu haben wir die Sache bis ins Detail geplant,
wenn der Idiot unabgesprochene Aktionen durchführen lässt?«

Winston Churchill hatte soeben eine aufgezeichnete Sendung
des Kaiserlichen Fernsehens gesehen, in der die Eskalation – natürlich zu Recht, wie er zugeben musste – mit der russischen
Starrköpfigkeit begründet wurde. Anschließend gab es spektaku-
läre Bilder vom deutschen Angriff auf die sowjetische Flotte, ge-

dreht von automatischen Kameras an Bord der Kampfflugzeuge. Die brennenden und sinkenden Schiffe erforderten keinen Kommentar, weshalb der britische Regierungschef auf eine Übersetzung des deutschen Kommentars verzichtet hatte. Zu guter Letzt präsentierten die Deutschen stolz einige tausend ölverschmierte, vor Kälte zitternde Kriegsgefangene mit rußgeschwärzten Gesichtern, die sie aus dem Meer gefischt hatten.

Ächzend erhob sich der Politiker aus seinem schweren Ledersessel. Schweigend und kopfschüttelnd blickte er auf die im Konferenzraum anwesenden Minister.

»So eine heilige Scheiße!« Der korpulente Mann mit den schütteren grauen Haaren konnte sich nicht beruhigen. »Die sowjetische Nordmeerflotte hätte das Kräfteverhältnis deutlich zu unseren Gunsten beeinflusst. Und was macht dieser georgische Bauer? Er provoziert eine Schlacht, bei der er unersetzliche Schiffe und Mannschaften verliert und das auch noch ohne den Deutschen nennenswerten Schaden zugefügt zu haben. Bellington, verbinden Sie mich mit Josef Stalin.«

Die Ordonnanz begab sich zu dem roten Telefon auf dem riesigen, goldbeschlagenen Schreibtisch. Der spezielle Fernsprecher konnte zur Direktanwahl ähnlicher Telefone auf den Schreibtischen wichtiger Regierungsschefs – neben dem Stalins auch dem des amerikanischen Präsidenten, des japanischen Tennos und natürlich des deutschen Kaisers – benutzt werden.

Bellington drückte die Tastenkombination für den sowjetischen Diktator. Zusätzlich schaltete er den Apparat des Übersetzers hinzu. Es dauerte immerhin drei Minuten, bevor sich Stalin am anderen Ende der Leitung meldete. Es war allerdings eher ein Gebrüll als eine Meldung.

»Wir hatten unsere Bomber bereits an Deck und unsere Schlachtschiffe fast in Reichweite, als die verdammten Deutschen angriffen. Wer konnte schon ahnen, dass die Faschisten ohne weitere Verhandlungen mit allem auf uns losgehen, was sie haben? Ein paar Warnschüsse, das wäre verständlich gewesen, dann hätten wir unsere Bomber längst gestartet, bevor die Drecksäcke gewusst hätten, was los war«, bemühte sich der Übersetzer den Ausbruch verständlich zu machen.

»Vielleicht haben die Deutschen genau deshalb losgeschlagen? Weil sie euch Oberstrategen genau diese Chance nicht geben wollten? Schon mal darüber nachgedacht?« Die Stimme des Premierministers triefte vor Ironie. »Vielleicht haben Sie auch gedacht: Eine solch nette Einladung des sowjetischen Oberkommandos, ihm die Nordmeerflotte wegzunehmen, können wir doch nicht ausschlagen. Hm? Übersetzer! Sagen Sie das genau so!«

Nachdem es einige Sekunden still war in der Leitung, weil dem Diktator offensichtlich die Worte fehlten, fügte Churchill hinzu: »Sie gefährden mit Ihrer ebenso unbedachten wie unabgesprochenen Handlungsweise unsere gesamte Planung. Wenn Sie wünschen, dass der Nordische Bund ein Machtfaktor bleibt, dann machen Sie nur weiter so. Ansonsten halten Sie sich gefälligst an die Absprachen, die wir zur Durchführung der Operation ›Thunderstrike‹ getroffen haben. Also verhalten Sie sich ruhig und greifen Sie erst am kommenden Samstag in der Früh die deutsche Ostgrenze an.«

*

Trotz der Vernichtung der Nordmeerflotte praktisch ohne eigene Verluste herrschte eine gedrückte Stimmung während der Lagebesprechung im Kaiserpalast, einen Tag nach dem Sieg, der die sowjetische Marine am 28. März 1949 um Jahre zurückgeworfen hatte.

Die fehlende Euphorie hatte ihre Ursache allerdings nicht in der Aussicht auf sowjetische Vergeltungsmaßnahmen.

»Was sollen die Russen schon machen? Wenn sie uns angreifen, halten wir sie bei geringen eigenen Verlusten mit taktischen Nuklearwaffen auf«, hatte der Kaiser diese Möglichkeit vom Tisch gewischt.

Die vier höchsten Militärs und Friedrich IV. trauerten stattdessen um den Verlust von fünf hervorragenden Männern, die offensichtlich mit ihrer Raumkapsel beim Eintritt in die Erdatmosphäre verglüht waren. Nur bei einem von ihnen war diese Trauer nicht echt. Aber das konnten die anderen vier nicht wissen.

Der Flug zum Mond war gelungen, die Mondlandung selbst auch, nur war dann aus unerfindlichen Gründen die Funkverbindung abgebrochen und das Raumschiff bei seiner Rückkehr ungebremst in der Atmosphäre verglüht. Natürlich dachten die Männer über die Ursachen dieser Katastrophe nach, über die auch Wernher von Braun keinerlei Auskunft hatte geben können.

Da man in dieser Runde das Mysterium wohl kaum klären konnte, brachte Reichsmarschall von Grefe das Thema auf den drohenden Weltkrieg.

»Sind die Vorbereitungen für die Umstellung der Industrieproduktion auf die Kriegswirtschaft angelaufen?«, fragte er den Kaiser.

»Ja, Rüstungsminister Siedenstein hat alles in die Wege geleitet«, bestätigte der Monarch.

»Dann möchte ich um die Genehmigung bitten, einhundert Landkreuzer LK-1, fünftausend Maus, fünfzehntausend Tiger VII, achttausend Gepard, zweihunderttausend Kampfläufer und diverse Schützenwagen und Truppentransporter in Auftrag zu geben, wobei letztere aber finanziell nicht ins Gewicht fallen.«

»LK-1?«, hakte Friedrich IV. nach. »Wie weit sind Sie denn mit dem Prototypen?«

»Er hat die ersten Tests erfolgreich absolviert. Die Schwachstellen sind behoben, wir können mit der Serienproduktion anfangen. Ich plane, Ihre Genehmigung vorausgesetzt, am kommenden Freitag eine öffentliche Vorführung des Landkreuzers vor ausgesuchten internationalen Journalisten.«

»Wozu soll das gut sein? Wir sollten unsere Karten nicht unbedingt auf den Tisch legen«, mischte sich Generalfeldmarschall von Dankenfels ein.

»Ein Projekt wie der Landkreuzer lässt sich ohnehin nicht unbemerkt realisieren«, konterte von Grefe, wobei er sich eine Strähne seiner zur Seite gekämmten Haare aus der Stirn strich. »Also wissen unsere Gegner ganz sicher davon. Folglich geben wir ihnen keine neuen Informationen außer derjenigen, wie weit wir bereits fortgeschritten sind. Das wird eine abschreckende Wirkung haben.«

Nach kurzem Schweigen nickte von Dankenfels, und der Kaiser gab seine Zustimmung zu der Vorführung. Mit den geforderten Stückzahlen des übrigen Kriegsgerätes war er jedoch keineswegs einverstanden:

»Von Grefe, Sie fordern hier ein Rüstungsprogramm, als müssten wir uns in einem konventionellen Landkrieg dem Rest der Welt stellen. Wir besitzen als einzige Kernwaffen, also was soll diese ungeheure Vergeudung von Staatsmitteln?«

»Mein Kaiser!« Der Oberbefehlshaber der Bodentruppen schaute seinem einzigen Vorgesetzten ernst in die Augen. »Ein Soldat muss gelegentlich aus dem Bauch heraus entscheiden. Und mein Bauchgefühl ist alles andere als gut. Ich bin in Sorge um den Fortbestand des Reiches. Irgendetwas braut sich zusammen. Erst die Unnachgiebigkeit der Amerikaner, dann die Starrköpfigkeit der Russen. Vielleicht haben die irgendeine Möglichkeit gefunden, unsere Atomwaffen auszuschalten und bereiten bereits einen Angriff vor, während wir hier über Geld reden. Wir sollten die Produktion der Fahrzeuge, Panzer und Kampfläufer beauftragen. Wenn sich die Situation wieder beruhigt hat, können wir die Herstellung immer noch stoppen.«

Der Reichsmarschall erhielt unerwartete Unterstützung vom Oberkommandierenden der Kastrup, deren Rivalität mit dem Heer allgemein bekannt war: »Von Grefe hat Recht. Wenn die Russen, Engländer und Amerikaner oder alle zusammen nicht irgendeine Teufelei planen, können wir die Aufrüstung sofort wieder abbrechen, sobald wir einigermaßen sicher sind, dass da nichts im Busch ist.«

Zögernd nickte der Kaiser. »Besprechen Sie die Details mit Rüstungsminister Seidenstein, meine Herren. Hoffen wir mal, dass Ihre Sorge unbegründet ist.«

Doch wie begründet diese Sorge leider war, erfuhr Friedrich IV. schon vier Tage später.

KAPITEL 4:
OPERATION SANDSTURM

Bericht Generalfeldmarschall von Dankenfels

Nach der Besprechung beim Kaiser lief ich über die teuren Teppiche in den Fluren des Kaiserpalastes. An den Wänden hingen kunstvolle Gemälde, die Schlachten aus dem nun dreißig Jahre zurückliegenden großen Krieg zeigten. *Dreißig Jahre?,* dachte ich. *Mit der Kapitulation Frankreichs 1919 war zwar der Krieg für Deutschland entschieden worden, doch die Kämpfe mit den Engländern um die afrikanischen Kolonien hatten bis ins Jahr 1924 gedauert – zumindest offiziell, denn im September unterzeichneten beide Parteien einen Friedensvertrag. Trotzdem hatten die Briten ein Fort im Süden des Sudans nicht geräumt und zwar aus sehr gutem Grund, wie sich schließlich herausstellte. Sie verbargen dort ein Geheimnis, das die Geschichte der Menschheit in höchstem Maße beeinflussen sollte.*

Meine Gedanken ließen mich wieder ins Jahr 1925 zurückkehren, denn ich selbst hatte bei der Erstürmung des britischen Forts eine Schlüsselrolle gespielt ...

*

Es fühlte sich an wie Nadelstiche, als erneut eine Bö des warmen Südwindes den Wüstensand in mein Gesicht prasseln ließ. Ohne meine Motorradbrille wäre die Arbeit unter freiem Himmel unmöglich gewesen. Im Rahmen der Operation Sandsturm hatten wir von eingeborenen Hilfskräften eine Eisenbahnverbindung von Port Sudan bis zwanzig Kilometer vor unser Einsatzziel legen lassen: Fort Charles.

Das Fort lag auf halber Strecke zwischen Salima und Arba In, mitten in der steinigen Wüste des Sudan. Die Engländer verteidigten die Festung, als ob dort sämtliche Kronjuwelen des Königshauses gelagert wären – und das, obwohl ihre Regierung vor neun Monaten einen Friedensvertrag mit dem Deutschen Reich unterzeichnet hatte.

Wir hatten die Tommys schon vor vier Jahren aus dem Sudan geworfen. Das Kaiserliche Heer hatte bereits vor einem Jahr die letzte britische Kolonie in Afrika erobert. Doch an Port Charles hatte es sich die Zähne ausgebissen.

Das eigentliche Fort bestand lediglich aus einem Wall aufgeschütteten, mit Mörtel verbundenen Gerölls, doch es wurde von konzentrischen Kreisen von Schützengräben, Stacheldrahtverhauen und Minenfeldern umgeben. Die Kreise waren wiederum durch Gänge verbunden, so dass die Verteidiger flexibel von einer Stellung in die andere wechseln konnten.

Natürlich wäre es dem Kaiserlichen Heer möglich gewesen, das Fort zu nehmen, doch zu welchem Preis? Die Eroberung eines Stücks Wüste mit zehntausenden Gefallenen zu bezahlen, hatte dem Generalstab keineswegs eingeleuchtet. Genauso wenig leuchtete uns ein, warum die Tommys diesen Haufen Steine mit einer derartigen Verbissenheit verteidigten. Die Klärung dieses Sachverhaltes sollte mit der Operation Sandsturm erfolgen, für die einmal mehr die Kastrup herhalten musste.

»Herr Rittmeister! Kommen Sie bitte hierher!«

Ich lief auf den Rufenden zu, der auf einem der Waggons stand, die vor drei Stunden hier im Nichts angekommen waren. Die letzten einhundertfünfzig der mehr als tausend Kilometer langen Schienenstrecke von Port Sudan hierher waren einzig und allein zu dem Zweck erbaut worden, die Fracht dieses Zuges bis kurz vor das Fort zu schaffen.

Die Kranwagen waren bereits entladen worden, die zehn Fabrikationszelte und weitere zwanzig für die Soldaten und Techniker waren errichtet. Hier, am Ende der Schienen ins Nichts, war ein kleines Zeltdorf entstanden, unmittelbar neben der bereits vor einer Woche errichteten provisorischen Garnison für zweitausend Kastrup-Soldaten – eine auffallend geringe Zahl, wenn man die geschätzten zwanzigtausend Verteidiger von Fort Charles in Betracht zog.

»Wir brauchen eine Zuordnung, welches Teil wir in welches Zelt schaffen sollen.« Der etwa fünfzigjährige, leicht untersetzte Mann trug eine graue Arbeitskombination und die obligatorische Motorradbrille. Mit ausgestrecktem Arm hielt er mir ein Stück Kreide zur Kennzeichnung der Teile hin.

Ich kletterte über eine Leiter auf den Waggon. Auf der Ladefläche erkannte ich in dem stählernen Ungetüm, das darauf ruhte, sofort das rechte Seitenteil eines K-Wagens. Ich beschriftete es mit einer römischen »I«. Die daneben gestapelten Paletten enthielten nach einem kurzen Blick die zum Seitenteil gehörenden zwei Kanonen vom Kaliber 7,7 cm und die drei 7,92-mm-Maschinengewehre. Auch sie bekamen von mir eine »I« verpasst. Auf dem nächsten Waggon fand ich das rechte Seitenteil mit den dazu gehörenden Waffen. Ich musste insgesamt die Teile auf vierzig Waggons beschriften, womit ich jedoch bereits nach einer halben Stunde fertig war.

Als die K-Wagen im Frühjahr 1919 bei der Stürmung von Paris eingesetzt worden waren, war ich als achtzehnjähriger Feldwebel der Kastrup in der Deckung der Kolosse zu den feindlichen Stellungen gerannt. Es war damals mein Traum gewesen, selbst irgendwann einen dieser Giganten zu kommandieren. Meine Leidenschaft für die Stahlkolosse und meine militärische Begabung, von der zumindest der Generalstab überzeugt war, hatten mich heute, sechs Jahre später, zum Kommandanten über zehn dieser Ungetüme gemacht.

Die mächtigen Kranwagen hatten schon die ersten Waggons entladen und die Teile in die Produktionszelte geschafft, als ich mit der Beschriftung der Ladung des letzten Waggons fertig war. Es würde immerhin zwei Tage dauern, bis aus diesen Teilen zehn einsatzfähige K-Wagen geworden sein würden.

Während ich fasziniert wie an dem Tage, an dem ich eine der fahrenden Festungen zum ersten Mal gesehen hatte, die Ladung des letzten Waggons betrachtete, hörte ich eine vertraute Stimme.

»Hans! General Stetten bittet dich zu einer Lagebesprechung.«

Ich drehte mich zu Oberst Karl Friedrich zu Waldesloh um, einem hochgewachsenen, hageren Offizier, den ich wegen seines Wagemuts und seiner oftmals bewiesenen Zähigkeit sehr schätzte. Mit einem Satz sprang ich von dem Waggon und begrüßte den Mann herzlich. Zwischen uns hatte sich eine auf gegenseitigem Respekt basierende Freundschaft entwickelt.

»Karl! Welch eine Freude. Ich hatte schon gehört, dass du die Operation ›Sandsturm‹ leiten wirst. Dann kann ja nichts mehr schiefgehen.«

Der Oberst lachte trocken auf. Auch er nannte mich erneut beim Vornamen, als er voller Ironie entgegnete: »Natürlich, Hans. Meine Männer haben sich schon beschwert, dass die Operation viel zu einfach wird und dass wir den Tommys vorher Bescheid sagen sollten, was wir vorhaben, damit die überhaupt eine Chance haben.«

Ich musste schallend lachen. Dies war eine typische Kostprobe des Humors meines Freundes.

»Wie geht es deiner Frau und den Kindern?«, fragte ich, während wir uns auf den Weg zum Zelt des Generals machten.

»Letzten Monat hatte ich zwei Wochen Heimaturlaub. Mein kleiner Lockenengel ist gerade vier Jahre alt geworden und fast schon genauso zickig wie ihre Mutter.« Der Oberst unterbrach sich kurz mit einem verträumten Lächeln, das seine Vaterliebe besser ausdrückte als tausend Worte. »Julius ist mittlerweile sechs und liebt nichts mehr, als mit Modellen von K-Wagen und Soldaten zu spielen. Der geht bestimmt später zum Heer oder zur Kastrup. Und Du? Immer noch nicht die Richtige gefunden?«

»Wann denn? Hätte ich dich nicht als Vorbild, so würde ich glauben, die Kastrup sei ein religiöser Verein, der das Zölibat von seinen Mitgliedern fordert – und zwar durch dauernden Einsatz.«

»Na, wenn du nie deinen Heimaturlaub antrittst, bist du selber Schuld.«

»Meine große Liebe sind nun mal die K-Wagen.« Breit grinste ich den Oberst an.

»Oh, wenn das deine Neigung ist, dann wüsste ich was für dich. Eine Cousine dritten Grades meiner Frau wiegt mindestens hundertfünfzig Kilo und sucht …«

Ich verzog das Gesicht und stieß Karl meinen Ellenbogen freundschaftlich in die Seite.

Das Zelt des Generals hatte einen Vorbau, der wie eine Schleuse wirkte, damit der Wüstensand möglichst aus dem Inneren ferngehalten wurde. Rund fünfzehn Offiziere waren anwesend. General Stetten hatte sich über einen Tisch gebeugt und blickte kurz auf, als wir eintraten. Sein linkes Auge zierte ein Monokel, sein Schädel war noch kahler als der kahlste Fels in der Wüste ringsum.

»Ah, die beiden Männer, die die Hauptlast des Angriffs tragen werden, kommen als letzte. Sofern sich das bei unserem Unternehmen umgekehrt verhält, soll es mir recht sein.« Die meisten der schon anwesenden Offiziere grinsten bei diesen Worten. »Kommen Sie, kommen Sie, meine Herren.« Mit der Linken stütze er sich auf den Tisch, mit der Rechten winkte er uns heran.

Auf dem Tisch befand sich ein maßstabgetreues Modell von Fort Charles. Deutlich waren die konzentrisch angelegten Verteidigungslinien zu sehen.

»Welche Geschwindigkeit werden Ihre K-Wagen in diesem Gelände erreichen?«

»Nicht mehr als zehn Kilometer in der Stunde. Wir verwenden zwar für jeden Wagen zwei der neuen 650-PS-Motoren, doch sie müssen den Minenräumer vor sich herrollen, und es geht leicht bergauf«, gab ich den Offizieren Auskunft. Minenräumer waren fünfzig Zentimeter durchmessende und dreieinhalb Meter breite Rollen mit dreißig Zentimeter langen Stollen, die sich in den Boden graben und etwaige Minen auslösen sollten. Über ein bewegliches Gestänge waren sie direkt mit der Front des K-Wagens verbunden.

»Das ist so in Ordnung. Schneller dürften Sie ohnehin nicht fahren, weil sonst die nachfolgenden Männer nicht mehr mitkommen«, führte der General aus. »Jedem der K-Wagen werden einhundertfünfzig Mann in seiner Deckung folgen. Die fahrenden Festungen werden in einer Linie aus dieser Richtung angreifen.« Der General kennzeichnete die Angriffsrichtung mit einem hölzernen Zeigestab. »Unsere Planung geht davon aus, dass die Tommys nicht genug Artillerie heranschaffen können, um die K-Wagen aufzuhalten, bevor Sie den Festungsrand erreicht haben. Diese Planung setzt voraus, dass Sie, Oberst zu Waldesloh, mit Ihren Männern zuvor im Fort gelandet sind, um das Chaos in der gegnerischen Verteidigung perfekt zu machen. Die K-Wagen fahren bis zum Rand des Geröllwalls, dann daran entlang bis zu diesem Tor hier.« Wieder deutete der General mit seinem Stab auf die bezeichnete Stelle. »Sie«, der General schaute auf mich, »brechen durch das Tor und beenden den Widerstand, der die Männer des Obersten ohne Ihr Eingreifen zu diesem Zeitpunkt bereits in arge Bedrängnis gebracht haben wird. Ist der Bau der Startbahn im Plan?« Nun richtete der General seine Augen auf Karl.

»Wenn die K-Wagen fertig sind, wird die Startbahn ebenfalls fertig sein. Die Lastensegler und die Motorwinden werden schon morgen zusammengebaut sein.«

Damit war die Lagebesprechung zu Ende. Jeder der Offiziere würde sich nun um seinen Beitrag zum Gelingen des Unternehmens kümmern.

Ich durchstreifte die zehn Produktionszelte und achtete peinlich genau darauf, dass beim Zusammenbauen der fahrenden Festungen keine Fehler gemacht wurden. So vergingen die nächsten vier Tage wie im Flug.

*

Am Abend des vierten Tages war es schließlich soweit. Ich schritt die Linie meiner einhundertachtzig Mann ab, die die Besatzungen der zehn K-Wagen bilden würden. Die Sonne stand bereits blutrot über dem Horizont und beschien die kleine ockerfarbene Zeltstadt und die dahinter liegende aus ähnlichen Zelten bestehende Garnison. Auch dort machten sich die Männer fertig, in den Einsatz zu gehen.

»Kameraden! Das bevorstehende Unternehmen steht und fällt mit dem Erfolg des Vorstoßes unserer K-Wagen. Wenn wir versagen, werden die Männer des Obersten innerhalb des Forts chancenlos aufgerieben, womit unsere Pläne zur Eroberung der letzten Bastion der Engländer auf dem schwarzen Kontinent beendet wären. Aus diesem Grunde gibt es für uns kein Zögern und Zurückweichen. Unsere Erfolge sind in der Heimat bereits Legende, also enttäuschen wir sie nicht. Statten wir den freundlichen Engländern von nebenan unseren Besuch ab. Aufsitzen!«

Je achtzehn Mann stiegen in die hinter ihnen stehenden Stahlkolosse. Jedes der Ungetüme wog einhundertzwanzig Tonnen und verfügte über zwei Kanonen sowie drei MGs auf jeder Seite. Die dreizehn Meter langen K-Wagen hatten eine rechteckige Grundform, wobei die Längsseiten nach außen gewölbt waren. In diesen Erkern befanden sich je zwei Kanonen und ein MG, während sich die weiteren MGs weiter vorne und hinten an den glatten Seitenwänden befanden.

In dieser Gegend ging die Sonne schnell unter. In einer halben Stunde würde nur noch das Licht der Sterne und des Mondes scheinen.

Ich stieg als letzter durch die Seitentüre in meinen Kommandowagen. Ganz vorne saß der Fahrer vor den Sehschlitzen und hielt die beiden Hebel für die Kontrolle der Antriebsleistung der Raupenketten fest umklammert. Die vier Kanonen- und die sechs MG-Schützen hatten ihre Plätze ebenfalls eingenommen. Die sechs übrigen Besatzungsmitglieder luden die Geschütze und MGs ständig nach und verfügten über hinreichende technische Kenntnisse, um im Bedarfsfall einfache Schäden am K-Wagen reparieren zu können.

Die zehn Schützen, der Fahrer und ich setzten die bereitliegenden Kopfhörer auf und steckten die zugehörigen Kabel in die dafür vorgesehen Buchsen. Über die Kopfhörer zogen wir unsere Helme. Nur so war bei dem infernalischen Lärm eines Gefechts eine Verständigung überhaupt möglich.

Wir ließen die Motoren an. Zunächst schüttelte sich der Koloss unwillig, dann ging das Schütteln in ein gleichmäßig sattes Vibrieren von sonorem Klang über.

In den Gesichtern meiner Männer las ich höchste Konzentration und Entschlossenheit.

Die zehn K-Wagen ruckten an. Dreißig Lastwagen mit je fünfzig Mann Infanterie fuhren uns hinterher. Neunzig Minuten später – es herrschte fast vollständige Dunkelheit – informierte uns ein kurzes Funksignal darüber, dass der letzte der zehn Lastensegler zu Waldeslohs mithilfe der Motorwinden gestartet worden war. Sie würden in zwanzig Minuten mitten im Fort landen, während wir noch dreißig Minuten bis zum Durchbrechen des Tores brauchen würden, wenn alles gut ging.

Ende Bericht Generalfeldmarschall von Dankenfels

*

112

Der sternenklare Nachthimmel übte auf mich eine ganz besondere Faszination aus, zu der das Material, das in Fort Charles bewacht wurde, nicht unwesentlich beitrug.

Wie viele von den Sternen da oben mögen von Planeten mit intelligentem Leben umkreist werden? Werden wir selbst einst zu den Sternen reisen? Diesen und ähnlichen Gedanken hing ich nach, während ich auf dem Festungswall stehend das Licht der Sterne auf mich wirken ließ.

Dann bemerkte ich etwas Seltsames. Einige der Sterne schienen für Sekundenbruchteile ausgeschaltet zu werden, um sofort wieder zu erstrahlen. Ich sah genauer hin. Nun bemerkte ich, dass die kurzfristige Sternenverdunkelung sich an mehreren Stellen auf das Fort zu bewegte.

Einer oder mehrere Schwärme von Vögeln? Ist mir noch nie aufgefallen, dass hier nachts Vögel unterwegs sind. Aber was soll es sonst sein? Flugzeuge schieden aus, denn es war bis auf die Geräusche aus dem Fort vollkommen ruhig.

Doch als das seltsame Phänomen näher heran war, erkannte ich die Grundform dessen, was das Sternenlicht verdeckte. *Segelflugzeuge!*

»Alarm!«, schrie ich von der Geröllmauer des Forts hinunter. In meine Warnung mischte sich ein leises Pfeifen, als die Flugzeuge über mich hinwegglitten. Jetzt erst konnte ich die großen, schwarz lackierten Segler in ihrer ganzen Bedrohlichkeit erkennen. Einer nach dem anderen schwebte oberhalb meines Standortes über den Festungswall, um dann vom jeweiligen Piloten brutal nach unten gedrückt zu werden.

Kurz vor der Landung im Innenhof warfen die Flugzeuge je einen Anker aus, der die Segler nach wenigen Metern zum Stehen brachte. Sofort sprangen schwarz uniformierte Männer heraus und eröffneten das Feuer auf alles, was sich bewegte. *Kastrup!* schoss es mir durch den Kopf. *Die Krauts schicken ihre Elite!*

Diesen Umstand sah ich nicht nur als Bedrohung, sondern auch als Chance. Nachdem das Kaiserliche Heer seine Angriffe auf das Fort aufgegeben hatte, würden uns die Deutschen wohl endgültig in Ruhe lassen, wenn wir nun die Kastrup zurückschlagen würden.

Aus den Mannschaftsunterkünften strömten meine Männer, teilweise in Unterhemden, um sich dem Feind entgegenzuwerfen. Doch die meisten fielen den automatischen Waffen der Angreifer zum Opfer.

Ich schätzte die Zahl der Deutschen auf ein- bis zweihundert. Damit würde selbst die Kastrup kein Fort mit zwanzigtausend Mann einzunehmen versuchen. Also musste etwas Größeres im Gange sein. Wie zur Bestätigung vernahm ich ein dumpfes, leises Grollen. Dann sah ich das Hochspritzen von Sand und Gestein im Lichte einer Explosion, etwa in Höhe unserer ersten Verteidigungslinie. Zwei Sekunden später vernahm ich den trockenen Knall des Granatabschusses, gefolgt vom Donnern der Explosion.

In der gleichen Sekunde entstanden dicht beieinander erneut grelle Explosionsblitze ungefähr an der gleichen Stelle. Und wieder brauchte der Schall zwei Sekunden.

Unsere Abwehrgeschütze feuerten auf die Stellen, an denen sie das deutsche Geschützfeuer ausgemacht hatten. Doch das Licht der Einschläge zeigte mir das wahre Ausmaß der Bedrohung: Die Deutschen griffen mit ihren gefürchteten K-Wagen an! Es mussten mindestens zehn Stück sein. Unaufhörlich feuerten die Kolosse auf unsere Abwehrstellungen, wobei sie sich gelegentlich querstellten, um mit den beiden Geschützen einer Seite zu feuern. Dann fuhren sie ein Stück weiter und stellten die andere Seite quer. Diesen Todestanz der Stahlungetüme führten sie in genau dem Rhythmus durch, den ihre Kanoniere zum Nachladen brauchten.

Die Deutschen im Fort feuerten unablässig auf die Eingänge der Mannschaftsquartiere und unsere Schützenstellungen auf der Geröllmauer in den ungedeckten Rücken. Eine Gruppe von zehn

114

Mann stürmte unser Munitionsdepot. Die Deutschen schienen sich durch die Luftaufnahmen, die sie in den letzten Jahren vom Fort gemacht hatten, bestens auszukennen.

Mehrere Handgranaten bereiteten der Eingangstür zum Depot ein schnelles Ende. Von meiner erhöhten Position hatte ich einen Logenplatz, um das Schauspiel in all seiner tragischen Reichweite zu betrachten.

Vier der Schwarzuniformierten stürmten durch die gesprengte Tür, nachdem ihre sechs Kameraden blindlings in den Eingangsbereich geschossen hatten. Durch die kleinen, vergitterten Fenster des Depots sah ich das typische Blitzen vollautomatischer Waffen. Hören konnte ich die Schüsse nicht, denn das Donnern unserer eigenen und der deutschen Geschütze schien eifersüchtig darüber zu wachen, dass nichts anderes vernommen werden konnte. Schon stürmten die anderen sechs Kastrup-Soldaten hinterher. Das Blitzen des Mündungsfeuers innerhalb des Gebäudes verstärkte sich. Dann kehrte Ruhe ein. Eine Viertelminute später stürmten sieben der zehn Schwarzuniformierten aus dem Gebäude. An ihren offenen Mündern erkannte ich, dass sie ihren Kameraden etwas zuschrien, wobei sie ihre Arme von oben nach unten bewegten. Dann warfen sie sich auf den Boden.

Unser Munitionsdepot platzte in greller Glut auseinander. Die Detonation war ungeheuerlich. Ich stand zweihundert Meter entfernt und wurde trotzdem von der Druckwelle von den Füßen geholt. Auf dem Bauch liegend sah ich einige Mannschaftsgebäude, das Offizierskasino und unsere Kapelle einstürzen. Doch hinter der ersten Reihe der Gebäude am großen Innenhof stürmten nun meine Männer vor, deren Mannschaftsunterkünfte von den Deutschen nicht hatten unter Feuer genommen werden können. In mir stieg Hoffnung auf, denn die Übermacht meiner Truppen war gewaltig. Wichtig war es nun, die Deutschen im Fort schnell auszuschalten, damit meine Soldaten die Geschütze der inneren Verteidigungslinie an dem Punkt konzentrieren konnten, an dem die feindlichen K-Wagen angriffen. Einige der Männer hatten bereits die schweren Schlepper bestiegen, die zum Ziehen der Geschütze nötig waren.

Ich wälzte mich auf die äußere Seite des Walls. Die unablässig feuernden K-Wagen kamen immer näher. Zwischen ihnen explodierte hin und wieder eine unserer Granaten, doch viel zu wenige, um den Vormarsch aufhalten zu können. Es kam nur noch darauf an, ob wir die rings um die Festung verteilten Geschütze des inneren Rings rechtzeitig in Stellung bringen konnten. Nach meiner Schätzung würde das ziemlich eng werden, könnte aber funktionieren.

Ende der Aufzeichnungen von General James F. Clayton

*

Bericht Generalfeldmarschall von Dankenfels

Die Front eines K-Wagens hatte zwei Sehschlitze. Einen für den Fahrer, einen für den Kommandanten, also für mich. Angestrengt blickte ich hindurch, bis ich im schwachen Licht der Sterne den sanft ansteigenden Hügel erkannte, auf dem Fort Charles errichtet war.

»Sehen Sie den Hügel, Roskowski und Herberts?«, schrie ich in das Mikrofon meines Helms für die Bordverständigung. Es handelte sich um die beiden Frontschützen.

»Roskowski hier, gesehen!« Er war für das linke vordere Geschütz verantwortlich.

»Feuern Sie dorthin, wo Sie die erste Verteidigungslinie vermuten!«

Das Geschütz trat in Aktion. Der Rückstoß ließ das Rohr einen halben Meter in den Innenraum schnellen. Es war nicht ratsam, in einem solchen Moment hinter dem Verschluss zu stehen.

»Wagen nach links querstellen!«

Die Stahlfestung ruckte herum, so dass jeder, der nicht saß oder

116

sich festhielt, zu Boden gestürzt wäre. Doch Manöver wie dieses hatten wir tausende Male geübt.

Die beiden Schützen auf der rechten Seite konnten nun den grellen Einschlag von Roskowskis Granate beobachten. Das Licht der Explosion würde ihnen einen Ausschnitt der vor uns liegenden Landschaft hell genug präsentieren, um die erste Verteidigungslinie deutlich präziser beschießen zu können.

Schon ging ein doppelter Knall durch den Innenraum, der jedes ungeschützte Ohr seines Trommelfells beraubt hätte. Die Kommandanten der anderen Kampfwagen hatten ein ähnliches Manöver durchgeführt, denn innerhalb einer einzigen Sekunde stiegen zahlreiche weitere Sand-, Glut- und Gesteinsfontänen in der Nähe unserer eigenen Einschläge hoch.

Schon stellte der Fahrer unsere Kampfmaschine wieder in Fahrtrichtung und ließ sie anrucken. Das Geschützpersonal löste sich von den Haltegriffen und lud die leergeschossenen Kanonen nach.

Dann stellte sich der Wagen nach rechts quer. Doppeltes Kanonenfeuer. Geradeausrichtung. Zwei weitere dieser Manöver folgten, dann waren wir noch fünfzig Meter von der ersten Verteidigungslinie entfernt, von der allerdings auf einem einhundert Meter breiten Streifen vor uns nicht mehr viel übrig sein dürfte.

»Graben überqueren!«, bellte ich in das Mikrofon meines Helmes.

Erneut ruckte unser Stahlkoloss an und bewegte sich auf die zerschossene Verteidigungslinie zu. Es handelte sich um einen etwa zwei Meter breiten Graben, der von Stacheldrahtverhauen geschützt war, von denen in unserer Fahrtrichtung allerdings nur noch kümmerliche Überreste vorhanden waren. K-Wagen konnten aufgrund ihrer Länge Gräben bis zu vier Metern Breite problemlos überqueren. Folglich gab es für uns keine ernsten Hindernisse.

Durch meinen Sehschlitz beobachtete ich das Näherkommen des Grabens. Als die Schnauze des K-Wagens die gegenüberliegende Seite erreicht hatte, zog ich den Hebel für den Minenräumer, der nur an seinem Gestänge befestigt vor uns herrollte. Hin und wieder wurde die schwere Rolle durch die Explosion einer Mine rund einen Meter hochgeschleudert. Für den Innenraum waren die Minen keine ernste Gefahr, doch die Ketten des Wagens konnten unter Umständen in Mitleidenschaft gezogen werden.

Hinter uns sprangen die Infanteristen in den freigeschossenen Graben. Die meisten kletterten wieder heraus, um uns zu folgen, einige andere folgten dem Graben bis zum nächsten der sternförmig die Verteidigungslinien mit der Festung verbindenden Gräben, um auch diesen freizukämpfen.

Aus der Festung sah ich eine gigantische Explosion in den Himmel schießen. Offenbar war das dortige Munitionsdepot in die Luft gelogen. *Respekt, Karl!*

Die Granaten feindlicher Geschütze explodierten ständig in der Nähe unserer fahrenden Festungen, bis schließlich ein unbeschreiblich lauter Gong durch den Innenraum fuhr.

Volltreffer einer Geschützgranate, schoss es mir durch den Kopf. *Offenbar kein großes Kaliber, denn die Panzerung hat standgehalten.* Doch aus den Augenwinkeln sah ich unseren Fahrer zur Seite kippen. Sein Gesicht war nur noch eine blutige Masse. Die Splitter der feindlichen Granate waren zum Teil durch den Sehschlitz gedrungen.

Ich zog das Kabel meines Kopfhörers aus der Buchse, lief zu dem toten Fahrer, stieß ihn von seinem Sitz, steckte mein Kabel wieder ein und nahm selbst die Position des Fahrers ein.

Drei weitere Wende- und Schussmanöver später überquerten wir die zweite Verteidigungslinie. Im Schein der Explosionen sah ich mehrere Schlepper an der Festungswand entlangfahren, die schwere Geschütze hinter sich herzogen.

»Auf die Geschütze zielen!«, brüllte ich in die Bordverständigung und leitete das nächste Wendemanöver ein.

»Volltreffer!«, hörte ich den Triumph beider Schützen aus der Bordverständigung.

Als ich den Landkreuzer wieder gerade stellte, sah ich ein zerfetztes feindliches Geschütz und einen brennenden Schlepper, der ein anderes Geschütz hatte ziehen sollen.

Zwischen der mittleren und der inneren Verteidigungslinie schien es auch eine Vielzahl von Ein-Mann-Schützenlöchern zu geben, denn durch den Sehschlitz sah ich hunderte Tommys aus dem Boden klettern, um vor den stählernen Kolossen zu fliehen. Die meisten von ihnen fielen unserem Maschinengewehrfeuer zum Opfer. Ihre Kameraden in den dahinterliegenden Löchern schienen daraus gelernt zu haben, denn sie warfen ihre Waffen weg und kamen mit erhobenen Händen auf uns zu. Sie wurden von der nachfolgenden Infanterie in Empfang genommen.

Nachdem wir den Festungswall fast erreicht hatten, ließ ich den K-Wagen nach links schwenken, denn in dieser Richtung befand sich das nächste Tor. Unterwegs begegneten wir einem weiteren Schlepper, mit dem ich unseren Koloss frontal zusammenstoßen ließ. Es gab nur einen leichten Ruck, dann schoben wir das wesentlich leichtere Gefährt mitsamt angehängter Kanone vor uns her.

Als wir die Einbuchtung im Wall, die zum Tor führte, erreicht hatten, ließ ich die beiden rechten Schützen je einen Schuss abgeben. Die Granaten rissen zwei große Löcher in das massive Holztor. Dann wendete ich unsere fahrende Festung in die Einbuchtung hinein und gab Vortrieb auf beide Ketten.

Wir spürten noch nicht einmal einen Ruck, als wir das angeschlagene Tor durchbrachen. Doch was ich sah, als wir in das Fort hineinfuhren, ließ mein Blut in den Adern gefrieren. Die Tommys hatten dreißig Meter vor dem Tor ein schweres Geschütz aufgestellt, das genau auf uns zielte. Wenn es unseren K-Wagen an dieser Stelle vernichtete, würde der Weg für die nachfolgenden versperrt sein.

In dieser Sekunde, in der ich den Tod in Form einer großkalibrigen Granate erwartete, stoben eine Unmenge von Funken über das feindliche Geschütz hinweg.

Maschinenpistolen! Das sind Karls Männer! Mit dieser Folgerung lag ich sicherlich nicht verkehrt.

Der Todesschuss blieb aus. Die Geschützbedienungen waren ausgeschaltet. Also steuerte ich unseren K-Wagen in das Fort hinein. Wir schoben das Geschütz einfach beiseite. Vor uns liegende Gebäude, aus deren Fenstern auf uns geschossen wurde, walzten wir ebenfalls nieder. Wenige Minuten später kehrte Ruhe ein. Überall kamen Engländer mit erhobenen Händen aus den Gebäuden und aus den Trümmern hervor. Unsere nachrückende Infanterie führte die Gefangenen in die Mitte des Forts. Ich schätzte ihre Zahl auf zwölf- bis fünfzehntausend.

Einer meiner Männer hatte die Außentür geöffnet. Auch ich erhob mich und trat ins Freie. Ich erkannte einige Männer Karls, die einen verwundeten Engländer auf ein unbeschädigtes Gebäude zuführten.

»He, Ihr da! Wo ist Oberst zu Waldesloh?«, rief ich den Männern zu.

»In dem Gebäude da vorn.« Einer der Männer deutete auf einen flachen Steinbau. »Er hat einen Bauchsteckschuss und wird gerade vom Sani notoperiert. Sie sind hier der höchste handlungsfähige Offizier und haben somit die Befehlsgewalt.«

Natürlich machte ich mir furchtbare Sorgen um meinen Freund. Die Nachricht des Soldaten hatte bei mir wie ein Stich in den Magen gewirkt. Doch ich konnte nichts für ihn tun. Sein Schicksal lag nun in den Händen der Sanis und denen Gottes.

»Wen führt ihr da ab?«, wollte ich von der Gruppe wissen.

»General Clayton, den Oberkommandierenden hier.«

»Wartet! Ich möchte mit ihm sprechen.«

Soweit ich durch den blutgetränkten Kopfverband des Generals erkennen konnte, machte der Engländer einen sympathischen Eindruck. Ich schritt auf ihn zu. Interessiert, und wie es mir schien auch ein wenig neugierig, schaute er mir entgegen.

Vor ihm stehend grüßte ich, wie es sich unter Offizieren gehörte. Der General grüßte freundlich lächelnd zurück. Bevor ich etwas sagen konnte, eröffnete er mir in nahezu akzentfreiem Deutsch: »Wir hielten diese Festung für sehr schwer einnehmbar. Einen solchen Handstreich, wie Sie ihn hier vorgeführt haben, hielten wir für unmöglich. Meine Hochachtung! Was Ihre Männer hier vollführt haben, war eine militärische Glanzleistung.«

»Ihr Kompliment ehrt mich aufrichtig«, gab ich mit einem ebenso freundlichen Lächeln zurück. »Doch was war Ihre Motivation, dieses Fort über so viele Jahre entgegen aller Verträge mit einer derartigen Entschlossenheit zu verteidigen?«

»Sie werden es ja sowieso herausfinden. Wenn Sie gestatten, führe ich Sie zu unserem kleinen Geheimnis.« Der General blickte in die Richtung der Männer, die ihn mit angeschlagenen Pistolen abführen wollten.

Ich war ein wenig enttäuscht, dass es sich nur um ein kleines Geheimnis handeln sollte. Doch zu diesem Zeitpunkt hatte ich den Humor des Engländers noch nicht verstanden.

Ein Wink von mir genügte, und die Männer senkten die Pistolen. Gemeinsam folgten wir dem General zu den Trümmern eines der eingestürzten Gebäude.

»Lassen Sie diese Fläche hier freiräumen.« Dabei deutete Clayton auf die Trümmer.

Zwei Minuten später kam einer unserer Männer mit einem der englischen Schlepper an. Er klappte die Schaufel herunter und fing an, den Schutt zur Seite zu schieben. Dabei wurde eine massive, stählerne Klappe freigelegt, die offensichtlich einen Kellerraum verbarg.

»Öffnen!«, befahl ich den zuschauenden Männern.

Zehn Mann waren notwendig, um die schwere Klappe anzuheben, nachdem ein Elfter sie mit einem Brecheisen aufgestemmt hatte.

»Im zerstörten Gebäude gab es einen Schalter für den hydraulischen Öffnungsmechanismus – nur damit Sie nicht glauben, wir Engländer würden uns so umständliche Sachen einfallen lassen«, klärte mich der General auf, was mich zu einem Lächeln anregte. Diese Engländer waren immerzu darauf bedacht, eine gute Figur abzugeben.

Ich blickte durch die geöffnete Klappe. Wider Erwarten war es nicht dunkel, sondern eine Treppe führte in einen hell erleuchteten Raum.

»General Clayton hier! Ich komme mit den Deutschen runter. Wir haben kapituliert, verstecken macht keinen Sinn«, rief der Oberkommandierende des Forts die Treppe hinunter. Mehrere Dutzend Gestalten mit weißen Kitteln erschienen am Fuße der Treppe und blickten ängstlich nach oben.

Zusammen mit den fünf Männern, die ursprünglich den General hatten abführen wollen, stieg ich hinter Clayton die Stufen hinab.

Unten erwartete uns ein leerer, fünfzig Quadratmeter großer Raum mit weißgestrichenen Betonwänden und einer Stahltüre. Der General drehte ein Handrad, bis sich die Türe öffnete. Langsam zog er sie ganz auf. Ein wissendes Lächeln stahl sich auf sein Gesicht. Was immer ich auch erwartet hatte, es wurde von der Realität um Lichtjahre übertroffen, als Clayton die Türe ganz aufzog.

Ich trat hinaus auf eine Galerie und blickte auf eine hell erleuchtete, mindestens zwei Kilometer tiefe Halle. Die Grundfläche schätzte ich auf vier mal zehn Kilometer. Der hintere Teil der Halle beherbergte riesige, fremdartige Maschinen, deren Sinn ich noch nicht einmal erahnen konnte. Im vorderen Teil befanden sich fünf Objekte, die mich an Rochen erinnerten – nur dass sie grau, etwa dreihundert Meter lang und mit etlichen Aufbauten versehen waren, von denen mich einige wiederum an die Geschütztürme von Schlachtschiffen erinnerten. Aus meiner Perspektive, also von oben, konnte ich keine Halterungen erkennen, auf denen die riesigen Rochen ruhten.

Clayton schien meine Gedanken erraten zu haben: »Die schweben tatsächlich. Und wir haben keine Ahnung, wie sie das machen.«

Wenn die Engländer so etwas bauen könnten, hätten sie den Krieg mit Sicherheit nicht verloren. Auch wenn ich mich gegen die einzige vernünftige Erklärung für die Existenz der gigantischen Halle und ihres Inhalts innerlich sträubte – es handelte sich zweifellos um das Werk Außerirdischer.

»Warum übergeben Sie uns das alles?« Mit einer weit ausholenden Handbewegung deutete ich auf die unter mir liegenden technischen Wunder. Ich wollte den General nicht brüskieren, deshalb sprach ich nicht über »Hochverrat«, den er in meinen Augen gegenüber dem Empire begangen hatte.

»Haben Sie einmal überschlagen, wie viel Sprengstoff man bräuchte, um all dies hier zu zerstören?« Der General ahmte meine ausholende Handbewegung nach. »Ich kann mir schon vorstellen, dass Sie mich für einen Verräter an meinem eigenen Volk halten. Doch es gibt noch ein viel schlimmeres Verbrechen: den Verrat an der gesamten Menschheit. Aber der Reihe nach. Da unten gibt es seltsame Maschinen, die fremdartige Symbole, Bilder und sogar Filme auf noch seltsameren rechteckigen Oberflächen darstellen. Unsere Wissenschaftler haben in den vergangenen fünf Jahren die Bedeutung der Symbolfolgen herausgefunden oder mit anderen Worten: Wir verstehen ihre Schrift, wobei wir keine Ahnung haben, wie sich das als gesprochene Sprache anhören würde, falls die Fremden überhaupt Laute zur Kommunikation verwenden. Es ist möglich, den seltsamen Geräten, die von unseren Wissenschaftlern »Computer« genannt wurden, Symbolfolgen einzugeben, mit dem Ergebnis, dass man weitere Informationen über das bezeichnete Objekt erhält. Wie das genau geht, müssen sich Ihre Spezialisten von unseren zeigen lassen.

Trotz dieser Informationen haben wir die Technologie der Außerirdischen noch nicht ansatzweise verstanden. Es ist uns noch nicht einmal gelungen, eines der fünf Raumschiffe zu öffnen.« Der General deutete auf die »Rochen«. »Wir haben den Computern allerdings Informationen entlockt, aus denen eindeutig hervorgeht, dass der Untergang der Menschheit unabwendbar wäre, wenn diese Anlage hier zerstört werden würde. Das ist der Grund, weshalb ich so bereitwillig mit Ihnen zusammenarbeite.«

Dann berichtete mir der General über die Details, die den »Computern entlockt« worden waren. Mit jedem seiner Worte stieg meine Anspannung. Als er geendet hatte, klopfte mein Herz bis zum Hals. Nun konnte ich die Handlungsweise des Engländers sehr gut verstehen.

*

Generalfeldmarschall von Lindenheim – ich muss ihn informieren. Das geht nicht per Telegramm. Er muss herkommen. Ein Plan begann sich in meinem Kopf zu entwickeln, in dessen Zentrum der Oberbefehlshaber der Kastrup stand, jener Mann, der die linksextremistischen Frühjahrsaufstände 1918 niedergeschlagen und damit wahrscheinlich das Reich vor dem Zerfall bewahrt hatte.

Ich eilte zurück in den Vorraum, stürmte die Treppe hinauf, übergab Leutnant Degendorf den Befehl, hier alles zu bewachen und die Engländer gut zu behandeln, rief die Mannschaft meines K-Wagens zusammen und begab mich auf den zwanzig Kilometer weiten Rückweg zu unserem Stützpunkt am Ende der Eisenbahnstrecke.

Auf der fast zweistündigen Fahrt klärte ich meine Männer über die ungeheuerliche Entdeckung auf. Alle an der Erstürmung des Forts beteiligten Soldaten würden davon erfahren. Das ließ sich nicht verhindern. Also gab es keinen Grund, der Besatzung der fahrenden Festung die Wahrheit vorzuenthalten. Allerdings verpflichtete ich sie zu strengem Stillschweigen, sobald wir im Stützpunkt angekommen waren.

Direkt vor dem Zelt von General Stetten stoppte ich das Ungetüm. Zwei Soldaten hielten am Eingang Wache. Als sie mich erkannten, salutierten sie, und einer der beiden begab sich sofort ins Innere.

Nur zwei Sekunden später kam er wieder heraus mit den Worten: »Der General erwartet Sie!«

Ich grüßte die Männer zurück und betrat das Zelt. Der General stützte sich mit beiden Händen auf seinen Planungstisch und sah mir erwartungsvoll entgegen.

»Fort im Handstreich genommen. Eigene Verluste geringer als erwartet. Wahrscheinlich einhundert Tote und zweihundert Verletzte. Alle K-Wagen immer noch einsatzbereit.« Natürlich musste ich den General erst einmal über den Ausgang der Schlacht informieren. Doch dann fuhr ich etwas verwirrend für ihn fort: »Die Ereignisse im Fort machen die persönliche Anwesenheit von Generalfeldmarschall von Lindenheim zusammen mit einem Spezialistenstab unumgänglich.«

»Was? Berichten Sie, Rittmeister!«

Es blieb mir nichts anderes übrig, als Stetten von unserem außergewöhnlichen Fund zu berichten. Es war schon komisch mit anzusehen, wie ihm mehr und mehr die Kinnlade herunterfiel. Nachdem ich mit meinen Erläuterungen fertig war, stand so ziemlich aller Unglauben dieser Welt in den Augen des Oberkommandierenden des Stützpunktes.

»Haben Sie getrunken, Rittmeister?«

Mit einer energischen Handbewegung wischte ich die wohl auch nicht ganz ernst gemeinte Unterstellung vom Tisch.

»Falls auch nur ein Detail meiner Ausführungen nicht der vollen Wahrheit entspricht, erwarte ich, einem Erschießungskommando vorgeführt zu werden. Ich bitte nun jedoch mit allem Nachdruck darum, dem Generalfeldmarschall ein Telegramm zukommen lassen zu dürfen.«

Stetten erkannte in meinen Augen, wie ernst es mir war. Schulterzuckend deutete er auf das entsprechende Gerät in einer Ecke des Zeltes, das mit einer Telegrafenleitung verbunden war, die man beim Bau der Eisenbahnstrecke bis nach Port Sudan gleich mit verlegt hatte. Ich kann mich auch heute noch an jedes Wort erinnern, das ich über den Draht morste:

HÖCHSTE VERTRAULICHKEITSSTUFE. AN
GENERALFELDMARSCHALL VON LINDENHEIM
PERSÖNLICH. FORT CHARLES EROBERT. IHRE
PERSÖNLICHE ANWESENHEIT HIER VOR ORT
UNABDINGBAR. SCHNELLSTMÖGLICH. NATUR-
WISSENSCHAFTLER ALLER FACHBEREICHE
MITBRINGEN: HÖCHSTE PRIORITÄT.
GEZ. VON DANKENFELS

»Ich fahre wieder zurück zum Fort«, informierte ich den General.

»Da komme ich aber mit! Das muss ich mir anschauen!«

Wir liefen nach draußen. Stetten rannte in das Zelt von Oberst
Kotowski und übergab ihm ohne weiteren Kommentar den Ober-
befehl über den Stützpunkt für die Zeit seiner Abwesenheit.

Ich erwartete den General bereits im K-Wagen. Nachdem die
Türe hinter ihm verschlossen war, reichte ich ihm einen Kopfhörer, und die Fahrt ging los.

*

Der Generalfeldmarschall brachte es fertig, bereits zwei Tage
später das Fort zu erreichen. Er war per Flugzeug über mehrere
Zwischenstopps bis nach Port Sudan geflogen, um dann mit
einem Zug den Stützpunkt zu erreichen. Die auf dem Zug mit-
gebrachten drei Mannschaftswagen hatten ihn und einen fünf-
zigköpfigen Stab von Spezialisten zum Fort befördert.

Wir hatten die kleine Kolonne natürlich schon aus der Ferne
heranrollen sehen, also fand der Generalfeldmarschall bei seiner
Ankunft die höchsten Offiziere als Empfangskommando vor. Mir
persönlich war es eine ganz besondere Freude, dass mein guter
Freund Oberst zu Waldesloh dabei sein konnte. Er trug zwar einen
breiten Verband um den Bauch, doch er konnte schon wieder

126

gehen, Befehle geben und natürlich scherzen. Letzteres würde er sich in den nächsten Minuten allerdings verkneifen müssen.

Von Lindenheim kletterte aus dem Führerhaus des ersten Lastwagens. Er hatte neben dem Fahrer gesessen. Rein äußerlich hätte er mein Vater sein können. Mit einem Meter und fünfundachtzig waren wir ziemlich genau gleich groß, wir hatten beide fast schneeweiße Haare, ich trug meine als Bürstenschnitt, während er seine streng nach hinten gekämmt hatte. Die zahlreichen Narben im Gesicht des Oberkommandierenden der Kastrup zeugten deutlich von der Vielzahl der Kämpfe, die dieser Mann hinter sich gebracht hatte.

Stetten, zu Waldesloh, drei weitere Offiziere und ich salutierten zackig, als uns der charismatische Generalfeldmarschall entgegentrat. General Clayton, der ebenfalls anwesend war, beließ es jedoch bei einem eher lässigen Gruß.

»Zunächst einmal, meine Herren, beglückwünsche ich Sie zu Ihrer außergewöhnlichen militärischen Leistung bei der Einnahme des Forts. Ich bin jedoch sicher, dass der Stolz über Ihren Sieg nicht die Motivation war, mich mit den Wissenschaftlern hierher zu bestellen.« Bei seinen letzten Worten blickte mir der Generalfeldmarschall direkt in die Augen.

»Selbstverständlich nicht! Auch wenn ich es war, der das Telegramm an Sie sandte, so möchte ich darauf hinweisen, dass die Hauptlast des Angriffes von Oberst zu Waldesloh und seinen Männern getragen wurde. Da der Oberst bei den Kämpfen verletzt wurde, hatte ich das Oberkommando und traf die Entscheidungen, die ich für richtig hielt. Schließlich möchte ich noch die in diesem Falle mehr als angebrachte und begrüßenswerte Kooperationsbereitschaft General Claytons und seiner Spezialisten erwähnen. Wenn Sie mir nun bitte folgen wollen.«

Die fünfzig Wissenschaftler hatten sich bereits hinter dem obersten Kastrup-Soldaten aufgestellt. Unter ihnen erkannte ich einige bekannte Persönlichkeiten wie die Physiker Albert Einstein und Erwin Schrödinger.

Wir betraten den unterirdischen Vorraum über die Treppe und

gelangten schließlich auf die Galerie, die uns den Überblick über die Halle gewährte.

Es war das erste und einzige Mal in meinem Leben, dass ich den Generalfeldmarschall sprachlos sah. Er wischte Kommentarversuche der Offiziere mit einer Handbewegung beiseite. Diesen Fund musste er erst einmal auf sich wirken lassen.

Erst nach einigen Minuten Stille fragte von Lindenheim mit betont ruhiger Stimme: »Bitte erzählen Sie, was Sie über diese Anlage wissen.«

»Hören Sie sich das aus erster Hand an«, schlug ich vor. »General Clayton, würden Sie bitte …«

»Darf ich Ihnen Dr. Harrison vorstellen?« Der ehemalige Kommandant des Forts deutete auf einen der Männer in weißen Kitteln, die sich zu uns gesellt hatten. »Er ist der wissenschaftliche Leiter unserer Untersuchungen hier.«

Nachdem der Kastrup-Chef genickt hatte, ergriff der Engländer das Wort. Natürlich sprach auch er als Wissenschaftler fließend Deutsch. Wer etwas Wissenschaftliches veröffentlichte oder eine solche Veröffentlichung in einer Fachzeitschrift lesen wollte, musste dies auf Deutsch tun. Folglich sprachen alle Akademiker weltweit zumindest mit dem Vokabular ihres Fachbereichs unsere Sprache. Und Harrison benötigte exakt das Vokabular seines Fachbereiches, um uns die bisherigen, erschreckenden Erkenntnisse verständlich zu machen.

Ich bemerkte beim Generalfeldmarschall bei jedem weiteren Wort des Wissenschaftlers die gleiche Reaktion auf die in einigen Jahrzehnten bevorstehende Katastrophe, wie ich sie gezeigt hatte, als ich vor zwei Tagen zum ersten Mal davon gehört hatte. Er wurde blass, und am Zucken einer Ader auf seiner Stirn erkannte ich das Pochen seines Herzens.

Und wir erfuhren auch etwas für mich Neues: Es gab noch einen zweiten Stützpunkt der Außerirdischen in den chilenischen Anden.

Ende Bericht Generalfeldmarschall von Dankenfels

Auszüge aus der Autobiografie »Mein Leben als Pazifist« von Malte Müller

An meinen Vater habe ich keine bewusste Erinnerung. Ich war noch keine zwei Jahre alt, als er im Januar 1918 erhängt wurde. Die damalige Zeit hatte den Völkern der Erde Tod, Hunger, Krankheit und Elend beschert und dies alles für die Machtphantasien einiger weniger, die sich als Aristokraten sahen, und für die »gewöhnliche« Menschen nichts anderes als Kanonenfutter waren.

Gegen diese in ihrer Ungerechtigkeit nicht mehr zu übertreffenden Zustände hatte mein Vater mit Tausenden und schließlich Hunderttausenden Genossen demonstriert. Dann hatten sie Streiks organisiert, um den sinnlosen Krieg möglichst schnell zu beenden, so dass die Versorgung der Bevölkerung mit dem Nötigsten wieder gewährleistet werden konnte.

Wie aus dem Nichts waren damals bewaffnete, schwarz gekleidete Horden aufgetaucht, die für die Interessen einer kleinen Minderheit skrupellos in die hungernde Menge schossen. Die teilweise ebenfalls bewaffneten Genossen meines Vaters hatten weder die militärische Ausbildung noch das fehlende Gewissen dieser Männer, die sich Kastrup nannten.

Zehntausende der für ihr Recht auf ein würdiges Leben und

gegen die Ausbeutung kämpfenden Frauen und Männer starben im Kugelhagel der Schwarzen. Die Anführer der Freiheitsbewegung wurden von ihnen gefangengenommen und ohne Gerichtsverfahren, ohne die Möglichkeit sich zu verteidigen, in Turnhallen und Fabrikgebäuden einfach aufgehängt – unter ihnen auch mein Vater Herbert Müller.

Meine Mutter Dagmar hatte mich über diese Dinge nicht im Unklaren gelassen. Sie hatte mir von den Gräueln der auf Geheiß des Kaisers agierenden Kastrup erzählt und dass diese Feinde der Arbeiterschaft und damit des Volkes die Schuld dafür trugen, dass ich ohne Vater aufwachsen musste. Sie kümmerte sich rührend mit all ihrer Kraft um mich und förderte meine schulische Entwicklung nach Kräften. Und sie bläute mir immer wieder ein, meinen Hass gegen das feudale Unrechtsregime und gegen die menschenverachtende Kastrup niemals offen zu zeigen. Es würde einmal die Zeit kommen, in der der Arbeiter die Fesseln der Aristokratie und der mit ihr verbündeten Bourgeoisie abstreifen würde, um sein eigenes Schicksal zu bestimmen. Ich würde es schon wissen, wann dieser Zeitpunkt gekommen war und dann das Richtige tun, hatte meine Mutter behauptet.

Meine mathematische Begabung stellte sich früh heraus. Im Jahre 1934 begann ich mit achtzehn Jahren mein Studium der Mathematik mit dem Spezialfach Kybernetik an der Technischen Hochschule Berlin. Meine Klassenkameraden waren alle zum Heer gegangen, das mich jedoch aufgrund »allgemeiner körperlicher Schwäche«, wie sie mein Desinteresse für Sport nannten, abgelehnt hatte.

Das Spezialfach Kybernetik hatte ich einerseits aus wissenschaftlichem Interesse, andererseits aus purem Idealismus gewählt. Eine bessere Motivation konnte ich mir nicht vorstellen. Ich war davon überzeugt, dass die zukünftige Menschheit in einer kommunistischen Gesellschaftsform leben würde. Seine letztendliche Vollendung würde der Kommunismus durch intelligente Maschinen erfahren. Diese kybernetischen Systeme würden für

130

eine Produktion der banalen Dinge des Lebens wie Nahrung, Kleidung, Wohnraum und Konsumartikel im Überfluss sorgen, ohne dass ein Mensch seine geistige Kraft an diese Dinge verschwenden musste. Dies war meine Version des konsequent zu Ende gedachten Materialismus eines Karl Marx. Sobald diese Dinge im Überfluss vorhanden waren, machte es keinen Sinn mehr, dass irgendjemand anderes als das Volk die Produktionsstätten und die darin arbeitenden kybernetischen Systeme *besaß*. In der Kybernetik lag also nach meiner damaligen idealistisch-jugendlichen Vision die letztendliche Rechtfertigung für den Kommunismus.

Mein Idealismus in Kombination mit meinem Interesse am Thema hatte mich während meines Studiums zu Höchstleistungen angetrieben. Schon bald wurden die Professoren der Fakultät auf mich aufmerksam. Sie sahen in mir den Hochbegabten, der sich durch seine von wissenschaftlichen Scheuklappen beschränkte Weltsicht für die Interessen des Regimes einspannen lassen würde. Doch ich hielt mich an den eindringlichen Rat meiner Mutter, niemals meine ablehnende Haltung gegenüber der aristokratischen Diktatur zu zeigen – bis die Zeit reif dafür war.

Mit einer entsprechenden Sorglosigkeit schlug Professor Daunen mir im Jahre 1938 vor, unmittelbar nachdem ich mein Diplom als Jahrgangsbester bestanden hatte, meine Doktorarbeit im Rahmen des Projektes »Blau« zu absolvieren. Er teilte mir lediglich mit, es ginge um den Bau einer ultimativen Waffe, deren Existenz zukünftige Kriege unmöglich machen würde. Selbstverständlich willigte ich ein. Eine bessere Gelegenheit, dem Regime in die Karten zu schauen, würde sich wohl so schnell nicht wieder ergeben.

Bereits zwei Wochen später hieß es vorläufig Abschied von meiner Mutter zu nehmen. Ich sah die Tränen in ihren Augen, mich nun für längere Zeit nicht mehr sehen zu können, und andererseits ihren Stolz darüber, dass ihr Sohn an Waffenprojekten des Reiches teilnahm, was von unschätzbarem Wert für die Bewegung sein könnte, von der Mutter immer noch träumte. In der deutschen Bevölkerung war von einer solchen Bewegung allerdings nichts mehr zu spüren – der gewonnene Krieg und der technische Fortschritt hatten zu einem Wohlstand geführt, der allgemeine Zufriedenheit bewirkte und die unmenschlichen Machen- schaften des Systems in Vergessenheit geraten ließ.

Von Berlin Tempelhof flog ich zusammen mit einer Reihe weiterer Wissenschaftler und Soldaten in einer der neuen viermotorigen Maschinen in den Süden Libyens, das vom Reich als ehemalige Kolonie des Kriegsgegners Italien annektiert worden war. Dort hatte man das »Testgelände Nokwat[16] I« aus dem Wüstenboden der Sahara gestampft.

Ich stellte fest, dass Nokwat praktisch nur aus der Luft zu erreichen war. Ein Fußmarsch durch die Sahara wäre illusorisch gewesen. Fahrzeuge blieben im Wüstensand stecken. Diese Abgeschiedenheit war sicherlich teuer bezahlt worden: Sämtliche Ausrüstung und jegliches Baumaterial hatten wahrscheinlich eingeflogen werden müssen.

Als sich die Passagiermaschine auf die Landebahn des Testgeländes senkte, hatte ich einen guten Überblick. Eine kleine Stadt aus zweistöckigen Flachbauten war entstanden, an die der Flughafen direkt angrenzte. Auf der anderen Seite des Flughafens reihten sich ähnliche Flachbauten um einen asphaltierten Platz. Dahinter standen einige Hangars an einem Vorfeld, das an eine weitere Startbahn grenzte. Sie waren teilweise geöffnet, so dass ich einige der modernen Messerschmitt-Jäger sehen konnte.

Nachdem wir gelandet waren, wurden wir von einem Bediensteten abgeholt, der sich als Michael Hofmann vorstellte. Er fuhr uns mit einem Mannschaftswagen zu unseren Quartieren und wies uns darauf hin, dass wir in einer Stunde zu einer Besichtigungstour abgeholt werden würden.

Mein Quartier lag in einem der Flachdachbauten. Es war etwa

---

[16] Nordisches Kernwaffen Testgelände

fünfzig Quadratmeter groß und ansprechend eingerichtet. Offenbar legten die Verantwortlichen Wert darauf, dass sich die Wissenschaftler hier wohlfühlten. Mir sollte es recht sein. Ich nahm zunächst eine kalte Dusche und nahm mir fest vor, zu fragen, woher man das Wasser mitten in der Wüste hatte.

Diese Frage klärte sich sehr schnell bei der Besichtigungstour. Der Bus, der uns abgeholt hatte, hielt vor einem acht Meter durchmessenden Betonrohr, dessen obere zwei Drittel aus einer Düne hervorragten. Aus diesem Rohr führte eine asphaltierte Straße direkt in das Testgelände. Die Straße verlief durch den Betontunnel bis Tripolis, die am Mittelmeer gelegene Hauptstadt Libyens, wie uns Hofmann mit Stolz erläuterte.

Unterhalb der Fahrbahn lagen die beiden Lebensadern für diesen militärisch-industriellen Komplex, gelegen in einer lebensfeindlichen Umwelt: eine Rohrleitung für Wasser und eine für Treibstoff.

Rund zwei Kilometer außerhalb der kleinen Stadt aus Flachdachbauten waren die riesigen Hallen für die Uran-Aufbereitung errichtet worden. Hier standen die Zentrifugen, die das leichtere, spaltbare $Uran_{235}$ vom stabileren $Uran_{238}$ trennen sollten. Eine hohe Konzentration des leichteren, instabileren und deshalb spaltbaren der beiden Isotope war der Schlüssel zur Erzeugung einer kritischen Masse dieses Materials, die schließlich die alles vernichtende Kettenreaktion auslösen sollte.

In den kommenden Jahren arbeitete ich an der Berechnung der idealen Form mehrerer Bauteile der Bombe, wobei mir und der kleinen Gruppe Mathematiker, die ich mittlerweile leitete, immer leistungsfähigere Rechner vom Kaiser-Wilhelm-Institut für Kybernetik[17] zur Verfügung gestellt wurden. Die Funktionsweise dieser Rechner durchdrang ich als begeisterter Kybernetiker bis ins Detail und konnte sogar Verbesserungsvorschläge an das Institut zurückschicken, die ich dann oftmals in der nächsten Generation der Geräte verwirklicht sah.

---

[17] Später umbenannt in Informatik

Freundschaften schloss ich jedoch keine. Zu meinen Mitarbeitern hielt ich die angemessene Distanz eines Vorgesetzten, zu meinen Kollegen und Vorgesetzten hielt ich die kühle Distanz eines Wissenschaftlers, der durch seine Arbeit keine Zeit für zwischenmenschliche Dinge hatte. Der Grund für mein Verhalten lag darin begründet, dass die in Nokwat arbeitenden Menschen ihre Arbeit für mich völlig unverständlicher Weise nicht nur für den Fortschritt der Wissenschaften, sondern für die Überlegenheit des Reiches und des Nordischen Bundes leisteten. Sie waren tatsächlich begeistert von diesem imperialistischen, elitären, arroganten Staatengebilde und taten alles in ihrer Macht stehende, dessen Vormachtstellung noch weiter auszubauen. Menschen wie diese hatten meinen Vater ermordet, sie hatten auf die Schwächsten der Gesellschaft, die Hungernden, geschossen. Auch wenn sie dies nicht selbst getan hatten, so waren sie doch mit den Mördern geistig verwandt. Solche Menschen konnten nicht meine Freunde sein.

Am 20. August 1941 war es schließlich soweit. In dreißig Kilometern Entfernung vom Nokwat-Gelände zündeten wir die erste Atombombe in der Geschichte der Menschheit. Nun stand dem Kaiserreich die Eroberung der ganzen Welt offen. Ich hatte furchtbare Gewissensbisse, an der absoluten Verfestigung der Macht jener mitgewirkt zu haben, die ich so sehr verachtete. Doch ich beruhigte mich mit den Argumenten, dass das Reich die Bombe auch ohne meine Mithilfe entwickelt hätte und dass ich durch mein hier erworbenes Wissen und durch meine Mitarbeit in Nokwat möglicherweise in der Zukunft den Gegnern von Aristokratie und Imperialismus helfen konnte.

Die Gelegenheit dazu erhielt ich bereits wenige Monate später, als meine Arbeitsgruppe den Auftrag erhielt, ein Codierungssystem zu entwickeln. Dieses System sollte sicherstellen, dass nur autorisierte Personen Nuklearwaffen einsetzen konnten. Die Aufgabenstellung sah vor, dass der Kaiser persönlich ein Signal aussenden konnte, das die Nutzung der Kernwaffen erst ermöglichte.

Dann musste der für den entsprechenden Verband verantwortliche General seinen persönlichen Code aussenden – erst dann durften die Kernwaffen einsatzbereit sein.

Wir lösten das Problem durch einen Algorithmus[18], der quasizufällige Zahlen im Abstand von dreißig Sekunden erzeugte. Im Arbeitszimmer des Kaisers stand ein Rechner, auf dem der Algorithmus ebenfalls lief und ebenso in jedem Stützpunkt der Streitkräfte, verborgen in einem verschweißten Tresor. Letzterer war so gebaut, dass ein gewaltsames Öffnen zum Löschen aller Daten des Rechners führen musste. Gaben nun sowohl der Kaiser als auch der verantwortliche General innerhalb von dreißig Sekunden die für diese Periode gültige Zufallszahl ein, so wurde die Blockade der Sprengköpfe der innerhalb des betreffenden Stützpunktes gelagerten und mit dem Tresorrechner verbundenen Atomwaffen beseitigt. Nun war es beispielsweise einer Bomberbesatzung möglich, eine Kernwaffe mit an Bord ihres Flugzeuges zu nehmen und kurz vor dem Abwurf scharfzuschalten.

Diese mehr als sinnvolle Sicherheitsmaßnahme, die verhindern sollte, dass eine mögliche psychische Störung eines Generals oder des Kommandanten einer Bomberbesatzung zu einem Weltkrieg führte, nutzte ich mit meinem detaillierten Wissen über die Funktionsweise der Rechner aus. Neben den Zufallszahlen baute ich einen Spezialcode ein, der nur mir bekannt war und mit dem man die Kernwaffen nicht nur aktivieren, sondern viel wichtiger, auch wieder deaktivieren konnte.

*

Meine große Stunde kam im Januar 1949. Ich arbeitete längst nicht mehr in Nokwat, sondern am Kaiser-Wilhelm-Institut für Informatik an diversen Fragestellungen zur Entwicklung Künstlicher Intelligenz. Vor zwei Jahren waren meine Mutter und ich

---

[18] Mathematisches Verfahren

nach Saarbrücken gezogen, damit ich meiner neuen Arbeit nachgehen konnte, ohne meine Mutter nur am Wochenende zu sehen. Wir hatten eine kleine Wohnung in einer Siedlung nicht weit vom Institut.

Eines Abends schellte es. Wir schauten gerade die Nachrichten und ärgerten uns über die Lobhuldigungen, mit denen der Nachrichtensprecher die Politik des Kaisers bedachte. Unwillig erhob ich mich von unserer ockerfarbenen Couch und öffnete die Türe. Vor mir standen zwei Männer, mit braunen Mänteln, deren Kragen hochgeschlagen waren – verständlich bei dem herrschenden Schmuddelwetter. Ihre Köpfe waren vor dem eiskalten Regen, der in den letzten Wochen fast unaufhörlich auf Saarbrücken herabströmte, durch ebenfalls braune Fellmützen geschützt.

»Was kann ich für Sie tun?«, fragte ich die Unbekannten.

Der etwas Größere der beiden entgegnete: »Wir sind Freunde Ihres Vaters. Wir müssen mit Ihnen sprechen.«

Die beiden waren nicht älter als vierzig Jahre. Als mein Vater ermordet wurde, konnten sie höchstens zehn Jahre alt gewesen sein. Wie sollten sie seine Freunde gewesen sein?

»Es muss sich um ein Missverständnis handeln. Mein Vater ist seit einunddreißig Jahren tot.«

»Das ist uns bewusst. Wir sind auch keine persönlichen Freunde Ihres Vaters, sondern Freunde seiner Ideale und seiner Weltanschauung.«

Ich spürte ein Prickeln auf meiner Haut. Endlich! Um mich herum hatte es, von meiner Mutter einmal abgesehen, nur regimetreue Mitläufer gegeben, die mit ihrer Unterdrückung vor dem Hintergrund des oberflächlichen Wohlstandes zufrieden zu sein schienen. Und jetzt standen vor mir zwei Männer, für die die Ideale meines Vaters noch Bedeutung hatten.

»Wer ist da?«, hörte ich meine Mutter aus dem Wohnzimmer rufen.

Ich ging nicht auf die Frage ein, weil ich sie noch nicht beantworten konnte.

»Kommen Sie herein«, bedeutete ich den beiden Männern und machte den Weg in den Flur unserer Wohnung frei. »Bitte legen Sie ab«, fügte ich hinzu, wobei ich auf unsere Garderobe zeigte.

Unter ihren braunen Mänteln trugen die Männer unauffällige Anzüge, der eine in dunkelgrün, der andere in beige. Auf Krawatten hatten beide verzichtet.

Als ich die zwei Fremden ins Wohnzimmer führte, erhob sich meine Mutter. Die Männer gaben ihr die Hand und lächelten freundlich, ohne sich jedoch vorzustellen.

»Bitte nehmen Sie Platz.« Ich deutete auf zwei freie Sessel, ging zum Fernseher, um ihn auszuschalten, und setzte mich neben meine Mutter auf die Couch. Dann übernahm ich erst einmal die Initiative: »Da Sie mich ja offensichtlich kennen, darf ich Sie bitten, sich zunächst einmal vorzustellen und uns den Grund Ihres Besuches zu erläutern.«

»Mein Name ist Rudolf Karstens«, begann der etwas Größere. Er war ein wenig untersetzt, hatte schütteres, streng zurückgekämmtes dunkelblondes Haar, wahrscheinlich um eine Glatze am Hinterkopf zu verbergen, und vertrauenerweckende strahlendblaue Augen. »Ich bin der örtliche Leiter der Sozialistischen Internationale. Aufgrund Ihrer Vergangenheit hat man mich gebeten, mit Ihnen Kontakt aufzunehmen, um eine mögliche Zusammenarbeit zu diskutieren.«

In den Augen meiner Mutter sah ich ein Glänzen. Das Lächeln auf ihren Lippen zeigte mir, dass sie dem Mann glaubte. Ich war jedoch zunächst skeptisch. Vielleicht handelte es sich um Agenten des Regimes, die meine Loyalität testen wollten?

»Warum sollte ich Ihnen glauben?«, versuchte ich kurz und knapp mein Gegenüber aus der Reserve zu locken.

Karstens griff mit der Rechten in die Innentasche seines Jacketts und holte ein säuberlich gefaltetes Papier daraus hervor. »Das hier«, der Mann hielt mir das Papier hin, »ist ein Brief Ihres Vaters an meinen. Lesen Sie selbst.«

Als ich den Brief entfaltete, erkannte ich sofort die Schrift meines Vaters, da meine Mutter mich etliche von ihm verfasste Dokumente hatte lesen lassen. Das Schriftstück enthielt Vorschläge über die Organisation von Streiks, mit denen man den Nachschub der Truppen an der Front stark schwächen wollte, um nach einem verlorenen Krieg den verhassten Kaiser zu stürzen. Anschließend führte mein Vater seine Visionen aus, die Arbeiterschaft international zu vereinen, indem eine deutsche Räterepublik mit der in Russland bereits erfolgreich etablierten Sowjetrepublik[19] zusammengeschlossen werden sollte.

Ich schaute von dem Brief auf, direkt in die Augen Karstens'. »Nehmen wir einmal an, ich würde Ihnen die Existenz einer Sozialistischen Internationale glauben, und nehmen wir weiter an, ich hätte ein Interesse an einer Zusammenarbeit – was würden Sie von mir erwarten?«

»Wir wissen von Ihrer langjährigen Mitarbeit in Nokwat. Wir würden Ihnen gerne einige Genossen aus Russland vorstellen, mit deren Hilfe wir die deutschen Arbeiter und Bauern von diesem Unrechtsregime befreien wollen. Diese Herren würden mit Ihnen gerne Möglichkeiten diskutieren, wie dieses Ziel zu erreichen wäre. Dazu würde ich Sie bitten, uns zu unseren Versammlungsräumen zu begleiten.«

Das war die Chance, auf die ich mein Leben lang gewartet hatte. Ohne jegliches Risiko würde ich eine solche Chance niemals wahrnehmen können. Also entschied ich mich, den Männern zu vertrauen, zumal ich ein Ass im Ärmel hatte, das der Bewegung, sofern mein Vertrauen berechtigt war und sie tatsächlich existierte, ein ungeheures Machtmittel in die Hand geben konnte. Dieses Machtmittel war wahrscheinlich gewaltiger als alles, was die Genossen in ihren Vorstellungen von mir erwarten konnten.

»Was meinst du, Mutter?«

»Geh, mein Sohn, und hilf die Träume deines Vaters zu ver-

---

¹⁹ »Sowjet« ist russisch und bedeutet »Rat«.

138

wirklichen.« Ihre Stimme stockte zwischen den Worten, weil sie ein Schluchzen unterdrücken musste.

»Ich bin bereit, mit Ihnen zu gehen. Wann soll das Treffen mit den russischen Genossen stattfinden?«

»Am besten sofort!«, kam die prompte Erwiderung mit dem Zusatz: »Wir planen etwas ganz Großes, wobei wir keine Zeit verlieren dürfen.«

Na ja, für etwas »ganz Großes« verfügte ich wohl über die geeigneten Möglichkeiten. Immerhin konnte ich das scharfe nukleare Schwert des Reiches in ein stumpfes verwandeln.

*

Karstens und der andere Mann, der sich als Karl Mehrens vorgestellt hatte, führten mich zu einer Kneipe, die ich zwar schon mehrfach von außen gesehen, jedoch noch nie betreten hatte. »Der Spielmann«, wie sich die Gaststätte nannte, befand sich im Zentrum von Saarbrücken.

Es war bereits neun Uhr abends, als wir die gut besuchte Gaststätte durchquerten, um einen abgetrennten Raum zu erreichen, der wohl für Hochzeiten, Geburtstage und Vereinsversammlungen vorgesehen war. Dort erwarteten uns rund zwanzig Männer und fünf Frauen.

Als wir eintraten, verstummten ihre Gespräche sofort, und sie blickten mir erwartungsvoll entgegen. In ihren Augen erkannte ich eine gewisse Scheu, die Agenten des Regimes sicherlich nicht zueigen gewesen wäre.

Drei Männer erhoben sich und kamen uns entgegen. Ich schüttelte ihnen die Hand, wobei sie sich mit stark russischem Akzent in deutscher Sprache vorstellten.

»Mein Name ist Boris Iljanow. Ich leite diese kleine Abordnung hier.« Der Mann mit den streng nach hinten gekämmten grauen Haaren und den grünen Augen deutete auf die neben ihm stehenden beiden Männer. »Genosse Stalin hat sie zur Vorberei-

139

tung der Befreiung unserer Brüder und Schwestern entsandt. In vielen deutschen Großstädten sind ähnliche Abordnungen tätig.«

Karstens, Mehrens, die drei Russen und ich setzten uns an einen wahrscheinlich speziell für dieses Gespräch freigehaltenen runden Tisch. Meine Spannung stieg. Ich war mehr als neugierig darauf, welche Pläne man mir vorstellen würde und wie ich zu ihrer Verwirklichung beitragen konnte.

Mit einer erheblich größeren Offenheit, als ich erwartet hatte, weihte mich Iljanow in das Konzept ein, das die Welt verändern sollte: »Genosse Stalin, Generalsekretär der Sowjetunion und damit oberster Vertreter der internationalen Arbeiterschaft, hat Planungen zur Befreiung Deutschlands und der Völker des Nordischen Bundes ausarbeiten lassen. Wir sehen uns durch ein beispielloses Programm der Aufrüstung, das dem russischen Volke viele Entbehrungen abverlangte, heute militärisch dazu in der Lage, die Lakaien des Kaisers hinwegzufegen. Doch ein solcher Plan kann nur dann gelingen, wenn wir einen Weg finden, die unmenschlichen Atomwaffen des Regimes zu neutralisieren. Aus diesem Grunde kontaktieren wir alle Wissenschaftler, die erstens in Nokwat gearbeitet haben und zweitens aufgrund ihrer Vergangenheit oder getätigten Äußerungen für unsere Sache aufgeschlossen sein sollten.«

Das war natürlich starker Tobak. Niemals hätte ich erwartet, dass ich mit einer derartigen Offenheit über die Pläne Stalins informiert worden wäre.

Die Sowjetunion vertrat genau das Weltbild, für das mein Vater gekämpft hatte. Also setzte ich alles auf eine Karte: »Ich habe eine Möglichkeit entwickelt, die Nuklearwaffen des Kaisers auszuschalten.«

Dieser kurze Satz schlug ein wie eine der bezeichneten Bomben. Ungläubigkeit las ich in den Augen meiner fünf Gesprächspartner. Dann erklärte ich den Anwesenden den Sicherheitsmechanismus, den ich zur Blockade der Sprengsätze entwickelt hat-te, und wie ich mir gleichzeitig eine Hintertür eingebaut hatte, diesen Mechanismus selbst nutzen zu können. Mit jedem meiner Worte wechselte die Ungläubigkeit in den Augen der Genossen mehr und mehr zur Hoffnung und schließlich zu dem festen Glauben, einen Weg gefunden zu haben, dem Kaiser seine stärkste Waffe aus der Hand zu schlagen.

Ende der Auszüge aus der Autobiografie »Mein Leben als Pazifist« von Malte Müller

*

Das Gespräch der sechs Kommunisten im Festraum des »Spielmann« dauerte bis zwei Uhr morgens. Man hatte ein möglichst unsinniges Codewort vereinbart. Es lautete »Nurisschlange«. Sobald jemand dieses Wort an Malte Müller richten würde, so würde er die deutschen Nuklearsprengköpfe blockieren. Mit dieser Vereinbarung verabschiedeten die Genossen ihren neuen, mächtigen Bundesgenossen.

Nachdem sich Müller auf den Heimweg gemacht hatte, stellte Karstens dem russischen Agenten eine Frage, die ihm schon länger auf der Seele brannte: »Was hätten Sie gemacht, wenn der Kybernetiker keine Möglichkeit gesehen hätte, uns zu helfen?«

»In diesem Falle wären wir davon ausgegangen, dass er uns doch nicht wohlgesonnen ist und Sie lediglich begleitet hat, um uns an die Lakaien des Kaisers zu verraten. Uns wäre also gar nichts anderes übrig geblieben, als ihn zu liquidieren.«

Die Anwesenden hatten keine weiteren Fragen. Es war ein anstrengender, aufregender Abend gewesen, der dem Sieg des Proletariats den Weg bereiten konnte. Die Männer verabschiedeten sich.

Zuhause angekommen – es war mittlerweile drei Uhr morgens – holte Karstens einen Ordner, in dem er seine bezahlten Rechnungen aufbewahrte, aus dem Wohnzimmerschrank. Er legte den Ordner auf den Tisch und blätterte darin herum, bis er eine ganz spezielle Rechnung aufgeschlagen hatte. Auf ihrer Rückseite war eine Telefonnummer notiert. Karstens nahm die Rechnung aus dem Ordner und lief mit ihr zum Telefon, das auf einem kleinen Tischchen im Flur stand.

Erneut, wie schon hunderttausende Male zuvor, stieg in ihm der Hass auf seinen Vater hoch. *Nicht nur, dass der Drecksack meine Mutter und mich Anfang der Zwanzigerjahre ohne finanzielle Mittel zurückgelassen hatte, er war auch einer jener Rädelsführer, die durch ihre intriganten Machenschaften das Reich in den Abgrund stürzen wollten. Und wozu das alles? Nur um dem Pöbel, dem Abschaum der Gesellschaft, also Männern wie ihm, zur Macht zu verhelfen!*, dachte der überzeugte Monarchist.

Karstens wählte die notierte Nummer. Trotz der frühen Tageszeit brauchte er es nur dreimal klingeln zu lassen, bis abgehoben wurde.

»Rohwedder hier!«, hörte er die zwar durch das Telefon verzerrte, aber immer noch vertraute Stimme seines Verbindungsmanns bei der Kastrup.

»Ein Verräter namens Malte Müller behauptet, die Nuklearsprengköpfe blockieren zu können. Er klingt glaubwürdig, da er viele Jahre in Nokwat gearbeitet hat. Die Sowjets scheinen in den nächsten Monaten eine Invasion zu planen, zu deren Beginn Müller mit seinen Rechnertricks die Blockade herbeiführen wird.«

»Vielen Dank für die Meldung«, entgegnete Rohwedder. »Machen Sie sich keine Sorgen, wir kümmern uns darum. Ich werde dem Generalfeldmarschall persönlich über Ihre wertvolle Mitarbeit berichten. Ich wünsche Ihnen eine gute Nacht.«

Beruhigt legte Karstens auf. Wer sich im Fadenkreuz der Kastrup befand, würde keinen Schaden mehr anrichten können. Nie mehr. Diese Erkenntnis ließ Karstens tief und erholsam schlafen. Wie konnte er auch ahnen, dass die Kastrup keinerlei Interesse daran hatte, den Verräter Müller an seinem Tun zu hindern?

Am Freitag, dem 1. April 1949, fanden sich der Kaiser, Reichsmarschall von Grefe, Generalfeldmarschall von Dankenfels und zweihundert internationale Journalisten sowie fünfhundert Offiziere der verschiedenen Waffengattungen auf einem Testgelände rund dreißig Kilometer südlich von Berlin bei Mellensee ein. Die Anwesenden waren einer Einladung des Heeres gefolgt, der Präsentation einer neuen Waffe beizuwohnen, von der versichert wurde, dass es sich keinesfalls um einen Aprilscherz handelte.

Für die Vorführung waren eigens zwei Tribünen auf der hügeligen Wiesenlandschaft errichtet worden, die gelegentlich von kleineren Baumgruppen unterbrochen wurde. Die Beobachter blickten geradeaus auf einen rund fünfzig Meter hohen grasbewachsenen Hügel mit sanft abfallenden Hängen.

Der Kaiser nutzte die Gelegenheit, ein paar Worte mit dem neben ihm sitzenden von Grefe über den sowjetischen Truppenaufmarsch zu wechseln: »Haben Sie genauere Zahlen über die Stärke der russischen Truppen an unserer Ostgrenze?«

»Natürlich, Majestät. Die Kommunisten haben dreißigtausend Panzer und sechs Millionen Mann mit einer Vielzahl von schweren Geschützen an unsere Ostgrenze verlegt. Die Truppen Stalins sind in vier Regionen konzentriert: bei Hermannsburg, ehemals Charkow, bei Bongard, ehemals Gomel, bei Neukleve, ehemals Karsawa und an der finnischen Grenze bei Lappeenranta. Die Truppenkonzentration im Norden scheint die kleinste der vier zu sein. Falls die Russen also wirklich angreifen, werden die Hauptstoßrichtungen auf deutsches Gebiet erfolgen.«

»Wie sieht es im Verhältnis mit unseren Truppen aus? Haben wir im Ernstfall eine Chance, die Sowjets aufzuhalten?« Besorgnis zeichnete sich im Gesicht des Kaisers ab.

»Ohne den Einsatz von Kernwaffen, so befürchte ich, werden uns die Russen überrennen. Wir haben in der kurzen Zeit lediglich dreitausendfünfhundert Panzer und eineinhalb Millionen Mann an unsere Ostgrenze verlegen können. Allerdings sind unter den Panzern fünfhundert des Typs Maus, die den Bolschewisten durchaus zu schaffen machen sollten. Doch geben wir uns keinen Illusionen hin: Die Übermacht ist einfach zu groß.«

»Ich werde heute Abend ein Gespräch mit dem sowjetischen Generalsekretär führen und ihm klarmachen, dass ihm seine zigtausend Panzer und Millionen Soldaten nichts nützen, wenn wir seine Aufmarschgebiete mit Atombomben vernichten. Nach diesem Gespräch wird Stalin keinen Zweifel daran haben, dass wir diese Waffen bei einem Angriff durch seine Truppen massiv einsetzen werden.«

»Ihr Wort in Gottes Ohr, mein Kaiser. Ich …«

Die letzten Worte von Grefes wurden unterbrochen durch die Begrüßungsrede eines Mannes in der grauen Uniform des Heeres, der sich vor den Tribünen aufgebaut hatte und in ein Mikrofon sprach. Für den Geschmack des Kaisers übertrug die Verstärkeranlage die Ansprache des Soldaten etwas zu laut.

»Mein Kaiser, liebe Kameraden, verehrte Gäste! Mein Name ist Oberst Rundstein. Meine Aufgabe in den letzten zwei Jahren war die Mitarbeit bei der Entwicklung einer neuen Waffengattung für die Landstreitkräfte: dem Landkreuzer. Im weiteren Sinne wurde das neue System von unserer Panzerwaffe abgeleitet. Vor diesem Hintergrund möchte ich einem der größten Kenner der panzergestützten Kriegsführung, Generalfeldmarschall von Dankenfels, für seine wertvollen Anregungen und Ratschläge bei der Verwirklichung dieses Projektes herzlich danken.«

Verhaltener Applaus brandete aus dem Publikum auf, denn die Kastrup war nach wie vor nicht sonderlich beliebt.

»Der erste Landkreuzer der Welt entstand in Zusammenarbeit mehrerer Panzerhersteller, Kriegsschiffwerften und dem Kaiser-Wilhelm-Institut für Reaktortechnologie. Ich möchte die einzelnen Hersteller hier namentlich nicht erwähnen, schließlich ist dies keine Werbeveranstaltung.«

Der Oberst unterbrach sich kurz, um das Gelächter des Publikums abklingen zu lassen.

»Wir werden Ihnen heute das erste Exemplar der neuen Gattung vorstellen. Es ist über das Prototypenstadium hinaus zu einem voll einsatzfähigen Waffensystem entwickelt worden, nach dessen Vorbild die Fertigung weiterer Landkreuzer erfolgen wird. Zunächst werden wir Ihnen den Landkreuzer LK-I vorführen, dann werde ich Ihnen die technischen Daten nennen und möchte Sie anschließend bitten, Ihre Fragen zu stellen. Abschließend möchte ich darauf hinweisen, dass die beiden Tribünen äußerst stabil konstruiert sind, Sie sich also keine Sorgen angesichts sicherlich auftretender Vibrationen und Erschütterungen machen müssen.«

Als ob dies ein geheimes Kommando gewesen wäre, begann der Boden zu zittern. Die Vibrationen wurden schließlich so stark, dass einige der Anwesenden trotz der beruhigenden Worte des Obersten blass wurden und sich an den Sitzbänken der Tribüne festkrallten.

Dann erschien auf der Spitze des Hügels eine fast zwanzig Meter breite, graue Front aus Stahl, über die zwei gigantische Kanonenrohre hervorragten. Getragen wurde die Stahlfront[20] von

---

[20] Ein Begriff, der in einen guten (so hoffe ich doch) Military-SF-Roman einfach hineingehört.

zwei fast fünf Meter breiten Panzerketten, die deutlich erkennbar aus je vier parallelen Einzelketten zusammengesetzt waren.

Der stählerne Koloss schob sich immer weiter über die Hügelspitze, so dass er den Zuschauern immer mehr seiner grauen, glatten Unterseite mit den beiden Panzerketten präsentierte. Erst als das Ungetüm mehr als zwanzig Meter über den Hügel hinausragte, kippte es mit einem dumpfen Aufprall nach vorne auf den Hang. Die resultierende Erschütterung war, obwohl das Geschehen in zweihundert Metern Entfernung stattfand, so groß, dass die Beobachter zwanzig Zentimeter von ihren Sitzbänken hochgeschleudert wurden. Im Vordergrund stand immer noch der Oberst mit dem Rücken zu dem Monstrum, als ob ihn das alles nichts anginge.

Nun konnten die Gäste die Aufbauten des Riesen sehen. Nach vorne war ein doppelläufiger Drehturm gerichtet, der jedem Schlachtschiff zur Ehre gereicht hätte. Nach hinten orientierte sich ein weiterer, kleinerer Drehturm mit einer einzelnen Kanone. Zwischen den beiden Geschützen befanden sich acht Panzerkuppeln mit nach oben gerichteten doppelläufigen Geschützen kleineren Kalibers. Vorne, aus der Wanne des Landkreuzers, lugten zwei Maschinengewehre hervor.

Erst als das neue Waffensystem mit seiner Front nur noch fünfzig Meter von den Tribünen und dreißig Meter vom Rücken des Obersten entfernt war und die Vibrationen nahezu unerträglich wurden, drehte der graue Koloss nach links ab und präsentierte den Zuschauern seine fast fünfzig Meter lange Seite. Deutlich waren nun vier weitere Maschinengewehre in der Wanne zu erkennen. Bei dem Wendemanöver hatte die linke Panzerkette stillgestanden. Das Stahlungetüm schob dabei zig Tonnen Erde vor sich her.

Dann kehrte Ruhe ein. Der Landkreuzer stand still. Motorgeräusche waren nicht zu hören. Sofort ergriff der Oberst wieder das Wort: »Der LK-I ist fünfundvierzig Meter lang, siebzehn Meter breit und dreizehn Meter hoch. Seine Primärbewaffnung

146

besteht aus zwei 38-cm-Geschützen, die dem Schlachtschiffsbau entstammen. Nach hinten verteidigt sich der Landkreuzer mit einer 12,8-cm-Kanone. Für die Nahbereichsluftabwehr befinden sich acht Zentimeter-Flakzwillinge an Deck. Der LK-I hat noch weitere Systeme zur Luftabwehr an Bord, die hier aus Geheimhaltungsgründen jedoch nicht näher erläutert werden können. Zur Bekämpfung feindlicher Infanterie verfügt der LK-I über zwölf Maschinengewehre, die in seine Wanne integriert sind: zwei in der Front, je vier an den Seiten und zwei weitere im Heck.

Der Landkreuzer wiegt zweitausendzweihundert Tonnen und wird von einem Kernreaktor angetrieben, der achtzig Megawatt leistet, was rund einhundertneuntausend PS entspricht. Der Reaktor beschleunigt den LK-I auf bis zu achtzig Stundenkilometer in ebenem Gelände und verhilft ihm zu einer praktisch unbegrenzten Reichweite.

Um gleich einer der offensichtlichsten Fragen zuvorzukommen: Selbstverständlich kann der Kreuzer aufgrund seines hohen Gewichtes keine Flüsse auf Brücken überqueren. Deshalb ist das System auf Tauchfähigkeit ausgelegt. Das sind die wesentlichen Daten. Ich darf nun um Ihre Fragen bitten.«

Mehrere gutaussehende Damen standen am Rande der Tribünen bereit, um die Fragesteller mit Mikrofonen zu versorgen. Fast alle Journalisten hoben die Hand.

»Ich sehe die größte Schwachstelle des Landkreuzers darin, dass er aus der Luft mit schweren Bomben angegriffen wird«, erläuterte ein etwa fünfzigjähriger Mann mit in den Farben braun und ocker karierter Weste und Hose. Sein Erscheinungsbild und sein Akzent deuteten darauf hin, dass er auf den britischen Inseln zuhause war. »Glauben Sie wirklich, dass acht Zwillingsflak ausreichen, entsprechenden Schutz zu bieten?«

Der Oberst setzte ein überlegenes Lächeln auf, bevor er antwortete: »Ich erwähnte bereits, dass sich noch weitere Systeme zur Luftabwehr an Bord befinden, über die ich aus Gründen der Geheimhaltung nichts Näheres sagen möchte. Allerdings kann ich Ihnen versichern, dass diese Abwehrsysteme denen der modernen Kreuzer unserer Kriegsmarine in nichts nachstehen.«

Als nächstes meldete sich eine fünfundzwanzig- bis dreißigjährige Deutsche zu Wort, wie an ihrem akzentfreien Hochdeutsch zu erkennen war. Sie machte einen ungepflegten Eindruck, denn ihr Haar war ein wenig fettig, sie hatte es unterlassen, ihre Pickel mit Schminke zu verbergen, und sie hatte ein paar Pfunde zu viel auf den Rippen. »Halten Sie es nicht für unverantwortlich, einen Kernreaktor in dieses Waffensystem einzubauen? Sollte es durch feindlichen Beschuss vernichtet werden, so dürfte die gesamte Umgebung verstrahlt werden.«

»Mein liebes Fräulein«, entgegnete der Oberst, wobei die Angesprochene zusammenzuckte. So wollte sie offensichtlich nicht angesprochen werden. »Feindlicher Beschuss, der in der Lage ist, den LK-I soweit zu vernichten, dass das Innere seines Reaktors freiliegt, lässt von der Umgebung des Kreuzers nichts mehr übrig, dessen Verstrahlung man bedauern könnte.«

Erneut brandete Gelächter auf.

Schließlich meldete sich ein Fünfunddreißigjähriger mit streng zurückgekämmten dunkelblonden Haaren, einer schwarzen Bomberjacke und Cordhose. Der Oberst kannte den Mann. Es handelte sich um den Redakteur einer bekannten deutschen Militärzeitschrift. »Wozu hat das Monstrum überhaupt Kanonen? Es reicht doch wenn es fährt, dann walzt es doch ohnehin alles nieder.«

Diesmal antwortete der Oberst nicht, sondern er ließ dem Gelächter des Publikums einfach seinen Lauf.

*

Am Abend des gleichen Tages saß Kaiser Friedrich IV. in seinem Arbeitszimmer im Palast. Die Vorführung des LK-I hatte ihn durchaus beeindruckt, er hoffte jedoch inständig, dass derartige Waffensysteme niemals zum Einsatz kommen mussten. Den gleichen Wunsch, nur in noch viel stärkerem Ausmaß, hegte er den Einsatz von Nuklearwaffen betreffend . Er verstand die sture Haltung der Sowjets nicht. Nach dem Verlust ihrer Nordmeerflotte musste ihnen doch klar sein, dass der Nordische Bund sich von ihnen nicht an der Nase herumführen lassen würde. Wozu also der massive Aufmarsch an der Ostgrenze des Reiches? Falls die Kommunisten wirklich einen Überfall planten, so würden sie durch Kernwaffenbeschuss in den ersten Tagen ihrer Offensive mehr als neunzig Prozent ihrer Truppen verlieren, was ihre Heimat ungeschützt jedem deutschen Gegenschlag ausliefern würde. Friedrich IV. konnte sich einfach keinen Reim auf dieses irrationale Verhalten machen. Aus diesem Grunde hatte er für den heutigen Abend ein Telefongespräch mit dem sowjetischen Generalsekretär anberaumt. Vielleicht würde das die erhoffte Klarheit bringen.

Kurz blickte der Kaiser auf die kunstvoll verzierte Wanduhr seines Arbeitszimmers. Dann klingelte er nach einer Ordonnanz, die wenige Sekunden später erschien.

»Bitte stellen Sie die Verbindung zu Generalsekretär Stalin her«, lautete die knappe Anweisung des Monarchen.

Zwei Minuten später klingelte das Telefon auf seinem Schreibtisch aus Mahagoniholz.

Ein Übersetzer der Russen war in der Leitung. In fast akzentfreiem Deutsch begrüßte der das Oberhaupt des Nordischen Bundes.

»Mein Name ist Pjetr Romanow. Ich diene dem Generalsekretär als Dolmetscher. In seinem Namen möchte ich Sie herzlich zu dieser Unterredung begrüßen, Majestät.«

Dann schaltete sich der Übersetzer des Kaisers ein und begrüßte den obersten Sowjet in ähnlicher Weise auf Russisch. Endlich hörte der Kaiser die Stimme Stalins.

»Was kann ich für Sie tun?«, übersetzte der Mann des Kaisers.

»Ich möchte mit Ihnen die Gründe des sowjetischen Truppenaufmarsches an der Ostgrenze des Reiches diskutieren und einen gemeinsamen friedlichen Weg zur Koexistenz unserer Völker finden«, antwortete Friedrich IV. und hörte die für ihn unverständliche Übersetzung.

»Was gibt es an unserem Truppenaufmarsch zu diskutieren?«, kam die ins Deutsche übertragene Antwort. »Nachdem Sie unsere Flotte bei Island vernichteten, die nichts weiter als eine beobachtende Funktion hatte, müssen wir von Ihren aggressiven Absichten überzeugt sein. Was also bleibt uns anderes übrig, als die Westgrenze unseres Staates vor Ihren imperialistischen Absichten zu schützen?«

Der Kaiser hatte kein Verlangen, eine Diskussion auf diesem Niveau zu führen. Deshalb antwortete er bewusst mit undiplomatischer Härte: »Wenn sich Ihre Flotte der unsrigen bis auf die Reichweite ihrer Geschütze nähern will, so brauchen Sie sich nicht zu wundern, dass wir nicht wie Lämmer dastehen und uns durch Ihren Erstschlag schlachten lassen. Also hören Sie auf mit Ihrer plumpen Propaganda. Die ist vielleicht bei Ihren Arbeitern und Bauern angebracht, nicht jedoch in diesem Gespräch. Deshalb komme ich jetzt ohne weitere Umschweife auf den Punkt: Der Nordische Bund beabsichtigt keinerlei Angriff auf sowjetisches Territorium. Wozu auch? Um ein heruntergewirtschaftetes Land zu erobern, in das wir wertvolle Ressourcen für den Ausbau auf das Niveau unserer Standards stecken müssten?

Wie Ihnen unser Präventivschlag gegen Ihre Flotte jedoch gezeigt haben sollte – wenn nicht, ist Ihnen nicht mehr zu helfen –, dulden wir keine Provokation und Bedrohung unserer Grenzen. Falls Sie tatsächlich mit Ihren Horden in unser Gebiet einfallen, werde ich noch am gleichen Tag den Einsatz von Nuklearwaffen befehlen und Sie persönlich für einen sinnlosen Angriffskrieg zur Rechenschaft ziehen.«

Dieses Mal dauerte die Übersetzung ins Russische schon etwas länger. Noch während sie lief, hörte der Kaiser das Gepoltere des Generalsekretärs.

»Wie können Sie es wagen, so mit mir zu sprechen? Unsere militärische Präsenz an unserer gemeinsamen Grenze hat rein defensive Gründe! Doch ich hätte nicht übel Lust, Ihnen Ihr arrogantes Maul zu stopfen. Doch ich sage Ihnen: Früher oder später, eher früher, werden Sie mitsamt Ihrer Aristokratenbande am Galgen baumeln. Und ich werde dabei lächelnd zusehen …«

»Ich denke, wir haben uns verstanden«, sprach Friedrich IV. einfach in die netten Wünsche Stalins hinein. »Sorgen Sie dafür, dass Ihre Proletenhorden jenseits der Grenzen des Nordischen Bundes bleiben, ansonsten dürfen Sie von mir keinerlei Rücksichtnahme erwarten.« Damit legte der Kaiser einfach auf.

Er war zwar nicht klüger als vorher, er war sich jedoch sicher, dass Stalin begriffen hatte, dass ihn ein Angriff den Kopf kosten würde. Dummerweise wusste er nicht, was Stalin wusste.

Letzterer lächelte still in sich hinein, nachdem Friedrich IV. aufgelegt hatte.

*

Es regnete in Strömen an diesem frühen Morgen des 2. April 1949. Major Burgstein quälte sich aus dem engen Eingang des provisorischen Unterstandes, der in einen Hügel hineingebaut worden war und direkt an einen kurzen Schützengraben grenzte. Der lehmige Boden wurde durch die Wassermassen zu einem schlammigen Gemisch, das träge an den Wänden entlang auf den Boden des nordöstlich von Hermannsburg[21] gelegenen Grabens floss.

Der Major hatte die Kapuze seines Regenmantels über seinen Stahlhelm gezogen und eng verschnürt, so dass seine Stirn, seine Wangen und sein Kinn vor der Nässe halbwegs geschützt waren. Er watete zwanzig Meter durch den Schlamm bis zum Beobachtungsposten. Dort stellte er die knappe Frage, die er in den letzten Tagen schon so oft gestellt hatte: »Tut sich was?«

Der angesprochene Soldat schaute bereits seit zwei Stunden

---

[21] Vor dem Ersten Weltkrieg trug die Großstadt den Namen Charkow.

durch ein Scherenteleskop mit Nachtsichteigenschaften Richtung russischer Grenze. Obwohl es stockdunkel war, lag die flache Steppenlandschaft vor ihm fast wie in hellem Tageslicht da.

»Nichts!«, entgegnete der Mann lakonisch, ohne sich von dem Periskop abzuwenden.

Burgstein schaute auf seine Armbanduhr, die er durch Vorbeugen des Oberkörpers vor dem Regen schützte. Sechzehn Minuten vor sechs Uhr zeigte das Chronometer aus Schweizer Herstellung.

Fast wäre es mir lieber, die Russen würden endlich angreifen, als uns hier im Dreck darauf warten zu lassen, dass endlich etwas passiert, wünschte sich der Offizier.

Manchmal gehen Wünsche in Erfüllung, selbst wenn sie nicht ernst gemeint sind. Plötzlich lag ein tiefes, bedrohliches Heulen in der Luft. Der Major kannte das Geräusch nur zu gut.

»Artilleriebeschuss!«, schrie er aus Leibeskräften.

Unzählige Explosionen erschütterten die Landschaft und dokumentierten, dass die anfliegenden Garanten angekommen waren.

Die Einschläge lagen zu weit weg, um den Schützengraben zu gefährden. Deshalb hörte der Soldat nicht auf, durch das Scherenfernrohr zu schauen. Der Major stieß ihn kurz an der Schulter an. Der Soldat wandte sich von dem Gerät ab und blickte ihn an. Burgstein bedeutete ihm mit einem Handzeichen, ihm in den Unterstand zu folgen und rannte dann zurück zum Hügel. Dort schaute er in die unter graublauen Stahlhelmen emotionslos blickenden Gesichter fünf seiner Offiziere, die hier mit ihm zusammen die Grenze bewachten. Der Major wollte zum Feldtelefon greifen, als er von Leutnant Emstel davon abgehalten wurde: »Der General ist bereits unterrichtet. Wir sollen nach Plan vorgehen. Der Angriff kommt schließlich nicht unerwartet«, berichtete der hochgewachsene, breitschultrige Offizier, ohne auch nur im Geringsten mehr Aufregung als bei einem Manöver zu zeigen.

Burgstein nickte zufrieden. Die Einschläge der feindlichen Granaten lagen nun besser, denn der Unterstand begann regelrecht zu schwanken. Dreck rieselte von der provisorischen Holzdecke. Mit der gleichen Seelenruhe, die seinen Männern zueigen war, setzte sich der Major an das Funkgerät. Mit einer Handbewegung befreite er dessen Oberfläche von herabgefallenem Schmutz. Erst dann setzte er den Kopfhörer auf und sprach in das Mikrofon zu den Kommandanten seiner sechzehn Tiger- und fünf Maus-Panzer, die in einem nur wenige hundert Meter entfernten Wäldchen auf ihren Einsatzbefehl warteten: »Bei Sichtkontakt feuern! Sobald der feindliche Beschuss bedrohlich wird, zurückziehen. Auf keinen Fall einen offenen Kampf riskieren! Ende!«

An seine Männer gewandt fuhr er fort: »Aufsitzen! Hier gibt es für uns nichts mehr zu tun.«

Die sechs Soldaten verließen den Unterstand durch den rückwärtigen Ausgang. Dieser führte aus dem Hügel hinaus, in dessen Schutz ein Schützenpanzer des Typs Sd.Kfz 251/11 geparkt war. Der Beobachter aus dem Schützengraben war ebenfalls mit seinem Nachtsichtgerät unter dem Arm eingetroffen. Zwei Mann, darunter der Major, nahmen in der Fahrerkabine Platz, die restlichen fünf stiegen auf die Ladefläche. Dann ruckte das Halbkettenfahrzeug an und nahm Geschwindigkeit auf. Im gleichen Moment kam die nächste Salve der Russen mit dumpfem Heulen herangeschossen. Um den Schützenpanzer herum flog der lehmige Boden in Kaskaden in die Höhe. Die Männer auf der Ladefläche duckten sich unter den gepanzerten Rand des Fahrzeuges. Granatsplitter prasselten klackernd gegen die Panzerung. Doch auch das brachte die Männer nicht aus der Ruhe, denn nur der ziemlich unwahrscheinliche Volltreffer einer Artilleriegranate konnte dem Halbkettenfahrzeug gefährlich werden.

Als die feindliche Salve langsam abebbte, schälte sich ein gleichmäßiges Brummen aus der Geräuschkulisse. Leutnant Kohaus richtete sich auf und blickte in den Nachthimmel, aus dem das Geräusch zu kommen schien. Er erkannte eine große Zahl dunkler Schatten, die das Licht der Sterne verdeckten.

»Bomber im Anflug! Wahrscheinlich auf Hermannsburg!«,

schrie er in die Fahrerkabine. Dort machte sich der Major sofort an dem Funkgerät des Schützenpanzers zu schaffen. Anders als bei dem praktischen Feldtelefon im Unterstand musste er nun zunächst die passende Frequenz des Hauptquartiers von General Lüttich einstellen. Wenige Sekunden später stand die Verbindung.

»Haben wir bereits in der Mikroortung!«, kommentierte der diensthabende Funker im Hauptquartier die Luftangriffswarnung des Majors. »Fliegerhorst Thorag ist über die feindliche Invasion informiert und bringt zurzeit alles in die Luft, was fliegen kann.«

Dann mischte sich das helle Pfeifen von Düsentriebwerken in das dumpfe Brummen der Bomber. Es kam allerdings aus der Richtung der russischen Grenze.

Geleitschutz durch Düsenjäger, wahrscheinlich MiG-15, dachte Kohaus.

Der Regen, die Dunkelheit und die bedrohliche Geräuschkulisse ließen das Geschehen für die Männer auf dem Sonderkraftfahrzeug unwirklich erscheinen. Eine weitere Salve des Feindes, die weit hinter ihnen einschlug, verstärkte diesen Eindruck, indem sie sich zunächst durch Lichtblitze und erst Sekunden später durch das tiefe Donnern der Explosionen bemerkbar machte. Dann waren die Lichtblitze nicht nur hinter ihnen am Boden, sondern auch über ihnen am Himmel. Das Donnern der feindlichen Salve hatte das Brüllen der deutschen Abfangjäger vollkommen überlagert. Überrascht legten die Männer die Köpfe in den Nacken. Aus einigen hell leuchtenden Explosionswolken heraus regneten brennende Trümmerstücke zu Boden. Fast im Sekundentakt flammten weitere Schatten über ihnen auf, zerbarsten zum Teil zu weiterem Funkenregen und stürzten zum anderen Teil am Stück, deutlich sichtbar durch ihre lodernden Triebwerke, dem Boden entgegen. In diesem Chaos war es unmöglich zu entscheiden, ob es Freunde oder Feinde waren, die da vom Himmel regneten. *Wahrscheinlich beide,* dachte Kohaus.

In diesem Moment wurde die Landschaft um den Schützenpanzer in helles Licht getaucht.

*

Auf keinen Fall einen offenen Kampf riskieren! Immer wieder gingen Rittmeister Sven Horgenson die Worte seines Vorgesetzten durch den Kopf. Er respektierte Major Burgstein, er hatte keine Zweifel an den Fähigkeiten des Generalstabs, doch es war ihm zuwider, deutschen Boden den heranrollenden Feinden preiszugeben. Horgenson befehligte einen der fünf Maus-Panzer des Majors, die zusammen mit den sechzehn Tigern im Schutz einer Baumgruppe auf ihren Einsatz warteten.

Durch die Nachtsichtoptik beobachtete der Rittmeister die Steppenlandschaft, in die unaufhörlich feindliches Artilleriefeuer einschlug. Von gegnerischen Panzern war noch nichts zu sehen.

Plötzlich zeigte die Nachtsichtoptik nur noch ein konturloses Weiß. Sofort wurde die Empfindlichkeit heruntergeregelt. Nun erkannte der Panzerkommandant zahlreiche Lichtkugeln, die am Himmel standen. *Leuchtraketen*, stellte Horgenson fest. *Die Russen haben keine Nachtsichtgeräte, also müssen sie die Landschaft ausleuchten, wenn sie angreifen. Folglich geht es gleich los.*

Schon eine halbe Minute später erschienen die feindlichen Panzer als kleine Punkte zwischen den flachen Hügeln. Geduldig wartete der Rittmeister, bis sie auf Reichweite des 12,8-cm-Geschützes der Maus heran waren.

»Feuer!«, befahl der gebürtige Schwede. Schon donnerte die mächtige Kanone los und erschütterte durch ihren Rückstoß den einhundertachtundachtzig Tonnen schweren Panzer. Der erste Schuss der Maus war auch gleich ein Blattschuss. Er traf einen feindlichen T-34-Panzer ziemlich genau zwischen Turm und Wanne. Als Folge des Treffers wurde der Turm in hohem Bogen fortgeschleudert.

Zunächst schossen auch die anderen vier Maus, dann stimmten die sechzehn Tiger in den Beschuss des Feindes ein. Die deutschen Panzer konnten drei Salven abgeben, bis der nachrückende Gegner das Wäldchen unter Feuer nahm. Mittlerweile standen jedoch schon dreißig T-34 brennend oder fahrunfähig auf dem Schlachtfeld. Der Rittmeister ließ noch eine weitere Salve abfeuern, die acht weiteren T-34 zum Verhängnis wurde, bevor er den Rückzug befahl.

Die viertausendachthundert PS des turbogeladenen Diesel-Zehnzylinders brüllten auf, als sich die Maus durch das Wäldchen schob. Die Bäume knickten unter dem Ansturm der einundzwanzig Panzer weg wie Streichhölzer. Dann gelangten die Kampfwagen auf freies Feld. Während sie sich zurückzogen, feuerten sie weiter auf die anstürmenden sowjetischen Panzer, durch ihre eigene Fahrt jedoch nun mit einer deutlich niedrigeren Treffgenauigkeit. Trotzdem blieb ein T-34 nach dem anderen liegen oder ging in Flammen auf. Auch die deutschen Panzer erhielten einige Treffer, die jedoch wegen der besseren Panzerung der Deutschen und der schwächeren Geschütze der Russen keine ernsthaften Schäden verursachten.

Aus diesem Sachverhalt hatte man auf deutscher Seite die Taktik gegen die sowjetische Übermacht abgeleitet: denjenigen Abstand zum Feind halten, der die eigenen Geschütze die Panzerung des Feindes durchdringen lässt, wobei die feindlichen Granaten gerade noch an der eigenen Panzerung abprallen. Ermöglicht wurde diese Taktik durch die Fortschritte im Motorenbau der letzten Jahre. Im Vergleich zum ersten Prototypen der Maus, der noch von einem viel zu schwachen Motor mit nur 1080 PS angetrieben worden war, erreichten die heutigen Versionen bei fast fünfmal höherer Motorleistung fünfzig Kilometer pro Stunde im freien Gelände.

Doch es war den Panzerbesatzungen natürlich klar, dass diese Taktik aus der Not heraus geboren war – aus der Not einer krassen zahlenmäßigen Unterlegenheit. Auf diese Weise würde sich keine Stadt, kein Ölfeld und kein Flughafen verteidigen lassen. Trotzdem blieben die Männer zuversichtlich. Die nordischen Streitkräfte hatten etwas, das die Sowjets nicht hatten und mit dem sich jeder Gegner aufhalten ließ – Nuklearwaffen.

*

Bericht Kaiser Friedrich IV.

Ein lautes Pochen drang in mein Unterbewusstsein. Es war verwirrend, ich konnte es nicht zuordnen. Das Pochen wurde eindringlicher. Die Verwirrung schwand. Jemand klopfte an meine Schlafzimmertüre. Dies war eher ungewöhnlich und bedeutete, dass etwas von großer Tragweite geschehen war.

Die Russen greifen an!, war meine erste, naheliegende Vermutung. Diese Befürchtung machte mich von einer Sekunde auf die nächste hellwach. Ich schaltete die Nachttischlampe ein, sprang förmlich aus dem Bett und warf mir einen Morgenmantel über. Dann öffnete ich die Türe. Vor mir stand eine der Ordonnanzen, ein hochgewachsener, noch sehr junger Kerl. Seine Wangen leuchteten rot. Wahrscheinlich glaubte er, die Überbringer schlechter Nachrichten würden nach alter Unsitte getötet. Trotz der zu erwartenden schlechten Nachrichten musste ich über meinen Gedankengang lächeln. Auffordernd nickte ich dem jungen Mann zu. Jeder Mensch hat seine Schwächen. Eine von meinen war mein schlechtes Namensgedächtnis, weshalb ich die Ordonnanz nicht direkt ansprach.

»Die Streitkräfte der Sowjetunion haben an drei Stellen die deutsche und an einer weiteren die finnische Grenze überschritten«, berichtete mir der junge Mann steif. »Das Oberkommando der Streitkräfte versammelt sich in einer Viertelstunde hier im Kaiserpalast im KR[22] 1. Ihre Anwesenheit wird erbeten, Majestät.«

»Ich werde da sein«, entgegnete ich und schloss die Tür. Stalin musste wahnsinnig geworden sein. Mein Entschluss stand jedenfalls fest: Einsatz von Nuklearwaffen, solange die Russen sich noch im dünn besiedelten Grenzgebiet aufhielten. Meinen Mor-

---

[22] Konferenzraum

genrock tauschte ich gegen meine Uniform, putzte mir die Zähne und begab mich in den Konferenzraum, der wie meine Privatgemächer in der oberen Etage des Kaiserpalastes gelegen war.

Als ich den Raum betrat, warteten dort bereits Großadmiral Honnerlage, Generalfeldmarschall von Dankenfels sowie die Reichsmarschälle von Grefe und Brachem. Jeder von ihnen hatte einige Offiziere seines Stabes mitgebracht, denn es befanden sich circa dreißig Personen im Raum. Die Gespräche verstummten, die Männer erhoben sich von ihren Plätzen und salutierten. Ich grüßte zurück und nahm am Kopfende des großen Besprechungstisches aus Eichenholz Platz. Zwei Wände des Konferenzraumes wurden von Gemälden deutscher Könige und Kaiser geschmückt, darunter eines, das meinen Vater Wilhelm III. zeigte. Die beiden anderen Wände bestanden aus von der Decke bis zum Boden reichenden Fenstern, die aus vierhundert Metern Höhe einen phantastischen Ausblick über das nächtliche Berlin erlaubten. Die Lichterketten und beleuchteten Hochhäuser reichten fast bis zum Horizont. Das Leben in der Zwölfmillionenmetropole pulsierte weiter, nichts von der Bedrohung ahnend, die von Osten her auf sie zurollte. Doch ich war zuversichtlich, dass wir diese Bedrohung sehr schnell ausschalten konnten.

»Lagebericht, von Grefe«, forderte ich den Oberkommandierenden des Heeres auf.

»Da gibt es nicht viel zu berichten, was Sie und die anderen Anwesenden nicht schon wüssten«, entgegnete der Reichsmarschall. »Die Russen greifen seit fünfundvierzig Minuten den Nordischen Bund an. Ganz im Norden, bei Lappeenranta, überschritten sie mit fünftausend Panzern und einer Million Soldaten die finnische Grenze. Rund vierhundert Kilometer weiter südlich drangen sie mit achttausend Panzern und 1,5 Millionen Mann bei Neukleve[23] in das Gebiet des ehemaligen Lettland ein. Ein weiterer Stoßkeil bestehend aus sechstausend Panzern und wiederum

---

[23] ehemals Gomel

158

1,5 Millionen Rotarmisten dringt auf Bongard[24] ins frühere Weißrussland vor. Der stärkste Schlag des Feindes wird weitere fünfhundert Kilometer südöstlich gegen Hermannsburg geführt. An
diesem Angriff sind elftausend Panzer und drei Millionen Soldaten beteiligt.

Ich habe die Generäle vor Ort angewiesen, dem Feind Rück-
zugsgefechte zu liefern, wozu unsere schweren Panzer Tiger und
Maus durch ihre höhere Feuerkraft und stärkere Panzerung hervorragend geeignet sind.«

Mit Blick auf den Luftwaffenchef Brachem fuhr der Oberkommandierende des Heeres fort: »In Anbetracht unserer krassen
quantitativen Unterlegenheit wäre unser einziger Lichtblick in
einem konventionell geführten Krieg die Luftüberlegenheit, die
wir durch unsere erheblich fortschrittlichere Flugzeugtechnologie
wahrscheinlich erringen könnten. Ob dies ausreichen wird, um
die Roten zu stoppen, bevor sie das Reich überrannt haben, ist
ungewiss. Gewiss sind aber die Millionen toter Soldaten und Zivilisten, die ein solcher Krieg kosten würde. Daher plädiere ich
für den unverzüglichen Einsatz von Kernwaffen.«

Bevor jemand am Tisch etwas zu dem Vorschlag des Reichs-
marschalls bemerken konnte, ergriff ich das Wort, damit keine
Zeit verloren wurde: »Ihre Gedankengänge decken sich mit den
meinen.« Ich blickte von Grefe direkt in die Augen. »Ich genehmige den Einsatz taktischer Nuklearwaffen zur Bekämpfung der
feindlichen Truppen. Ich genehmige jedoch *nicht* den strategi-
schen Einsatz dieser Waffen zur Dezimierung der russischen Zivilbevölkerung oder zum Einsatz gegen Industriezentren. Hiermit
beende ich die Besprechung, meine Herren. Ich werde mich unverzüglich in mein Arbeitszimmer begeben, um mittels meines
Rechners den Code für die Aufhebung der Blockade der Zünder
der Nuklearsprengsätze an die weltweiten Stützpunktrechner zu
senden. Bitte geben Sie den jeweiligen Kommandanten die ent-

---

²⁴ ehemals Karsawa

sprechenden Befehle. Brachem, sprechen Sie die nuklearen Angriffsziele mit von Grefe ab. Viel Erfolg!«

Wie angekündigt begab ich mich in mein Arbeitszimmer. Meine Genehmigung des Nuklearwaffeneinsatzes war keine leichte Entscheidung gewesen. In den vergangenen Tagen hatte ich immer wieder darüber nachgedacht. Letztendlich waren meine Überlegungen darauf hinausgelaufen, dass ich den Einsatz dieser schrecklichsten aller Waffen vor Gott und der Welt als einen Akt der puren Selbstverteidigung rechtfertigen konnte.

Ich schaltete den Rechner ein und wartete, bis er mich aufforderte, mein Passwort einzugeben. Dann startete ich das Programm zur Codegenerierung. Der Rechner würde sich nun automatisch mit den Rechnern der Stützpunkte verbinden, die Atomwaffen lagerten. Sobald diese lokalen Maschinen zusätzlich den Code der jeweiligen Stützpunktkommandanten erhielten, war die Blockade aufgehoben und die Waffen zum Einsatz bereit.

*

Bereits zwei Tage nachdem sich Rittmeister von Timmer in das Hospital des Midgard-Stützpunktes auf Island begeben hatte, wurde er wieder entlassen. Die Schwellungen seines Gesichtes gingen zurück, und die gebrochenen Rippen würden unter einem Druckverband verheilen.

Seiner Bitte, wieder in den aktiven Dienst aufgenommen zu werden, wurde jedoch nicht entsprochen. General Uhlendorff hatte ihm die Fliegerei für die nächsten Wochen persönlich untersagt, um den Genesungsprozess nicht zu gefährden. Die hohen Andruckkräfte, speziell beim Fliegen enger Kurven, täten seinen gebrochenen Rippen sicherlich nicht gut, hatte der Stützpunktkommandant seinen Entschluss begründet.

Doch dann hatte wenige Tage später die Operation »Wiking« die Sachlage völlig verändert. Nach der Vernichtung der sowjetischen Nordmeerflotte war eine Krisensituation entstanden, in der man jeden Bomberpiloten brauchte. Die Wahrscheinlichkeit einer russischen Kriegserklärung war schließlich trotz der Nuklearwaffen des Nordischen Bundes nicht zu unterschätzen, da Stalin unter den Nordischen Militärs nach seinen Säuberungsaktionen gegen die eigene Truppenführung als Verrückter galt.

Vor diesem Hintergrund führte das erneute Gesuch von Timmers nach der Operation Wiking schließlich zum Erfolg.

Die Staffel des Rittmeisters wurde nach Steppenburg[25], rund einhundert Kilometer von Hermannsburg entfernt, verlegt.

*

Schrilles Sirenengeheul riss Wilhelm von Timmer um 07:15 Uhr aus dem Schlaf. Viel zu schnell richtete er sich auf, was sich durch einen äußerst schmerzhaften Stich unter seinem Druckverband bemerkbar machte. Der Staffelführer war sofort hellwach. Er schaltete das Licht ein, lief zum Kleiderschrank und zog seine Fliegerkombi an. Zähneputzen konnte er auch im Flugzeug, fand der Bomberpilot.

Im Laufschritt gelangte der Rittmeister an den Mannschaftsgebäuden vorbei zu dem riesigen Hangar, der seine komplette Staffel von neun Horten B1 beherbergte. Schon einen Tag nach seiner Rückkehr nach Midgard hatte das Luftwaffen-Oberkommando eine brandneue B1 als Ersatz für seine abgeschossene Maschine überführen lassen. Auch ein Ersatzmann für den gefallenen Herrenstett war mitgekommen.

Das Rot der aufgehenden Sonne tauchte die Szene in ein seltsames Licht. 150 Männer strömten in die gigantische Halle, wovon 72 zu den Bomberbesatzungen gehörten, der Rest war Wartungspersonal.

Vor der Reihe der schwarzen Nurflügler hatte man einen Werk-

---

[25] ehemals Poltawa

tisch positioniert. Auf ihm stand unübersehbar der zwei Meter große Luftwaffengeneral Echternach und wartete einige weitere Sekunden ab, bis sich die Männer vor ihm aufgebaut hatten.

»Ich mache es kurz, meine Herren«, begann er seine Ansprache, »die Russen haben um 05:45 Uhr den Nordischen Bund angegriffen. Einer ihrer vier Angriffskeile zielt genau auf Hermannsburg. Ihre Aufgabe ist es, den Vormarsch des Iwans aufzuhalten. Um Sie dazu in die Lage zu versetzen, hat der Kaiser den Einsatz von Nuklearwaffen autorisiert und befohlen. Jede B1 wird eine der neuen Wasserstoffbomben ins Ziel tragen. Ihre Sprengkraft beträgt je eine Megatonne.

Zusätzlich werden Ihre Maschinen mit Streubomben aufmunitioniert. Sie werden nach dem Abwurf der Fusionsbomben einen Militärflughafen bei Gubkin, rund einhundertundfünfzig Kilometer hinter der russischen Grenze angreifen. Geleitschutz erhalten Sie von fünfzig Ho 229. Jeder Bomber erhält die genauen Zielkoordinaten in der Luft. Viel Erfolg, Männer!«

Wie eine aufgescheuchte Horde Wild liefen die Soldaten auseinander. Doch was planlos aussah, war tatsächlich in jedem Detail aufeinander abgestimmt. Nachdem die Besatzungen ihre Flugzeuge bestiegen hatten und die Streubomben verladen waren, fuhren neun Schlepper in den Hangar. Jeder hatte eine der Atombomben geladen und fuhr unter eine der Horten. Sofort waren die Wartungstruppen zur Stelle. Über die Teleskopvorrichtungen der Schlepper wurden die Bomben angehoben und in speziell dafür vorgesehenen Halterungen innerhalb der Bombenschächte arretiert. Zusätzlich schloss das Bodenpersonal ein Kabel an der Seite der Nuklearwaffe an, über das der Pilot den Zünder kurz vor Erreichen des Zielgebietes scharfschalten konnte. Anschließend verließen die Schlepper und die Wartungstruppen den Hangar. Die Piloten ließen die Triebwerke an. Nach fünfminütiger Warmlaufphase rollte ein Tarnkappenbomber nach dem anderen zur Startbahn. Dort schalteten die Piloten die Triebwerke auf Volllast und zündeten die Nachbrenner. Nach wenigen hundert Metern hoben die Maschinen im Kettenstart ab. Auf einer weiteren Startbahn, parallel zur ersten, donnerten die fünfzig Ho 229 in den Himmel.

Nachdem alle Maschinen gestartet waren, flogen die B1 nebeneinander in einer Reihe, wobei die erheblich kleineren, zweistrahligen Jäger sich in Dreierformationen über, unter und neben die Reihe der Riesen setzten, um sie gegen feindliche Jäger abzuschirmen.

Bis zu ihrem nur einhundertundzwanzig Kilometer entfernten Einsatzziel hatte die beeindruckende, ausschließlich aus Nurflüglern bestehende Formation eine Höhe von zehntausend Metern erreicht. Irgendein sowjetischer Pilot musste die für Mikrowellenortung unsichtbaren Flugzeuge gesehen haben, denn mindestens zwanzig MiG-15 tauchten als kleine Punkte über der Wolkendecke auf. Sofort drehten die Ho-229 ab und rasten mit gezündeten Nachbrennern den Angreifern entgegen.

Die Bomberpiloten hatten in ihren Kanzeln einen Logenplatz für das Schauspiel. Deutlich sah der Rittmeister die blau glühenden Abgasstrahlen der deutschen Jäger. Dann stürmten einhundert Luft-Luft-Raketen der Formation voraus. Parallel zueinander jagten sie dem chancenlosen Feind entgegen und beendeten den ungleichen Kampf, bevor die russischen Piloten auch nur einen Schuss abgeben konnten. Die zwanzig MiG explodierten fast in der gleichen Sekunde. Sie hatten der deutschen Raketentechnologie nichts Gleichwertiges entgegenzusetzen und keine Chance, auf die Reichweite ihrer Maschinengewehre an ihren Gegner heranzukommen.

Wenn die Russen nicht irgendetwas aus dem Hut zaubern, ist uns die Luftüberlegenheit sicher, stellte der Rittmeister fest.

»Sprengsätze scharfmachen! Zielanflug!«, befahl von Timmer über die Staffelfrequenz. Dabei legte er einen Schalter um, der den Sprengkopf der eigenen Nuklearwaffe aktivierte. Über dem Schalter blinkte nun ein rotes Lämpchen.

Die Formation der B1 löste sich auf. Je fünf Jäger begleiteten einen Bomber. Die fünf überzähligen verblieben bei der Maschine des Staffelführers. Die Ziele der Nurflügler lagen im Abstand von fünf Kilometern auf einem Bogen vor Hermannsburg. Die entsprechenden Koordinaten waren bereits vor fünf Minuten von der Zentrale des Thorag-Stützpunktes geliefert worden, die wiederum entsprechende Daten vom Generalstab des Heeres erhalten hatte.

»Systeme klar!«, meldete Peter Sauter, der Bordschütze der neuen ERNST VON HOEPPNER. Er saß zusammen mit den Raketen- und MG-Schützen im Waffenraum des fliegenden Riesen. Auf seinem Bildschirm sah er die unter ihm liegende Wolkendecke, deren gelegentliche Lücken einen Blick auf die Landschaft freigaben. Oben links zeigte der Schirm die sich laufend verändernden Koordinaten, auf die ein über das Bild gelegtes Fadenkreuz zeigte. Diese Koordinaten kennzeichneten nicht etwa den Punkt, über dem sich der Bomber befand, sondern jenen, den eine Bombe erreichen würde, nachdem sie bis auf fünfhundert Meter Höhe gefallen war. So hatte es Sauter eingestellt, denn fünfhundert Meter war die optimale Detonationshöhe der Nuklearwaffe.

»Abwurf!«, rief der Bombenschütze über die Bordkommunikation.

Sofort riss der Rittmeister die ERNST VON HOEPPNER in eine möglichst enge Kurve, die sie in die Richtung zurückführen sollte, aus der sie gekommen war. Nur so war es möglich, den Druckwellen der eigenen und der Bomben der acht weiteren B1 zu entkommen.

Sauter zählte die Sekunden bis zur Detonation herunter. Eine Heckkamera der Horten war auf das Zielgebiet gerichtet. Gespannt starrte die Mannschaft auf die Monitore in Erwartung der gewaltigen Lichtblitze, die das Ende der sowjetischen Invasion vor Hermannsburg verkünden würden.

»… drei, zwei, eins, Zündung!«

Nichts geschah. Neun Fusionsbomben fielen auf die Steppe vor der Großstadt, prallten durch ihre hohe Geschwindigkeit vom Boden ab, um erneut torkelnd herabzufallen, bis sie nach mehreren Aufschlägen zur Ruhe kamen. Ein sowjetischer Soldat war von einem der sich um alle Achsen drehenden, unkontrolliert über die Landschaft rasenden Stahlzylinder erschlagen worden. Er blieb das einzige Opfer des deutschen Nuklearangriffs.

Sofort erstattete der Richtmeister Meldung an Thorag. General Echternach saß dort persönlich am Funkgerät. Die Ungeheuerlichkeit des Versagens der Kernwaffen machte ihn für einige Sekunden sprachlos. Dann fing er sich wieder und befahl: »Umso wichtiger ist es, dass wir nun die Russen in ihrem Hinterland angreifen. Nehmen Sie Kurs auf den Militärflughafen bei Gubkin und pflastern Sie ihn mit Ihren Streubomben.«

Der Rittmeister gab den Befehl des Generals an seine Staffel weiter und zog die ERNST VON HOEPPNER erneut in eine möglichst enge Einhundertachtziggradkurve. Die anderen acht B1 schlossen zu im auf und bildeten eine Dreiecksformation, die von allen Seiten von den fünfzig Ho-229 geschützt wurde.

Während des Fluges nach Gubkin tauschten die Piloten die unmöglichsten Spekulationen über die Ursache des Versagens der Atomwaffen aus. Keine kam der Wahrheit auch nur halbwegs nahe.

*

Der Kaiser saß in seinem Arbeitszimmer und studierte die Berichte von der Front dieses erst wenige Stunden alten Krieges. Es zeichnete sich ab, dass die Truppen des Nordischen Bundes überall einen kontrollierten Rückzug durchführten, wobei sie den Sowjets durchaus nennenswerte Verluste zufügten. Friedrich IV. wartete minütlich auf den Bericht über den Abwurf der Kernwaffen.

Plötzlich flog die Türe des Zimmers auf. Von Grefe und Brachem kamen ohne anzuklopfen hereingestürmt.

»Keine einzige unserer Atombomben ist explodiert«, brachte
von Grefe außer Atem hervor. »Der Ansturm der Roten Armee
geht ungebremst an allen vier Frontabschnitten weiter.«

Schließlich schritt von Dankenfels durch die immer noch of-
fenstehende Tür. Wie immer war er die Ruhe selbst. Sein Gesicht
zeigte keinerlei Reaktion auf die Meldung von Grefes, die er bis
auf den Flur gehört haben musste. Statt Betroffenheit zu zeigen
bemerkte er trocken: »Nun – damit sind die Russen jetzt im Besitz von Nuklearwaffen. Sobald es ihnen gelingt, unsere Zünder
durch Eigenkonstruktionen zu ersetzen, sind die Bomben wieder
einsatzbereit.«

Ein Adrenalinstoß jagte durch die Adern des Kaisers. »Was
schlagen Sie vor?«

»Wir müssen dafür sorgen, dass wir die Bomben nicht aus den
Augen verlieren. Sobald wir wissen, wohin die Sowjets die Din-
ger verfrachten, müssen wir sie je nach der sich ergebenden Situation, durch ein Bombardement oder durch ein Kommandounternehmen vernichten.«

»Und wie soll uns das gelingen, die Spur der Waffen nicht zu
verlieren?«, zweifelte von Grefe an dem Vorschlag von Dankenfels’.

»Es gibt genug Leute innerhalb der Sowjetunion, die, um es vor-
sichtig auszudrücken, ziemlich unzufrieden mit der Gewalt- und
Willkürherrschaft Stalins und seiner ›Proletarier‹ sind. Die Kas-
trup unterhält Kontakte zu einer Reihe dieser Menschen. Die
Frage ist also eher, wie Stalin es verhindern kann, dass wir vom
Aufbewahrungsort der Waffen erfahren als umgekehrt. Machen
Sie sich da also mal keine Sorgen, verehrter von Grefe.«

»Na gut, nehmen wir einmal an, wir können die Bomben den
Sowjets wieder entreißen«, übernahm der Kaiser nun wieder die
Gesprächsführung. »Wie sollen wir die Russen aufhalten ohne
Atomwaffen? Wieso sind die nicht detoniert? Wie lange brau-
chen wir, um in unseren verblieben Waffen neue Zünder einzu-
bauen?«

166

Als keiner der Anwesenden sich anschickte, die Fragen des Kaisers zu beantworten, griff er zu seinem Telefon.

»Ordonnanz! Stellen Sie unverzüglich eine Verbindung zu Professor Heisenberg[26] in Nokwat her.« Dann legte Friedrich IV. auf. An sein Oberkommando gewandt fuhr er fort: »Wenn uns einer sagen kann, warum die Fusionsbomben versagten, dann ist es Werner Heisenberg. Er wird uns auch die Frage beantworten, wie lange wir zum Umrüsten unserer übrigen Bomben brauchen.«

Zwei Minuten später klingelte das Telefon. Der Kaiser nahm persönlich ab und stellte das Gespräch auf Lautsprecher, so dass die Anwesenden mithören konnten.

»Heisenberg hier!«, meldete sich der Professor aus dem Süden Libyens.

Ohne Umschweife erklärte der Kaiser dem Physiker den Sachverhalt und endete mit den Worten: »Wie lange brauchen wir, um die Zünder unserer Bomben zu wechseln?«

»Das geht nicht! Wenn man die Zünder auswechseln könnte, wäre doch unser ganzes Sicherheitssystem für die Katz«, klärte der Wissenschaftler seine tausende Kilometer entfernten Zuhörer auf. »Im Zentrum der Bomben befinden sich zwei mit Wasserstoff umgebene Uranmassen. Herkömmlicher Sprengstoff schießt das Uran zusammen, so dass eine überkritische Masse entsteht. Durch die freigesetzte Energie der Kernspaltung wird der umgebende schwere Wasserstoff zur Fusion angeregt. Soweit zur Funktionsweise der Bomben. Worauf ich hinaus will: Die Zünderkette des herkömmlichen Sprengstoffs ist mit dem Hauptzünder der Bombe durch Kabel verbunden, an denen eine elektrische Spannung anliegt. Wenn diese Spannung plötzlich geändert wird, was beim Ausbauen des Hauptzünders unvermeidlich ist, so detoniert die Zünderkette. Die einzelnen Sprengsätze explodieren dabei nicht gleichzeitig, wie es für das Auslösen der Kettenreaktion im angereicherten Uran notwendig wäre, sondern kurz hin-

---

[26] Einer der Mitbegründer der Quantenmechanik

tereinander. Der Effekt ist, dass die Bombe durch den konventionellen Sprengstoff zerrissen wird. Nichts weiter! Keine Nuklearexplosion, sondern nur ein Knall, der bestenfalls ein kleineres Gebäude einstürzen lassen kann.«

Friedrich IV. ließ die Worte Heisenbergs kurz wirken, dann entgegnete er: »Ich schließe aus Ihren Ausführungen, dass wir unsere übrigen Kernwaffen genauso gut verschrotten können und neue bauen müssen. Des Weiteren schließe ich, dass die Sowjets mit unseren von ihnen geborgenen Bomben nichts anfangen können, weil die ihnen um die Ohren fliegen, sobald sie die defekten Zünder ersetzen wollen. Liege ich mit diesen Schlussfolgerungen richtig?«

»Ihre Schlüsse sind vollkommen korrekt, Majestät«, stimmte der Physiker zu. »Sie haben allerdings etwas übersehen. Ich glaube nämlich nicht, dass die Zünder defekt sind. Ich nehme stattdessen an, dass sie manipuliert worden sind in dem Sinne, dass die Blockierung der Zünder durch ihren Code und den der Stützpunktkommandanten eben *nicht* aufgehoben wurde. Der einzige Effekt, den die Codes wahrscheinlich hatten, war das Aufleuchten der grünen Kontrolllampen an den Außenseiten der Bomben, die den ahnungslosen Mannschaften der Stützpunkte vorgaukelte, die Blockade sei aufgehoben. Das Szenario, dem wir uns gegenübersehen, ist nach meiner Meinung höchstwahrscheinlich das folgende: Jemand hat die Zünder manipuliert. Dieser Jemand handelte im Auftrag unserer Feinde … ich gehe von den Sowjets aus. Falls sich der Verräter nach seiner Tat in die Sowjetunion absetzte oder noch absetzen wird, so ist er dort in der Lage, die Blockade der geborgenen Kernwaffen aufzuheben. Ihre Überlegungen sollten sich daher darauf konzentrieren, wie Sie die Russen davon abhalten, uns mit unseren eigenen Nuklearwaffen zu bedrohen.«

Die Anwesenden im Besprechungszimmer des Kaisers waren bleich geworden. Sogar beim Kastrup-Kommandanten war ein leichtes Zucken um die Augen zu beobachten. Nicht nur, dass die eigenen Atombomben wertlos waren, der Feind würde sehr wahrscheinlich schon bald über dreißig dieser ultimativen Waffen verfügen, denn diese Anzahl war über den vier feindlichen Angriffskeilen abgeworfen worden.

»Ich kümmere mich um das Problem«, kündigte von Dankenfels an. »Wie gesagt, meine Organisation verfügt über vielfältige Kontakte in die Sowjetunion. Sobald ich Genaueres weiß, werde ich Ihnen einen Aktionsplan zur Zerstörung der nunmehr russischen Bomben vorlegen.«

Friedrich IV. nickte dem Generalfeldmarschall kurz zu. Dann sprach er mit ruhiger Stimme ins Telefon: »Wie lange brauchen Sie, um neue Fusionswaffen zu liefern?«

»Zehn Kernwaffen befinden sich zurzeit in der Herstellung. Wir können sie mit Primitivzündern ohne Blockademechanismus in vier Tagen ausliefern.«

»Bitte beeilen Sie sich. Mit jedem Tag, der vergeht, stehen die Sowjets tiefer auf deutschem Boden«, mahnte der Kaiser. »Je weiter sie vordringen, umso verlustreicher wird für uns der Krieg und umso höher wird der Preis, den wir für den Einsatz von Nuklearwaffen auf eigenem Boden zu zahlen haben.«

»Ich verstehe. Wir tun, was menschenmöglich ist. Vielleicht liefern wir schon in drei Tagen. Versprechen kann ich das allerdings nicht.«

*

Nachdem das Gespräch mit dem Kaiser beendet war, informierte Professor Heisenberg zunächst seine Mitarbeiter und erarbeitete mit ihnen einen Plan, wie man die zehn Fusionsbomben schon nach zwei Tagen liefern konnte. Es war allemal besser, das Oberkommando positiv zu überraschen, als in Verzug zu geraten. Drei Stunden hatte es bis zum Abschluss der Planungen gedauert, dann rauchte dem Spitzenwissenschaftler der Kopf. Er verließ das Gebäude und versuchte im Freien erst einmal seine Gedanken zu ordnen.

Während die Wüstensonne des frühen Nachmittags dieses geschichtsträchtigen 2. April auf den Strohhut schien, mit dem er seinen Kopf schützte, dachte der Physiker darüber nach, wer für diesen ungeheuerlichen Verrat verantwortlich sein könnte. Die überwältigende Wahrscheinlichkeit sprach für einen einzigen Mann: Malte Müller. Schließlich hatte der den Blockademechanismus entwickelt und somit Gelegenheit gehabt, eine Sonderschaltung einzubauen, die nur ihm bekannt war.

In Gedanken versunken spazierte der Professor zwischen den dreigeschossigen Flachbauten und den Hallen für die Urananreicherung hindurch. Plötzlich zerriss Sirenengeheul die Stille. *Bombenalarm!*, schoss es dem Wissenschaftler durch den Kopf.

Die Mitarbeiter Nokwats rannten aus den Gebäuden. Die Massen strebten auf das Zentrum der kleinen Stadt in der Wüste zu. Dort befand sich ein Luftschutzbunker, der den fünftausend Menschen genügend Platz bot. Zwischen den Gebäudereihen hindurch sah Heisenberg Abfangjäger über die nahe Startbahn fegen. Das Donnern ihrer Triebwerke überlagerte sogar das Sirenengeheul, das wenige Sekunden später ganz verstummte.

Auf dem großen Platz, auf dem der Eingang zu den Bunkeranlagen lag, angekommen, verschaffte sich der Physiker erst einmal einen Überblick, während sich die Massen eilig, aber diszipliniert in den unterirdischen Luftschutzbereich begaben. In wenigen Kilometern Entfernung waren hunderte, wahrscheinlich tausende Punkte zu erkennen, die sich der deutschen Kernwaffenproduktionsanlage näherten. Ihnen strebten die rund fünfzig aufgestiegenen Abfangjäger entgegen, deren Triebwerksgeräusche immer mehr abnahmen. Wenige Sekunden später war nur noch ein dumpfes Grollen zu hören, das sich mit einem tiefen Brummen zu mischen begann.

Viermotorige Langstreckenbomber, kombinierte der Professor. Kurze Zeit später konnte der Wissenschaftler beobachten, wie sich in der Ferne Raketen von den Jägern lösten und auf ihren Rauchsäulen den fliegenden Festungen entgegeneilten. Mehrere grelle Explosionen ereigneten sich am Himmel. Erst Sekunden später konnte der Beobachter das dazugehörige trockene Knallen vernehmen. Brennende Trümmerstücke regneten zu Boden. Doch die Zahl der angreifenden Maschinen, die nun tatsächlich als viermotorige Propellermaschinen zu erkennen waren, hatte sich praktisch nicht vermindert. Es mussten immer noch weit über tausend sein. Die nächste Salve der von den Jägern abgeschossenen Raketen ließ wieder etliche Glutbälle entstehen, was die Reihen der Feinde aber wiederum nicht ernstlich dezimierte. Die deutschen Jäger hatten die gegnerischen Formationen mittlerweile erreicht und beschossen sie zusätzlich mit ihren Bordgeschützen.

Immer wieder scherten Maschinen aus dem riesigen Verband aus und stürzten mit brennenden Triebwerken der Wüste entgegen. Heisenberg beobachtete eine immer größer werdende Zahl von Fallschirmen, die ausgestiegene Besatzungsmitglieder dem Boden entgegentrugen. Einige Kilometer entfernt stürzten wieder einige der Bomber in die hügelige Wüste und explodierten in gigantischen Kaskaden aus Sand, Feuer und Trümmern.

Eine Welle von Boden-Luft-Raketen orgelte den Feinden entgegen und ließ mindestens einhundert weitere Glutbälle am Himmel entstehen.

Doch die zahlreichen Abschüsse reichten bei Weitem nicht aus. Wenig später waren die immer noch viel zu zahlreichen Angreifer über Nokwat. Es sah seltsam aus, als sich Ketten von kleinen Punkten von den fliegenden Festungen lösten. Fein säuberlich in Reihen fielen sie der Wüstenstadt entgegen.

Die Punkte sind Bomben, durchzuckte es den Wissenschaftler wie einen Stromschlag. Im gleichen Moment zog ihn jemand am Arm.

»Professor, sind Sie wahnsinnig? Wir werden bombardiert! Hier geht gleich die Welt unter, und Sie betrachten das Schauspiel, als ob es Sie nichts anginge.« Der Jemand zerrte den Physiker in den Bunkereingang. Ein vierschrötiger Wachmann verschloss die Stahltüre hinter ihnen und schrie den wissenschaftlichen Leiter von Nokwat an: »Haben Sie mein Rufen nicht gehört? Ich war drauf und dran, den Bunker ohne Sie zu schließen. Ein derartiger Leichtsinn ist mir noch nicht untergekommen. Das da draußen ist kein Spiel!«

Seine Worte wurden dadurch unterstrichen, dass die Betonwände der Luftschutzanlage zu zittern begannen. Staub rieselte von der Decke. Die drei Männer beeilten sich, eine Treppe hinab zu steigen. Dort wartete der eigentliche Eingang des atombombensicheren Bunkers. Sie durchquerten eine weitere Stahltür, die ebenfalls von dem finster dreinschauenden, kopfschüttelnden Wachmann verschlossen wurde. Hier unten war nur das unaufhörliche Rumoren der an der Oberfläche einschlagenden Bomben zu hören. Es wurde stark gedämpft durch rund zwanzig Meter Sand, die zwischen dem Pflaster des Zentrumsplatzes und der Bunkerdecke lagen. Die unheilverkündenden Geräusche dauerten fünfzehn Minuten an, dann herrschte Stille. Fünftausend Menschen fragten sich, was von ihrer Arbeit der letzten Jahre wohl noch übrig sein mochte.

Als nach weiteren fünf Minuten keine weiteren Bombeneinschläge zu spüren waren, begab sich ein Trupp aus zehn Kastrup-Soldaten, zu erkennen an ihren schwarzen Uniformen, an die Oberfläche.

»Sie können raufkommen! Kein Bomber mehr zu sehen.«

Heisenberg war einer der ersten Zivilisten, die ins Tageslicht zurückkehrten. Letzteres wurde jedoch von überall aufsteigenden dunklen Qualmwolken stark getrübt. Der Physiker rannte zu einem der zweistöckigen Flachbauten. Das Gebäude war zwar stark beschädigt, aber immerhin das einzige, das im Sichtfeld des Wissenschaftlers noch stand.

Vorsichtig betrat der wissenschaftliche Leiter das Gebäude. Die Fenster waren geborsten, und die Druckwellen der Bomben hatten haufenweise Sand ins Innere gefegt. Die Einrichtung lag kreuz und quer verstreut. Über drei Treppen erreichte Heisenberg

172

das Flachdach. Von hier aus hatte er einen hervorragenden Überblick. Überall in Nokwat brannte es. Selbst um die Stadt herum sah der Wissenschaftler an hunderten Stellen flammende Trümmer. Es handelte sich um die Überreste abgestürzter Flugzeuge. Von den Hallen mit den Zentrifugen zur Urananreicherung war nichts mehr zu sehen. Diese Bauten hatte der Bombenangriff dem Erdboden gleichgemacht.

Ich denke, das wird die Bestellung des Kaisers nun doch um ein paar Monate verzögern, dachte der Ausnahmewissenschaftler voller Sarkasmus.

*

Wie ein nahendes Gewitter hörte sich das Rumoren der tausenden Geschütze an, die unablässig in der Umgebung von Hermannsburg abgefeuert wurden. Die Straßen der Großstadt waren verstopft mit Zehntausenden, die vor der herannahenden Roten Armee fliehen wollten.

Malte Müller betrachtete die endlosen Kolonnen, die über eine vierspurige Allee die Stadt nach Westen zu verlassen suchten, mit einem verächtlichen Lächeln. *Warum flüchten diese Idioten vor ihrer eigenen Befreiung?,* fragte sich der Informatiker. Er jedenfalls würde hier auf das Eintreffen der Genossen warten. Das deutsche Heer hatte die Innenstadt bereits geräumt, also würde der Einmarsch der Roten Armee problemlos und ohne heftige Kämpfe möglich sein.

Unmittelbar nachdem er sich vom Kaiser-Wilhelm-Institut für Informatik mit den Stützpunktrechnern in Verbindung gesetzt und seinen Blockade-Code übermittelt hatte, war er mit dem Zug nach Stuttgart gefahren und hatte eine Linienmaschine nach Hermannsburg genommen. Heute, einen Tag später, war die sowjetische Offensive wie geplant angelaufen, und die sowjetischen Truppen würden das Stadtzentrum in wenigen Stunden eingenommen haben.

Gut, dass Mutter mich gedrängt hat, Russisch zu lernen, überlegte Müller, *das wird einiges erleichtern. Ich werde mir nun zunächst einmal ein sicheres Plätzchen suchen. Wenn die Genossen Hermannsburg befreit haben, muss ich mich schnellstmöglich zum sowjetischen Geheimdienst bringen lassen. Sehr wahrscheinlich verfügen wir jetzt über Nuklearwaffen, deren Blockade nur ich beheben kann. Das wäre dann das Ende des Kaiserreiches.* Triumphgefühle kamen in dem Wissenschaftler auf. Er sah sich selbst als einen der Sowjets, die das kaiserliche Unrechtsregime beseitigen würden.

In aller Seelenruhe schritt der in einen braunen Anzug gekleidete, schmächtige Mann über den Bürgersteig der Allee und bemühte sich, den zu Fuß Flüchtenden auszuweichen. Vor einem großen, vierstöckigen Kaufhaus blieb er stehen und schaute interessiert durch die großen Glastüren ins Innere. Rolltreppen führten in ein Kellergeschoss, was das Kaufhaus zum idealen Ort für die bevorstehende Phase des Wartens qualifizierte.

Müller betrat das Gebäude, das seltsamerweise nicht verschlossen war, und durchquerte einen Teil des Erdgeschosses, das Damenoberbekleidung präsentierte, bis er die Rolltreppen erreichte. Keine Menschenseele war zu sehen. Der Informatiker nahm die Rolltreppe und informierte sich auf einem daneben angebrachten Hinweisschild, dass das Kellergeschoss Kinderspielzeug beherbergte. Auf dem Weg nach unten hatte Müller einen guten Überblick. Auch hier schien er allein zu sein.

Als er zwischen den Verkaufsregalen hindurchschlenderte, ärgerte er sich über das Überangebot von Kriegsspielzeug. Kleine Panzer und Miniatursoldaten füllten die Regale in allen Variationen. Selbst ein Modell des erst kürzlich vorgestellten Landkreuzers war vorhanden. *Damit will man die Kinder schon von klein auf für den Militarismus begeistern,* dachte der überzeugte Kommunist verbittert. Mit diesen und ähnlichen Gedankengängen vertrieb sich Malte die Zeit. Ein leichtes Zittern ging durch das Gebäude.

»Die Genossen sind wohl auf Geschützreichweite an das Zentrum Hermannsburgs herangekommen«, murmelte der Verräter leise vor sich hin. »Jetzt werden die deutschen Militaristen schnell lernen, dass Panzer kein Spielzeug sind.«

Immer häufiger vibrierte der Boden mit langsam ansteigender Intensität. Schließlich waren erste noch stark gedämpft klingende Explosionen zu hören. Malte glaubte das Rattern von Maschinengewehren zu erkennen. Dann erfolgte ohne jede Vorwarnung eine heftige Explosion, wahrscheinlich direkt vor dem Kaufhaus. Gegenstände fielen aus den Regalen. Die Beleuchtung flackerte. Plötzlich war es dunkel. Nur von der Rolltreppe her drang ein schwacher Lichtschein in das Kellergeschoss.

Warum wird hier überhaupt so viel geschossen? Das Heer hat die Stadt doch geräumt!

Nervös geworden fingerte Müller nach einer kleinen Taschenlampe, die er in der Innentasche seiner Weste bei sich trug. Im Lichtkegel der Lampe bahnte er sich einen Weg durch die auf den Gängen verstreuten Spielsachen, bis die Rolltreppe erreicht war. Von oben hörte er ein paar auf Russisch gebellte Kommandos. Sofort schaltete der Informatiker die Taschenlampe wieder aus. Er wollte schließlich nicht irrtümlich von einem Rotarmisten für einen deutschen Soldaten gehalten und erschossen werden.

Dann erschienen drei Gestalten am oberen Ende der Rolltreppe.

»Ist jemand da unten?«, hörte Müller in der Sprache seiner Befreier.

In der gleichen Sprache rief er mit zitternder Stimme die Rolltreppe hinauf: »Ja! Nur ich! Ich bin ein Freund!«

»Kommen Sie mit erhobenen Händen herauf!«, befahl der Russe.

Malte streckte seine Arme empor und stieg die natürlich nicht mehr funktionierende Rolltreppe hoch. Oben angekommen kniff er zunächst die Augen zusammen, weil ihn das helle Tageslicht blendete. Die dauernden Explosionen in der Nähe klangen hier schon viel bedrohlicher.

Drei Rotarmisten hatten ihre Karabiner auf den Wissenschaftler gerichtet. Einer senkte die Waffe und tastete Müller nach eventuell verborgenen Waffen ab.

»Was haben Sie hier gemacht?«, wollte der Anführer der Dreien wissen. Es handelte sich um einen eher kleinen, schlanken Mann mir dunkelblonden Haaren.

»Auf Ihre Ankunft gewartet«, entgegnete Malte und fügte mit Triumph in den Augen und wieder fest klingender Stimme hinzu: »Ich bin sowjetischer Agent. Führen Sie mich zu Ihrem Vorgesetzten!«

Sein Gegenüber betrachtete den schmächtigen Deutschen zunächst ungläubig, dann stellte er fest: »Wie dem auch sei, das werden die Genossen vom Geheimdienst schon herausfinden. Mitkommen!«

Ohne die Waffen zu senken, geleiteten die drei Rotarmisten den Informatiker aus dem Gebäude. Was Malte dann sah, würde er nie wieder in seinem Leben vergessen. Die Allee war übersäht mit brennenden Fahrzeugen und Leichen. Das sowjetische Artilleriefeuer hatte ein Massaker unter den Flüchtlingen angerichtet. Etwa dreißig Panzer schoben sich durch die Straße und walzten alles nieder, was ihnen im Weg stand. Müller musste den Blick abwenden, als einer der T-34 unmittelbar in seiner Nähe auf eine zerfetzt am Boden liegende Gruppe Zivilisten zurollte. Weiter im Westen erschütterten weitere Explosionen die Allee. Dann schossen die Panzer in der Nähe in die gleiche Richtung. Der Wissenschaftler glaubte, die Schüsse hätten seine Trommelfelle zerrissen. Für mehrere Sekunden hörte er nichts als Pfeifen.

»Was macht ihr denn da, ihr Wahnsinnigen?«, schrie Malte die Soldaten in seiner Nähe mit sich überschlagender Stimme an. »Ihr schießt auf Zivilisten! Das Heer hat die Stadt vor Stunden geräumt!«

Der Anführer der Soldaten betrachtete den schreienden Schwächling mit einer Mischung aus Gleichgültigkeit und Verachtung. Dann schlug er dem Wissenschaftler den Gewehrkolben an den

Schädel. Das Bewusstsein des überzeugten Gegners des Kaiserreichs versank in einer bodenlosen Schwärze.

*

Die ersten Empfindungen Müllers waren bohrende Kopfschmerzen. Ein Lichtschein drang durch seine geschlossenen Augenlider. Dann kehrte die Erinnerung schlagartig zurück. Die Bilder des Massakers auf der Allee drängten sich unaufhaltsam in seine Gedanken. Etwas in Malte Müller war zerbrochen. Wie konnten die Rotarmisten, die er sein Leben lang als Befreier glorifiziert hatte, mit einer solchen Rücksichtslosigkeit gegen Zivilisten vorgehen? Gegen Zivilisten, die zum größten Teil aus Arbeitern und Angestellten bestanden?

»Wer sind Sie?«, drang eine sonore Stimme in seine Ohren. Der Mann sprach Deutsch mit russischem Akzent.

Langsam öffnete der Angesprochene die Augen. Er sah einen Mann in russischer Uniform, der auf einem einfachen Holzstuhl saß, den er vor Maltes Liege aufgebaut hatte. Ansonsten war der Raum leer. Statt zu antworten fragte der Wissenschaftler: »Wie konnten Sie das tun? Warum haben Sie tausende Zivilisten niedergemetzelt? Deutsche Soldaten hatten das Stadtzentrum schon vor Stunden geräumt.«

»Das konnten wir nicht wissen. Es hätte sich ebenso gut um eine Falle der Deutschen handeln können. Wir haben damit gerechnet, dass sich in den Häusern jede Menge Soldaten versteckten und das Feuer auf uns eröffnen würden, sobald wir einmarschieren.«

Für den Mathematiker klang das nach einer billigen Ausrede. »Mein Name ist Malte Müller«, klärte er den Russen nun auf. »Wo bin ich?«

»Sie sind in einem Raum desjenigen Gebäudes, das wir hier in Hermannsburg als Hauptquartier gewählt haben. Mein Name ist Oberst Rudenko, und ich befehlige die Militärpolizei. Feldwebel

177

Kranow berichtete mir, als er Sie hier ablieferte, Sie hätten behauptet, einer unserer Agenten zu sein.«

Der Informatiker überlegte kurz. Er war sich nun nicht mehr sicher, ob er dem Russen die Wahrheit sagen sollte, oder ob er die Codes für die Behebung der Blockade der Kernwaffen nicht doch lieber für sich behalten sollte. So sehr er das Kaiserreich auch hasste, so sehr lehnte er den Einsatz von Atomwaffen gegen die Zivilbevölkerung ab. Letzteres konnte er jedoch nach seinen aktuellen Erlebnissen nicht mehr ausschließen. Der sowjetische Verbindungsmann Müllers, Boris Iljanow, hatte ihm bei ihren Planungen in Saarbrücken vor wenigen Wochen ein Treffen mit Stalin zugesagt. *Möglicherweise kann ein klärendes Gespräch mit dem Generalsekretär meine Zweifel beheben*, überlegte der verunsicherte Sozialist.

*

Zum zweiten Mal an diesem Tag flog die Tür des Arbeitszimmers des Kaisers auf, ohne dass jemand angeklopft hätte. Reichsmarschall Brachem stürmte herein, wieder gefolgt vom Oberkommandierenden des Heeres. Das Gesicht des Luftwaffenchefs war verzerrt, was durch seine zahlreichen Narben fast dämonisch wirkte. Von Grefe hingegen war blass. Schweiß stand auf seiner Stirn.

»Nokwat ist bombardiert worden«, presste Brachem hervor. »Da steht kein Stein mehr auf dem anderen. Auf neue Kernwaffen werden wir wohl in den nächsten Monaten verzichten müssen. Der ganze Krieg entwickelt sich bereits am ersten Tag zur Katastrophe!«

»Wir wissen mittlerweile, dass es sich bei den Angreifern um Engländer gehandelt hat«, ergänzte von Grefe, wobei seine Stimme seltsam abwesend klang. »Sie haben Nokwat mit eintausendachthundert Lancaster-Bombern angegriffen. Bevor sie das Ziel erreichten, konnten unsere Abfangjäger fünfhunderteinundzwanzig davon abschießen. Weitere einhundertzweiunddreißig fielen unseren Fla-Raketen zum Opfer. Die verbliebenen elfhundert legten dann Nokwat in Schutt und Asche. Da ist es nur ein schwacher Trost, dass keiner der viermotorigen Bomber heimkehren konnte. Unsere Jäger haben sie alle erwischt, leider nur zu spät. Die britische Luftwaffenführung hat ihre eigenen Männer auf ein Todeskommando geschickt. Die haben ihre Soldaten regelrecht verheizt, nur um uns die Fähigkeit zu nehmen, kurzfristig neue Atombomben herstellen zu können.«

»Wir wissen nicht, von wo die Engländer gestartet sind. Sie haben keinen Stützpunkt, der nahe genug am Süden Libyens liegt, um einen solchen Einsatz durchführen zu können.«

»Ich vermute, diese Frage kann ich Ihnen beantworten«, entgegnete der Kaiser. Er hob vier Blätter von seinem Schreibtisch mit der Linken auf. »Das hier sind vier Faxe, die mich vor wenigen Minuten erreicht haben.«

Friedrich IV. nahm das erste der Blätter in seine Rechte und hielt es hoch. »Das ist die Kriegserklärung des Britischen Empires an den Nordischen Bund.« Bedächtig legte er das Schriftstück auf seinen Schreibtisch und nahm das zweite Blatt. »Hier hätten wir dann die Kriegserklärung der Vereinigten Staaten von Amerika.« Der Kaiser legte sie auf ihr britisches Analogon und holte das dritte Blatt aus seiner Linken. »Dieses Dokument informiert uns darüber, dass der französische König abgesetzt und durch einen sogenannten demokratischen Revolutionsrat ersetzt wurde. Diese neue Regierung erklärt den Austritt Frankreichs aus dem Nordischen Bund. Und hier haben wir schließlich«, der Kaiser hielt das letzte der Blätter hoch, »die Kriegserklärung Frankreichs. Deshalb vermute ich, dass die Engländer zu ihrem Angriff auf Nokwat von einem französischen Stützpunkt aus, wahrscheinlich Korsika, gestartet sind. Meine Herren, wir sind offensichtlich Opfer einer seit Jahren geplanten Aggression, die seit heute Morgen in wohlüberlegten Schritten in die Tat umgesetzt wird. Wir sehen uns einer gewaltigen Übermacht im Osten gegenüber, die mit dem Wissen angegriffen hat, dass unsere Nuklearwaffen versagen würden. Gleichzeitig wurde ein Umsturz in Frankreich organisiert, wodurch der Angriff der Engländer auf unsere Nuklearanlagen erst möglich wurde und was uns einen extrem ungünstigen Zweifrontenkrieg aufzwingt. Die Vorbereitungen unserer Feinde haben uns in eine denkbar ungünstige Lage manövriert.«

»Unsere einzigen Chancen sind unsere Luftüberlegenheit und unsere Industriekapazität. Wir müssen die Feinde durch unablässige Luftangriffe mürbe machen, so dass wir ein paar Monate Zeit für die Rüstung allgemein und für die Herstellung neuer Nuklearwaffen im Speziellen gewinnen. Gleichzeitig müssen wir die feindliche Kriegsproduktion durch Bombardements empfindlich treffen«, legte Brachem seine Vorschläge offen.

»Nicht nur das.« Von Dankenfels betrat das Arbeitszimmer des Kaisers. Offenbar hatte er die Worte Brachems mitgehört. »Die Kastrup wird beim Vorrücken der Roten Armee Männer hinter den feindlichen Linien zurücklassen. Diese Soldaten sind Spezialisten für Nahkampf und für die Durchführung von Sprengstoffanschlägen. Auf diese Weise werden wir dem Nachschub der Sowjets empfindliche Schläge versetzen.«

»Geben Sie die entsprechenden Befehle«, stimmte Friedrich IV. dem Vorhaben der Offiziere zu. Nachdem sie gegangen waren, starrte der Kaiser minutenlang auf ein Gemälde Friedrichs II. Er fühlte sich als der einsamste Mensch des Planeten.

*

Generalfeldmarschall von Dankenfels nahm den luxuriösen Aufzug, um von der obersten Etage des Kaiserpalastes in das vierhundert Meter tiefer gelegene Erdgeschoss zu gelangen. Für ihn hatte die Situation nichts Bedrohliches. Im Gegenteil – die nun zur Führung eines mit konventionellen Mitteln geführten Kriegs angelaufene massive weltweite Aufrüstung würde den Plänen der

Kastrup massiv zugutekommen. Durch das riesige Foyer des Palastes gelangte der Schwarzuniformierte nach draußen unter das auf neubarocken Säulen ruhende Vordach. Behände schritt von Dankenfels die Stufen hinunter und stieg in den Fond des bereits auf ihn wartenden schwarzen BMW. *Es wird Zeit, dass die Dinge, die vor vierundzwanzig Jahren im Sudan ihren Anfang nahmen, nun in die richtigen Bahnen gelenkt werden,* nahm sich der Generalfeldmarschall in Gedanken vor.

*

Über eine asphaltierte Landstraße ohne Markierungen fuhr das geräumige, schwarze Cabriolet aus Berlin hinaus Richtung Schöneiche. Es war stockdunkel, denn die dichte Wolkendecke ließ kein Sternen- oder Mondlicht hindurch. Lediglich die Scheinwerfer des Wagens beleuchteten die Straße und die an den Seiten vorbeihuschenden Gräser und Bäume. Generalfeldmarschall von Dankenfels saß mit einem seiner Offiziere im Fond, während ein weiterer auf dem Beifahrersitz Platz genommen hatte. Gesteuert wurde der Luxuswagen vom künstlich gebräunten Adjutanten des Kastrup-Chefs, Feldwebel Arnulf Kentula, der von seinen Kameraden den Spitznamen »Kentucky« und gelegentlich auch »Kentucky Fried Chicken« erhalten hatte – allerdings nur hinter vorgehaltener Hand. Denn wenn der Feldwebel so etwas mitbekam, konnten dem vorlauten Kameraden schnell mal ein paar Zähne fehlen.

Der Adjutant des »Chefs« war in fast allen Kampfsportarten äußerst bewandert und frönte einem neuen Trend, der sogenannten »Körpergestaltung«, was ihm zu einer eindrucksvollen Muskulatur bei so gut wie keinem Körperfett verholfen hatte.

Dies war Kentuckys erste Fahrt zum »Ausbildungszentrum Delta«, einem der abgelegenen, streng bewachten Zentren der Kastrup, hinter deren Mauern und Zäunen die Bevölkerung die absurdesten Dinge vermutete. Noch niemals hatte ein Kastrup-

Mann ein Wort darüber verloren, was in diesen Einrichtungen vor sich ging. Kentucky hatte gerade erst die Grundausbildung hinter sich, die bei der Kastrup alles andere als harmlos war, und war als Jahrgangsbester im Boxen und wegen seiner nicht zu unterschätzenden Intelligenz als Adjutant des Generalfeldmarschalls ausgewählt worden. Doch die freudige, neugierige Erwartung des Feldwebels sollte bei Weitem, nachgerade im zuvor unvorstellbaren Maße, übertroffen werden.

Nach wenigen Minuten bog das Cabriolet in eine Seitenstraße ein, die ebenfalls asphaltiert und breiter als die eigentliche Landstraße war. Bereits nach zwanzig Metern strahlten die Scheinwerfer ein rotes Schild an, auf dem stand: »Weiterfahrt verboten! Bei Zuwiderhandlung wird von der Schusswaffe Gebrauch gemacht.«

Nach weiteren einhundert Metern erreichte das Luxusgefährt einen Schlagbaum. Dahinter standen zwei Schwarzuniformierte mit Maschinenpistolen im Anschlag.

»Licht aus!«, bellte eine Stimme, die keinem der Uniformierten gehörte, aus der Dunkelheit.

Kentucky tat, wie ihm geheißen, und schaltete die Scheinwerfer des BMW aus. Im Gegenzug flammte ein kräftiges Licht aus rund zwanzig Metern Höhe auf und leuchtete das Cabriolet komplett aus.

»Name! Dienstgrad!«, forderte die Stimme aus der Dunkelheit, während die beiden Schwarzuniformierten hinter dem Schlagbaum hervortraten und sich dem Fahrzeug näherten.

»Generalfeldmarschall von Dankenfels!«, kam der Oberkommandierende der Aufforderung nach.

Die beiden Soldaten standen nun neben Kentucky und seinem Beifahrer.

»Papiere und Speichelprobe!«, befahl derjenige, der neben dem Fahrer stand, während er die Maschinenpistole mit der Rechten im Anschlag hielt und mit der Linken von Dankenfels ein kleines Röhrchen hinhielt.

Bereitwillig zog der Chef seinen Dienstausweis aus einer Uniformtasche und tauschte ihn gegen das Plastikröhrchen in der Linken des Soldaten. Der Generalfeldmarschall entnahm ihm ein Wattestäbchen, strich sich damit über die Zunge, steckte das Stäbchen schließlich zurück in das Röhrchen und überreichte es dem Mann.

Der Soldat ging damit nach vorne und legte das Dokument auf die Motorhaube, die Maschinenpistole nach wie vor auf die Insassen gerichtet. Mit seiner Linken holte er ein seltsames Gerät aus seiner Rocktasche und steckte das Stäbchen hinein.

Kentucky verstand die Welt nicht mehr. Der Wachsoldat behandelte seinen obersten Vorgesetzten rüde wie einen Gefreiten, der ließ sich das sogar gefallen und machte den Wachsoldaten keineswegs zur Sau, sondern blieb seelenruhig sitzen und wartete geduldig ab. Und der Wachsoldat, der den Eindruck machte, er würde bei jeder falschen Bewegung sofort schießen, brachte dem Generalfeldmarschall nicht den geringsten Respekt entgegen. *Verrückt!,* schloss der Feldwebel seine verwirrenden Gedankengänge ab.

Der Wächter kam mit dem Ausweis zurück und verkündete, nachdem er zackig salutierte: »Genetische Prüfung positiv! Willkommen in A-Delta, Generalfeldmarschall!« Auf seine Worte hin öffnete sich der Schlagbaum, von Dankenfels grüßte lässig zurück und Kentucky ließ den Wagen anfahren.

Letzterer hielt es vor Neugierde nicht mehr aus: »Wie kann es sein, dass der Wachsoldat Sie so schlecht behandelt hat wie einen … einen …«, dem Feldwebel fiel keine passende Bezeichnung ein.

»Ganz einfach. Wenn er mich besser behandelt hätte, hätte ich ihn erschossen. Und bevor Sie vor Neugierde platzen: Ich habe dem Mann eine Speichelprobe gegeben, um ihm eine Erbgutanalyse zu ermöglichen, die mich eindeutig als denjenigen identifiziert hat, der ich glücklicherweise bin, denn sonst wären wir jetzt alle tot.«

Kentucky wurde schwindelig. *Wo bin ich da nur hineingeraten? Was erwarten mich hier noch für Überraschungen?*

Auf Befehl des Generals steuerte der Adjutant das Fahrzeug zwischen ein paar zehn Meter hohen, pyramidenförmigen Gebäuden mit tief in den Beton eingelassenen Türen hindurch. Nirgends schien eine Lampe. Bis auf das Licht der Scheinwerfer des BMW war es immer noch stockdunkel.

Schließlich wurde ein fünfhundert mal fünfhundert Meter messender betonierter Platz erreicht. Kentucky hielt den Wagen an. Die beiden Offiziere und der Generalfeldmarschall stiegen aus. Der Feldwebel tat es ihnen nach und schaltete die Scheinwerfer aus.

»Scheinwerfer wieder an!«, befahl von Dankenfels. Kentucky beeilte sich, der Aufforderung nachzukommen.

Der Chef trat neben den Wagen und betätigte den Hebel für das Fernlicht, als wolle er einen Morsecode absenden. Dann erst schaltete er das Licht ab. Fast vollkommene Dunkelheit umgab die vier Männer. Der Feldwebel hielt sich eine Hand in fünfzig Zentimetern Entfernung vor die Augen und konnte seine Finger kaum erkennen. *Es wird immer verrückter*, dachte die Sportskanone.

Plötzlich war ein tiefes, nicht sehr lautes Brummen zu hören. Das Geräusch lag nahe an der Grenze zum Infraschall[27]. Kentucky konnte das tiefe Wummern bis in den Magen spüren. Es wurde immer lauter, aber nicht so laut, dass es in den Ohren schmerzte. Stattdessen sorgte sich der Feldwebel zunehmend um seinen Mageninhalt, der langsam emporstieg. Von einer Sekunde auf die andere herrschte wieder Ruhe. Arnulf Kentula hatte etwas Derartiges niemals zuvor in seinem Leben gehört.

Mitten im Nichts entstand ein horizontaler Lichtstreifen, der sich schnell verbreitete und zu einem leuchtenden Rechteck wurde. Es schwebte über dem Boden. Die Umrisse einer Gestalt wurden im Lichtschein sichtbar. Kentucky glaubte auf dem Kopf

---

[27] Niedrige Frequenz. Unterhalb von 10 Schwingungen pro Sekunde hört ein Mensch nichts mehr.

der Gestalt den typischen Umriss eines Stahlhelms des Heeres oder der Kastrup erkennen zu können.

Der Generalfeldmarschall und die beiden Offiziere schritten auf die hell strahlende Öffnung zu. Arnulf folgte ihnen unsicher. Als sie noch zehn Meter von der Gestalt entfernt waren, erkannte der Feldwebel die Umrisse einer Rampe, die zu der Unterseite des strahlenden Rechtecks führte, das sich in einem Meter Höhe über dem Boden befand. Er lief hinter den drei anderen die Rampe hinauf. Erst jetzt erkannte er in der Gestalt einen Kastrup-Soldaten mit den Rangabzeichen eines Majors.

Als von Dankenfels das Rechteck betrat, salutierte der geheimnisvolle Offizier vorschriftsmäßig.

»Willkommen an Bord von K-38, Generalfeldmarschall!«

Wird fortgesetzt ...

1917: Nach den Aprilstreiks nehmen die beiden OHL-Generäle Ludendorff und Hindenburg intensiveren Kontakt zu Kaiser Wilhelms II. erstgeborenem Sohn Friedrich Wilhelm von Preußen auf. Die Generäle haben erkannt, dass sich Friedrich Wilhelm entschieden gegen die Mäßigung der Kriegszielpolitik der Reichsregierung mit Rückendeckung Kaiser Wilhelms II. einsetzt. Aus diesem Grunde bieten sie Friedrich Wilhelm die Unterstützung des Militärs zur Übernahme der Macht an. Im **Juli 1917** wird Kaiser Wilhelm II. in einem Dreiergespräch zwischen Hindenburg, Ludendorff und seinem Sohn Friedrich Wilhelm gezwungen, »aus gesundheitlichen Gründen« abzudanken und Wilhelm III. zum neuen Kaiser zu proklamieren.

Im September gründet Wilhelm III. die <u>K</u>aiserliche <u>S</u>chutz<u>tr</u>uppe (Kastrup) bestehend aus 10 000 Mann »zur internen Eindämmung des Sozialismus« unter Generalfeldmarschall von Lindenheim.

1918: Januarstreik – mehr als eine Million Arbeiter streiken vor dem Hintergrund der Oktoberrevolution in Russland und um bessere Versorgungsbedingungen in Kriegszeiten. Die Kastrup geht mit nie dagewesener Härte gegen die Streikenden vor. Mehr als 12 000 als »Rädelsführer« identifizierte Sozialisten werden standrechtlich erschossen oder auf Marktplätzen erhängt. Im Zuge der Auseinandersetzungen sterben weitere 30 000 Aufständische im Kugelhagel der Kastrup.

Am **3. März** wird der Friedensvertrag von Brest-Litowsk unterzeichnet. Wilhelm III. fährt eine harte Linie. Russland tritt die drei Baltischen Staaten Estland, Lettland und Litauen sowie Weißrussland und die Ukraine an das Deutsche Reich ab.

Die deutsche Frühjahrsoffensive an der Westfront im **März** schlägt fehl. Eine weitere Großoffensive vom **15. Juli 1918** bei

Reims scheitert ebenfalls. Nach dem Durchbruch alliierter Panzerverbände am **8. August** spricht man vom »schwarzen Tag des deutschen Heeres«. Erneuter Stellungskrieg. Am **24. Oktober** befiehlt die deutsche Admiralität den Auslauf der Flotte gegen die überlegene Royal Navy zum »ehrenvollen Untergang«. Es kommt zum Aufstand von Matrosen in Wilhelmshaven. Sofort sind Verbände der Kastrup zur Stelle und erschießen 1 200 Matrosen standrechtlich. Die Flotte läuft aus und verwickelt die Royal Navy am **27. Oktober** in die größte Seeschlacht der Geschichte im Ärmelkanal. Die deutsche Flotte wird vernichtend geschlagen, die Royal Navy verliert jedoch bei einem ursprünglichen Kräfteverhältnis von zwei zu eins 90 % ihrer Kampfkraft. In der britischen Bevölkerung macht sich der Mythos vom »niemals aufgebenden Deutschen« breit.

Im **November** bilden sich in mehreren deutschen Großstädten Räteregierungen und fordern die Beendigung des Krieges. Erneut stürmen Kastrup-Verbände die Versammlungen und exekutieren die Rädelsführer ohne richterlichen Beschluss auf der Stelle. Diese Exekutionswelle ist ohne Beispiel in der Geschichte der Menschheit: Mehr als hunderttausend Sozialisten verlieren ihr Leben an einem einzigen Tag, dem **9. November**. Dieser Tag geht als »Bluttag« in die Geschichte ein. Das Massaker wird zukünftig von den Feinden des Reiches als Beleg für das unmoralische Wesen der deutschen Monarchie angeführt.

1919: Februaroffensive – die völlig abgekämpfte und unterversorgte deutsche Armee startet am **16. Februar** ihre unerwartete Offensive. Kaiser Wilhelm III. hat die letzten Reserven mobilisiert in dem klaren Bewusstsein, dass ihn ein Scheitern zur Kapitulation zwingen würde. Nach intensivem Trommelfeuer der Artillerie durchbrechen neue deutsche Panzerverbände am 17. Februar die alliierten Linien. Anstatt auf Paris vorzustoßen, schwenken die Verbände aus und schneiden die feindlichen Truppen vom

Nachschub ab. Es entwickelt sich die erste Kesselschlacht der jüngeren Geschichte. Am 7. März ergeben sich 400 000 Franzosen, 250 000 Engländer und 100 000 Amerikaner. Nun ist der Weg nach Paris frei. Die deutschen Truppen nehmen die Stadt am 14. März ein. Engländer und Amerikaner konzentrieren sich unter schweren Verlusten auf den Abtransport ihrer Truppen. Am **23. März** kapituliert Frankreich bedingungslos. Der Friedensvertrag von Bellevue vom 29. März sieht keinerlei Gebietsabtretungen oder Reparationszahlungen Frankreichs vor. Die einzige Forderung des Kaisers ist die Wiedereinführung der Monarchie in Frankreich und die Loyalität des französischen Königs.

Am **15. Juni** wird in Frankreich die Monarchie proklamiert. König Louis I. schwört feierlich seine Loyalität zum deutschen Kaiser.

Die deutsche Besatzung zieht ab dem 16. Juni aus Frankreich ab und wird zum Teil zu ihren Familien entlassen. Lediglich die Panzerverbände und ausgesuchte Elitetruppen werden mit Zustimmung des französischen Königs an die Grenze Frankreichs zu Italien verlegt.

Die deutschen Truppen schlagen am **29. Juni** gegen Italien los. Dessen Soldaten sind an der Front gegen Österreich-Ungarn gebunden, weshalb die Deutschen auf keinen nennenswerten Widerstand treffen. Sie greifen die Italiener an der Front zu Österreich von Süden her an, was die Kapitulation des italienischen Generalstabs innerhalb von zwei Tagen zur Folge hat. Die italienische Nation wird zerschlagen. Alle Gebiete bis 50 km südlich der Stadtgrenzen von Rom werden am **7. Juli** an Österreich angegliedert. Der Süden wird zum Königreich Sizilien, wobei der König dem deutschen Kaiser den Lehnseid zu schwören hat. Libyen wird deutsche Kolonie.

Am **15. Juli** unterbreitet der Kaiser England und Amerika einen Friedensvertrag, in dem auf gegenseitige Ansprüche verzichtet wird. England und Amerika lehnen ab.

Im **September** fordern Demonstranten in Wien den Anschluss der deutschsprachigen Gebiete an das Reich. Führende Politiker halten den Vielvölkerstaat für gescheitert. Kaiser Karl I dankt ab. Im **November** werden Österreich, Norditalien, Kroatien und die Tschechei an das deutsche Reich angeschlossen.

1920: Keine nennenswerten Kampfhandlungen. Deutschland kümmert sich um eine Verbesserung der Versorgung der Bevölkerung. Die Rüstungsanstrengungen Deutschlands konzentrieren sich auf die Marine. Der amerikanische Präsident Wilson gerät innenpolitisch unter Druck und wird zu einem Friedensschluss mit Deutschland gedrängt. Am **16. Mai** unterzeichnen Deutschland und die USA einen Separatfrieden, ohne gegenseitige Ansprüche aus dem Kriege zu stellen.

1921: Beginn des Afrikafeldzugs – am **3. März** besetzen deutsche Truppen Malta. Bereits am **28. März** landet Deutschland 800 000 Mann an der Küste Ägyptens. Im Laufe des Jahres verliert England Ägypten. Die deutschen Truppen stehen an der Grenze zum Sudan.

1922: Die deutschen Truppen trennen sich in zwei Hauptstoßrichtungen. Die eine dringt bis zum Ende des Jahres bis nach Britisch Ostafrika vor, die andere durchquert mit Zustimmung des französischen Königs Äquatorialafrika, erobert Kamerun zurück und besetzt Nigeria.

1923: Deutschland erobert Deutsch-Ostafrika zurück und dringt bis tief nach Rhodesien vor. Togo wird von den Deutschen zurückerobert, die Goldküste besetzt. Frankreich erobert Sierra Leone und Gambia.

1924: Rückeroberung Deutsch-Südwestafrikas durch kaiserliche Truppen. Südafrika wird von Deutschland besetzt. Am **20. Juli** findet eine Seeschlacht vor Helgoland statt. Sowohl die englische als auch die deutsche Flotte erleiden grauenvolle Verluste. Die kriegsmüde englische Bevölkerung, zunehmend unterversorgt durch die Blockade der Insel durch deutsche U-Boote, ist mehrheitlich von der Unsinnigkeit der Weiterführung des Krieges überzeugt. Am **1. September** wird der Friedensvertrag von Brüssel unterzeichnet. England tritt in diesem Vertrag seine afrikanischen Kolonien an Deutschland ab.

1926: Gründung des Nordischen Bundes. Die drei Benelux-Staaten treten dem Bund bei. Der belgische und der niederländische König erkennen die Führerschaft des Kaisers an.

1927: Beitritt Dänemarks mit Island sowie Norwegens, Schwedens und Finnlands zum Nordischen Bund.

1940: Kaiser Wilhelm III. dankt aus Altersgründen ab und übergibt die Regierungsgewalt an seinen Sohn Wilhelm Friedrich, der ab dem **6. Juni** als Kaiser Friedrich IV. regiert.
Start des ersten Satelliten.

1941: Zündung der ersten Atombombe durch deutsche Forscher auf einem Testgelände im Süden Libyens am **20. August**.

1943: Aristokratische Reform – Kaiser Friedrich IV. reformiert die Monarchie. Die Erbfolge wird abgeschafft. Jeder kann Aristokrat werden, wenn er Entsprechendes leistet. Damit bekommt die Regierung des Nordischen Bundes den Charakter eines Ordens.

1949: Deutsche Flugzeuge bombardieren am **21. März** amerikanische Nuklearanlagen bei Rosamond. Dabei kommen unter unklaren Umständen 3 000 Zivilisten ums Leben.

Am **23. März** betritt offiziell Erich Ortjohann als erster Mensch den Mond.

Der **2. April** geht als Beginn des 2. Weltkrieges in die Geschichtsbücher ein. In den Morgenstunden überschreiten 30 000 russische Panzer und sechs Millionen Soldaten die Ostgrenze Deutschlands. Wenige Stunden später bombardieren britische Bomber das deutsche Kernwaffen-Testzentrum im Süden Libyens. Der französische König wird gestürzt und durch einen demokratischen Revolutionsrat ersetzt, der aufseiten der Alliierten England und Russland zusammen mit den USA in den Krieg eintritt.

Ausgangslage 2. April 1949 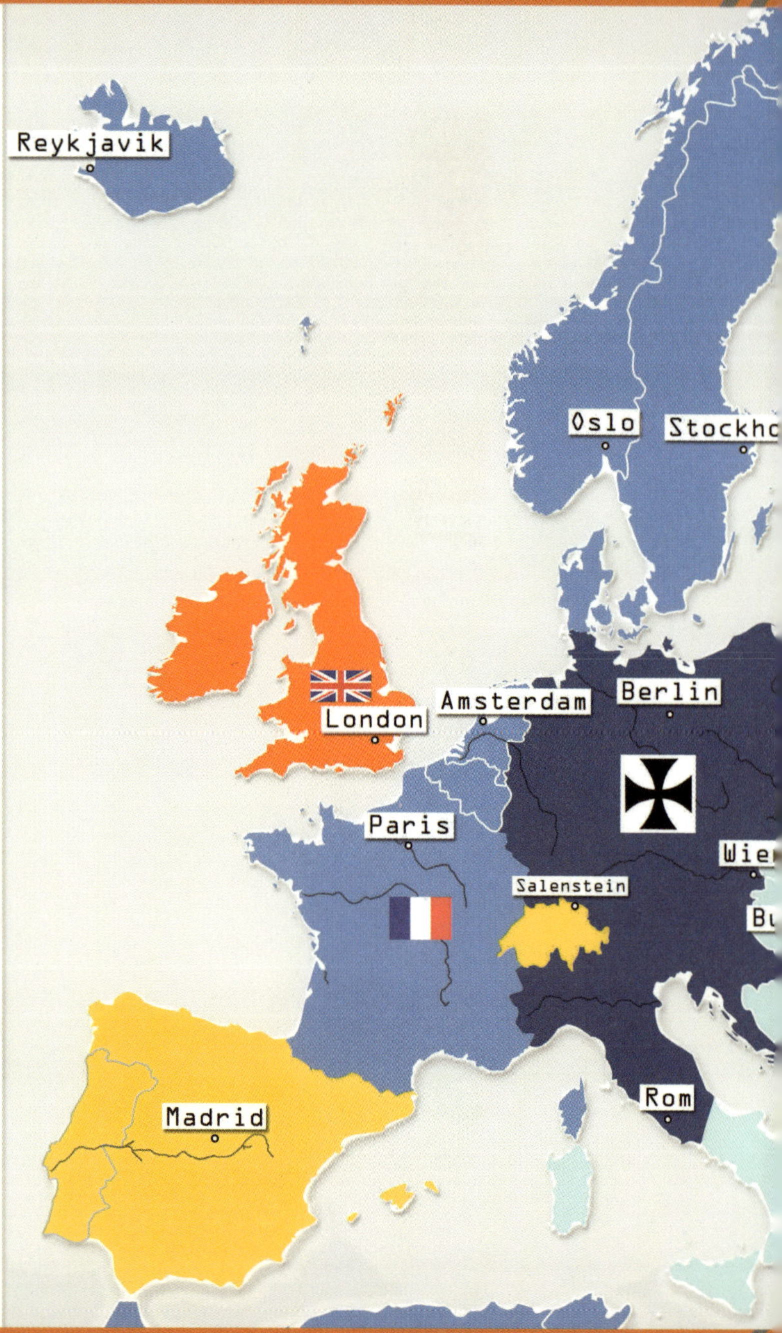
Reykjavik
Oslo
Stockho
Berlin
Amsterdam
London
Wie
Paris
Salenstein
Bu
Rom
Madrid